Antal Szerb

Reis bij maanlicht

Roman
Vertaald door Györgyi Dandoy

Van Gennep

De vertaler ontving voor deze vertaling een werkbeurs van de
Stichting Fonds voor de Letteren.

Deze vertaling kwam tot stand met financiële steun van de
Hungarian Book Foundation Translation Fund.

Eerste druk september 2004
Tweede druk december 2004
Derde druk februari 2005

Oorspronkelijke titel *Utas és holdvilág*, Révai, Boedapest 1937
© Oorspronkelijke uitgave 1937, erven Antal Szerb
meest recente uitgave Magvető, Boedapest 2000
© Nederlandse vertaling: 2004 Uitgeverij Van Gennep
Nieuwezijds Voorburgwal 330, 1012 RW Amsterdam
Omslagontwerp Nico Richter
Omslagillustratie Gary West/Images.com/Corbis/TCS
Foto auteur Petöfi Literair Museum, Boedapest
Verzorging binnenwerk Erik Richèl
ISBN 90-5515-403-2/NUR 302

DEEL I

Huwelijksreis

> ... *veel begrijpend ben ik dwaas en dom,*
> *elk krijgt mijn stem, ik ben voor één geslacht...*
> *Wat wil ik nog? Mijn toelage weerom,*
> *warm welkom en door iedereen veracht.*
>
> FRANÇOIS VILLON
(vert. Ernst van Altena)

1.

In de trein was er nog niets aan de hand. Het begon allemaal in Venetië, met de steegjes.

Toen de motoscafo onderweg van het station naar de binnenstad een zijkanaal van Canal Grande insloeg om een kortere route te nemen, vielen Mihály de steegjes links en rechts al op. Hij schonk er toen nauwelijks aandacht aan, zijn zintuigen werden aanvankelijk volledig in beslag genomen door het onvervalst Venetiaanse voorkomen van Venetië: het water tussen de huizen, de gondels, de lagune en de helderheid van de baksteenrood-roze stad. Mihály was namelijk voor het eerst, op zesendertigjarige leeftijd, in Italië, op huwelijksreis.

Tijdens zijn lange omzwervingen had hij vele landen bezocht en jaren doorgebracht in Engeland en Frankrijk. Maar Italië had hij steeds gemeden; het was nog te vroeg, hij had het gevoel dat hij er nog niet klaar voor was. Mihály had Italië altijd als iets voor volwassenen beschouwd, net als het voortbrengen van nageslacht. Hij was er heimelijk bang voor geweest, zoals hij ook bang was voor te fel zonlicht, voor de geur van bloemen of voor mooie vrouwen.

Als hij niet was getrouwd, als hij zich niet had voorgenomen een keurig huwelijk te beginnen en, zoals dat hoort, op huwelijksreis naar Italië te gaan, dan had hij een reis naar Italië wellicht eeuwig uitgesteld. Nu was hij niet zozeer naar Italië gegaan als wel op huwelijksreis, wat een groot verschil was. Bovendien, vond hij, kon hij als getrouwd man Italië wel aan. Nu zou de dreiging die van het land uitging geen vat meer op hem hebben.

De eerste dagen werden vredig doorgebracht met huwelijkse geneugten en kalme, niet al te inspannende stadsbezichtigingen. Zoals het mensen met een grote intelligentie en een goed ontwikkeld gevoel voor zelfkritiek betaamt, probeerden Mihály en Erzsi de gulden middenweg te vinden tussen snobisme en antisnobisme.

Ze beulden zich niet af om alles mee te maken wat in de *Baedeker* aanbevolen stond, maar nog minder wilden ze lijken op opscheppers die bij thuiskomst zeggen: 'Musea? Ach ... daar hebben we natuurlijk geen voet gezet', om dan een trotse blik uit te wisselen.

Op een avond, aangekomen in de hal van het hotel na een theatervoorstelling kreeg Mihály ineens zin om ergens nog iets te gaan drinken. Hij wist niet precies waar hij zin in had, het meeste misschien nog in een zoetige wijn; hij herinnerde zich het eigenaardige, klassieke aroma van samoswijn en ook hoe vaak hij aan die wijn had staan nippen in een kleine wijnhandel aan de rue des Petits-Champs 7 in Parijs. Omdat Venetië al bijna Griekenland was, werd hier vast en zeker samoswijn verkocht of anders misschien mavrodaphne. De Italiaanse wijnen kende hij nog niet goed genoeg om er een te kiezen. Hij vroeg Erzsi om alleen naar boven te gaan. Hij zou zich zo bij haar voegen, maar wilde eerst een glaasje drinken. 'Eentje maar, eerlijk', zei hij gespeeld serieus, waarop Erzsi hem, met dezelfde schijnernst, tot matigheid maande, zoals een pasgetrouwde echtgenote betaamt.

Het Canal Grande en daarmee het hotel achter zich latend kwam Mihály uit bij de straatjes rond de Frezzeria, een buurt waar zelfs op dit late uur veel Venetianen op pad waren, die zich voortbewogen als mieren, wat karakteristiek is voor de inwoners van deze stad. De inwoners lopen hier slechts recht vooruit, als mieren die een tuinpad oversteken; alleen maar rechtuit, de andere straten blijven leeg. Ook Mihály hield vast aan het mierenpad, omdat hij meende dat de barretjes en *fiaschetteria*'s in de drukke straten zouden zijn en niet in het ongure duister van de uitgestorven steegjes. Hij zag inderdaad talloze gelegenheden waar drank werd geschonken, maar geen een beviel hem. Overal was wel iets niet in orde. De ene bar zag er te chique uit, de andere juist te eenvoudig; de drank waarnaar hij verlangde kon hij niet met deze gelegenheden in verband brengen. Die drank had een verborgener smaak. Langzaam aan raakte hij ervan overtuigd dat er maar één plaats in heel Venetië bestond waar zijn drank werd verkocht en dat hij die alleen maar kon vinden door zijn intuïtie te volgen. Zo kwam Mihály in de steegjes terecht.

De nauwe steegjes vertakten zich in nog nauwere steegjes en welke kant Mihály ook op liep, ze werden almaar nauwer en donkerder. Met zijn armen wijd kon hij aan beide zijden de rijen huizen aftasten, de zwijgzame huizen met grote ramen waarachter, zo stelde hij zich voor, de zo mysterieuze en bewogen Italiaanse levens sluimerden. Dat gebeurde zelfs zo dichtbij dat het een onzedige daad leek om in het donker van de nacht door deze straatjes te lopen.

Wat was dit voor merkwaardige betovering en vervoering waarin hij te midden van deze steegjes was beland, waarom voelde hij zich alsof hij was thuisgekomen? Wellicht was het een kinderdroom – de droom van het kind dat opgroeit in een villa met een grote tuin, maar bang is voor de ruimte –, wellicht was het de behoefte van de adolescent naar een zo beperkt mogelijke levensruimte, waar elke halve vierkante meter zijn betekenis heeft en na tien stappen al een grens wordt overschreden, waar decennia verstrijken aan een gammele tafel en hele mensenlevens voorbijgaan in een leunstoel; maar dit alles was niet met zekerheid te zeggen.

En zo bleef Mihály door de steegjes dwalen tot het tot hem doordrong dat het ochtend was en dat hij zich aan de andere kant van de stad bevond, op de Fondamente Nuove, waarvandaan je uitzicht hebt op het eiland met de begraafplaats, evenals op verder gelegen geheimzinnige eilanden, zoals San Francesco in Deserto – ooit het oord van de melaatsen – en heel in de verte zelfs op de huizen van Murano. Hier wonen de arme Venetianen, die alleen indirect en maar gedeeltelijk profiteren van de opbrengsten van het toerisme; hier ligt het ziekenhuis en hiervandaan vertrekken de gondels van de overledenen. De wijk begon wakker te worden, mensen gingen naar hun werk en de wereld was onnoembaar troosteloos, zoals altijd na een doorwaakte nacht. Mihály vond een gondelier die hem naar huis bracht.

Erzsi was inmiddels misselijk van de opwinding en vermoeidheid. Pas om halftwee had ze eraan gedacht dat het, al leek het onwaarschijnlijk, ook in Venetië mogelijk moest zijn om de politie te bellen, wat ze met behulp van de nachtportier dan ook onmiddellijk deed maar zonder resultaat natuurlijk.

Mihály gedroeg zich nog steeds als een slaapwandelaar. Hij was uitgeput en niet in staat een redelijk antwoord te geven op Erzsi's vragen.

'De steegjes,' zei hij, 'die moest ik toch eens een keer zien, de nachtelijke steegjes, dat hoort erbij, dat doen anderen ook.'

'Maar waarom heb je niets gezegd, waarom heb je me niet meegenomen?'

Mihály wist niets te zeggen, hij trok een beledigd gezicht terwijl hij in bed kroop en ondanks zijn bittere gevoel in slaap probeerde te komen.

Is dit het huwelijk? dacht hij. Begrijpt ze dan zo weinig van me, is alle uitleg zo zinloos? Al moet ik toegeven: zelf begrijp ik het ook niet helemaal.

2.

Erzsi daarentegen viel niet in slaap. Zij lag met haar armen onder haar hoofd gevouwen lange tijd fronsend na te denken. Vrouwen zijn doorgaans beter bestand tegen waken en nadenken. Voor Erzsi was het niet nieuw of verrassend dat Mihály iets zei of deed wat ze niet kon bevatten. Ze had haar onbegrip een tijdlang met succes kunnen verhullen, stelde wijselijk geen vragen en deed net of ze van meet af aan alles wat met Mihály te maken had doorzag. Ze wist dat deze zwijgzame, schijnbaar superieure houding, die Mihály aanzag voor de instinctieve wijsheid waarmee vrouwen geboren worden, haar sterkste middel was om hem aan zich te binden. Mihály was door allerlei angsten bevangen, aan haar de taak om hem gerust te stellen.

Maar alles heeft een grens, bovendien waren ze nu toch al echtgenoten en serieus op huwelijksreis, en onder zulke omstandigheden de hele nacht wegblijven is op zijn minst curieus. Een ogenblik doemde in Erzsi's hoofd de eerste gedachte op van elke vrouw, namelijk dat Mihály zich wellicht deze nacht in het gezelschap van een andere vrouw had vermaakt, maar ze verwierp dat ogenblikkelijk weer als iets volstrekt onvoorstelbaars. Nog afgezien van het feit dat zoiets nogal onbetamelijk was, wist ze heel goed hoe schuchter en voorzichtig Mihály zich met onbekende vrouwen gedroeg, hoe bang hij was voor ziektes, hoe angstvallig hij de hand op de knip hield en hoe weinig vrouwen hem in wezen boeiden.

Eigenlijk was het juist geruststellend geweest als Mihály gewoon achter een vrouw was aangegaan. Dat had tenminste een einde gemaakt aan deze onzekerheid, deze volstrekt lege duisternis, aan de onmogelijkheid zich voor te stellen waar en hoe Mihály de nacht had doorgebracht. Ze moest ineens denken aan haar eerste man, aan Zoltán Pataki, die zij voor Mihály had verlaten. Erzsi had altijd geweten welke typiste op dat moment Zoltáns liefje was, hoe krampachtig hij zich ook, blozend en innemend, inspande om discreet te zijn, hoe beter hij zijn best deed iets geheim te houden, hoe duidelijker de zaak voor Erzsi werd. Bij Mihály was het precies andersom: hij trachtte met pijnlijk plichtbesef elke beweging te verklaren, had de dwangmatige behoefte dat Erzsi hem door en door begreep, maar hoe meer hij uitlegde, hoe troebeler het allemaal werd. Erzsi wist allang dat zij Mihály niet kon begrijpen omdat Mihály geheimen had die hij zelfs zichzelf niet toevertrouwde, en ze wist dat Mihály haar niet begreep omdat het niet in hem opkwam zich in andermans gevoelsleven te verdiepen. Toch waren ze getrouwd omdat Mihály had geconstateerd dat ze elkaar perfect begrepen en dat hun relatie was gebaseerd op volkomen rationele fundamenten en niet op voorbijgaande passie. Hoe lang was het mogelijk een dergelijke fictie in stand te houden?

3.

Enkele dagen later kwamen ze 's avonds in Ravenna aan. De volgende dag stond Mihály bij het ochtendkrieken op, kleedde zich aan en ging weg. Hij wilde de beroemde Byzantijnse mozaïeken, de belangrijkste bezienswaardigheid van Ravenna, in zijn eentje bekijken, want hij wist nu dat hij veel zaken niet met Erzsi kon delen en dit was daar een van. Erzsi had op het gebied van kunstgeschiedenis meer in haar mars zij was geschoolder en ontvankelijker dan hij en bovendien was ze eerder in Italië geweest, zodat Mihály het aan haar overliet wat ze zouden bezichtigen en wat ze moesten denken van wat ze zagen. Zelf was hij maar zelden in een schilderij geïnteresseerd, slechts bij toeval, in een flits, raakte hij door één van de duizend doeken bevangen. Maar de mozaïeken van Ravenna... dat waren de monumenten van zijn eigen verleden.

Ooit hadden ze er samen naar gekeken, hij, Ervin, Tamás Ulpius en Éva, Tamás' zuster, in een groot Frans boek, nerveus en met een onverklaarbaar ontzag, op een kerstavond bij de Ulpiussen thuis. In de enorme kamer daarnaast liep de vader van Tamás Ulpius eenzaam op en neer, terwijl zij met de elleboog op tafel de afbeeldingen bekeken en de gouden achtergrond van de beelden hen tegemoet schitterde als een licht van onbekende oorsprong in het diepst van een mijnschacht. Er was iets aan deze Byzantijnse beelden dat in het diepst van hun ziel afschuw opriep. Een kwartier voor middernacht trokken ze hun jas aan om met een verstijfd hart naar de nachtmis te gaan. Éva viel toen flauw; dit was de enige keer dat haar zenuwen het niet aankonden. De daaropvolgende maand stond volledig in het teken van Ravenna en tot op heden was deze stad voor Mihály de bron van een ondefinieerbare angst.

Dit alles, deze in diepe vergetelheid weggezonken maand, herleefde in hem nu hij voor de prachtige, lichtgroen getinte mozaïeken in de basiliek San Vitale stond. De herinnering aan zijn jonge jaren deelde hem zo'n intense klap uit dat het hem duizelde en hij steun moest zoeken bij een pilaar. Maar het duurde slechts heel even, daarna was hij weer een serieus man.

De andere mozaïeken interesseerden hem niet meer. Hij liep terug naar het hotel, wachtte tot Erzsi zich ook klaarmaakte, en ging toen samen met haar terug om de bezienswaardigheden als kenners te bekijken en beoordelen. Mihály vertelde Erzsi natuurlijk niet dat hij de San Vitale al vroeg in de ochtend bezichtigd had; hij sloop schuchter de kerk in alsof iets daarbinnen hem zou kunnen verraden, en om zijn beroering van die ochtend te verhullen zei hij dat hij het allemaal niet zo bijzonder vond.

De volgende avond zaten ze op een terras op het kleine piazza, Erzsi met een ijsje, Mihály met een glas onbekende, bittere drank die hem tegenviel; hij probeerde iets te bedenken om die nare smaak kwijt te raken.

'Die geur hier is verschrikkelijk,' zei Erzsi. 'Waar je ook gaat in deze stad, overal is het te ruiken. Zo stel ik me een gifgasaanval voor.'

'Het verbaast me niks,' antwoordde Mihály. 'Deze stad heeft een lijkengeur. Ravenna is een decadente stad, het verval is al ruim een millennium aan de gang. Het staat ook in de Baedeker. De stad heeft drie glorietijden gekend, waarvan de laatste in de achtste eeuw na Christus.'

'Hou toch op, ezeltje,' glimlachte Erzsi. 'Je denkt ook altijd aan lijken en lijkengeur. Terwijl deze stank juist van het leven en de welvaart afkomstig is: het is de lucht van de kunstmestfabriek, waar heel Ravenna van leeft.'

'Leeft Ravenna van de kunstmest? De stad waar de graven van Theodorik de Grote en van Dante zich bevinden, de stad waarbij vergeleken Venetië een peulenschil is?'

'Zo is het, jongen.'

'Schandalig.'

Op dit moment reed een motorfiets luid ronkend het piazza op en de berijder, een bebrilde en zeer motorrijderachtig geklede man steeg af als van een paard. Hij keek rond, ontdekte Mihály en Erzsi en stapte, met de motorfiets aan de hand, met besliste pas op hen af. Bij de tafel aangekomen schoof hij zijn bril omhoog als het vizier van een ridderhelm en zei: 'Dag, Mihály. Ik was op zoek naar jou.'

Tot zijn stomme verbazing herkende Mihály János Szepetneki. Hij kon zo gauw niet anders antwoorden dan: 'Hoe wist je dat ik hier was?'

'In het hotel in Venetië hebben ze me verteld dat je naar Ravenna was gegaan. En waar anders kun je in Ravenna, na een goed maal, de avond doorbrengen dan op het piazza? Het was dus echt niet moeilijk. Ik kom rechtstreeks uit Venetië. Maar nu ga ik even zitten.'

'Ja ... hm ... laat ik je even aan mijn vrouw voorstellen,' zei Mihály nerveus. 'Erzsi, dit is meneer János Szepetneki, hij is een klasgenoot van me geweest over wie ik je ... hm ... geloof ik nog nooit heb verteld.' En hij bloosde diep.

János nam Erzsi op met onverhulde antipathie in zijn blik, hij boog, gaf een hand, om vervolgens haar aanwezigheid volledig te negeren. Verder zei hij ook niets, hij bestelde alleen een glas limonade.

Na een lange stilte schraapte Mihály zijn keel.

'Nou, vertel maar op. Je hebt toch een reden om me hier in Italië op te zoeken.'

'Dat hoor je nog wel. Ik wilde je vooral zien, want ik hoorde dat je was getrouwd.'

'Ik dacht dat je boos op me was,' zei Mihály. 'De laatste keer dat we elkaar tegenkwamen, op de Hongaarse ambassade in Londen, verliet je de zaal toen je me zag. Maar ja, nu heb je geen reden meer om kwaad te zijn,' ging Mihály door toen hij begreep dat János niet zou antwoorden. 'Je wordt wijzer. Met de tijd wordt iedereen wijzer, en geleidelijk aan vergeet je waarom je jarenlang kwaad op iemand bent geweest.'

'Je doet alsof je weet waarom ik kwaad op je was.'

'Natuurlijk weet ik dat,' zei Mihály, en werd weer rood.

'Zeg het dan, als je het weet,' zei Szepetneki uitdagend.

'Dat wil ik nu niet ... voor mijn echtgenote.'

'Dat maakt me niets uit. Zeg het maar, als je durft. Waarom, denk je, wilde ik geen woord met je wisselen toen in Londen?'

'Omdat het me te binnen schoot dat ik ooit geloofde dat jij mijn gouden horloge had gestolen. Maar inmiddels weet ik wie het gedaan heeft.'

'Zie je nou wat een sukkel je bent? Ik heb je horloge wel gestolen.'

'Ben jij het toch geweest?'

'Tuurlijk.'

Erzsi schoof al enige tijd ongemakkelijk heen en weer op haar stoel omdat haar mensenkennis haar bij het observeren van de handen en het gezicht van János Szepetneki al had verraden dat deze man bij tijd en wijle gouden horloges stal, en ze drukte haar tasje met daarin de paspoorten en de cheques nerveus tegen zich aan. Ze was met stomheid geslagen en onaangenaam getroffen dat de doorgaans zo tactvolle Mihály deze horlogeaffaire ter sprake had gebracht. De stilte die hierna intrad, was niet uit te houden; het is het soort stilte dat ontstaat doordat de ene man tegen de ander zegt dat hij zijn gouden horloge heeft gestolen, waarna ze zwijgen. Ze stond op en zei:

'Ik ga terug naar het hotel. De heren hebben wat zaken te vereffenen...'

Mihály keek haar zeer geïrriteerd aan.

'Blijf er maar bij. Je bent nu mijn vrouw, alles gaat jou voortaan ook aan.' Hij wendde zich tot Szepetneki en zei luidkeels: 'Waarom gaf je me dan geen hand in Londen?'

'Jij weet zelf het beste waarom. Als je het niet zou weten, was je nu niet zo woest. Maar je weet dat ik gelijk had.'

'Kun je niet wat duidelijker zijn?'

'Jouw talent om mensen niet te begrijpen is even groot als je talent om mensen die je uit het oog bent verloren en die je niet eens hebt gezocht ook niet te vinden. Daarom was ik nijdig op je.'

Mihály zweeg.

'Wel, als je me wilde ontmoeten...' zei hij eindelijk, 'in Londen kwamen we elkaar toch tegen?'

'Klopt, maar dat was toeval. Dat telt niet. Bovendien weet je donders goed dat het niet om mij gaat.'

'Als het om anderen gaat ... die had ik toch niet kunnen vinden.'

'En dus heb je ze maar niet gezocht, hè? Terwijl het misschien genoeg was geweest om je hand uit te steken. Maar nu heb je nog een kans. Luister, jongen, ik denk dat ik Ervin gevonden heb.'

Mihálys gezicht veranderde ogenblikkelijk. De woede en de ontsteltenis maakten plaats voor vreugdevolle belangstelling.

'Echt waar?! Waar is hij?'

'De precieze plaats weet ik nog niet, maar ik weet dat hij in Italië zit, ergens in een klooster in Umbrië of Toscane. Ik zag hem in een processie lopen, omringd door andere monniken. Ik kon er niet bij, ik mocht de plechtigheid niet verstoren. Maar er was ook een priester, een bekende van mij, die vertelde dat die monniken uit een Toscaans of Umbrisch klooster kwamen. Dat is wat ik je wilde vertellen. Nu je toch in Italië bent, zou je me kunnen helpen zoeken.'

'Aha. Dank je wel. Maar ik weet niet of ik je ga helpen. Ik zou niet eens weten hoe. Bovendien ben ik nu op huwelijksreis, ik kan toch niet alle kloosters in Umbrië en Toscane gaan aflopen? En weet ik veel of Ervin mij wil ontmoeten? Als dat zo is, had hij me allang kunnen vertellen waar hij verblijft. Ga nu weg, János Szepetneki. Ik hoop je de komende paar jaar niet meer te zien.'

'Ik ga al. Je echtgenote is een bijzonder onsympathieke vrouw.'

'Ik heb niet naar je mening gevraagd.'

János Szepetneki stapte weer op zijn motorfiets.

'Reken mijn limonade ook maar af,' zei hij nog over zijn schouder, alvorens hij in het inmiddels gevallen donker verdween.

Het echtpaar bleef zitten en zweeg. Erzsi ergerde zich, maar tegelijk vond ze de situatie ook komisch. Oude klasgenoten die elkaar tegenkomen... Zo te zien werd Mihály echt diep geraakt door die oude zaken. Ze zou een keer moeten vragen wie die Ervin en die Tamás waren ... alhoewel, het klonk allemaal niet erg aanlokkelijk. Erzsi had geen sympathie voor jongeren, zoals ze in het algemeen niet van onaffe mensen hield.

Maar eigenlijk was ze om een heel andere reden ontstemd. Namelijk, en dat was logisch, omdat ze János Szepetneki in het geheel niet bevallen was. Niet dat de mening van zo'n op zijn zachtst gezegd louche figuur er ook maar iets toe deed, maar toch. Voor een vrouw bestaat niets noodlottigers dan het oordeel van de vrienden van haar man. Mannen zijn ongelooflijk beïnvloedbaar als het om vrouwen gaat. Hoewel, die Szepetneki was geen vriend van Mihály. Of beter, geen vriend in de conventionele zin van het woord, maar kennelijk hadden de twee toch een bijzonder sterke band. Bovendien kon zelfs de meest laaghartige man op dit gebied een ander beïnvloeden.

Verdorie, wat staat hem zo aan mij tegen?

Erzsi was een dergelijk oordeel niet gewend. Ze was rijk, knap, goed gekleed, en mannen vonden haar aantrekkelijk of op zijn minst sympathiek. Ze wist dat het voor Mihály van groot belang was dat andere mannen zich waarderend over haar uitlieten. Ze vroeg zich zelfs wel eens af of Mihály wel met zijn eigen ogen naar haar keek en niet met die van anderen. Of hij niet dacht: Wat zou ik toch verliefd zijn op Erzsi als ik net als die andere mannen was. En nu kwam er zo'n schooier langs en die vond haar niks. Ze kon zich er niet van weerhouden te vragen: 'Kun je me misschien vertellen waarom ik je vriend de zakkenroller niet beviel?'

Mihály glimlachte.

'Kom nou. Het ging niet om jou. Wat hij niet zag zitten, was dat je mijn vrouw bent.'

'Waarom?'

'Omdat hij denkt dat ik om jou verraad heb gepleegd aan mijn jeugd, aan onze gezamenlijke jeugd. Dat ik ze vergeten ben, degenen die... Dat ik andere relaties ben aangegaan om mijn leven op te bouwen. Terwijl... Nu denk je uiteraard: mooie vrienden heb je. Om te zeggen dat Szepetneki niet mijn vriend is zou natuurlijk maar een uitvlucht zijn. Maar... hoe moet ik het uitleggen... zulke mensen bestaan ook. Dat horloge stelen was maar een kinderachtige vingeroefening. Sindsdien floreert Szepetneki als crimineel; er waren tijden dat hij erg veel geld had, dat hij me grote sommen gaf die ik tegen wil en dank moest aannemen en die ik hem niet terug kon betalen omdat ik niet wist waar hij uithing. En hij heeft ook al gezeten – hij heeft me uit de gevangenis ooit een kaartje gestuurd met de vraag of ik hem vijf pengő kon doen toekomen. Zo af en toe duikt hij op en dan heeft hij de gewoonte onaangename mededelingen te doen. Maar zoals ik al zei, zulke mensen bestaan. Wist je het tot nu toe nog niet, dan heb je het nu met eigen ogen gezien. Maar hoor eens... kunnen we hier ergens een fles wijn krijgen om op de kamer op te drinken? Ik heb er genoeg van mijn leven op dit piazza openbaar te maken.'

'Waarom koop je er niet een in het hotel, dat heeft toch ook een restaurant?'

'Wordt het geen schandaal als we die op de kamer opdrinken? Mag dat wel?'

'Mihály, ik erger me groen en geel aan die angst van jou voor obers en hotelhouders.'

'Maar dat heb ik toch uitgelegd? Dat zijn de meest volwassen mensen die er bestaan en bovendien voel ik er niets voor om in het buitenland iets te doen wat tegen de regels is.'

'Goed, dat snap ik. Maar waarom moet je weer drinken?'

'Ik moet nodig wat drinken. Want ik wil je vertellen wie Tamás Ulpius was, en hoe hij is gestorven.'

4.

'Ik moet je over de gebeurtenissen van lang geleden vertellen, want ze zijn van wezenlijk belang. Wat er echt toe doet, heeft meestal plaatsgevonden in een ver verleden. Zolang je er niet van op de hoogte bent, blijf je – het spijt me het zo te moeten zeggen – een vreemde in mijn leven.

Toen ik op het gymnasium zat, was mijn voornaamste vermaak wandelen. Zwerven, kan ik beter zeggen. Omdat we het over een adolescent hebben, is dat een beter woord. Elk afzonderlijk deel van Boedapest ging ik systematisch verkennen. Elke buurt, elke straat had voor mij een eigen sfeer. Overigens kan ik me tot op de dag van vandaag nog even goed vermaken met het kijken naar huizen als toen. Wat dat betreft ben ik niet ouder geworden. Huizen hebben me zoveel te vertellen. Ze zijn voor mij net zoiets als wat vroeger voor dichters de natuur was, tenminste, wat zij natuur noemden.

Mijn lievelingsplek was de Burcht van Boeda. Ik raakte maar niet uitgekeken op die oude straatjes. Toen al voelde ik me meer aangetrokken tot oude dingen dan tot nieuwe. Iets kreeg pas een diepere betekenis als het veel mensenlevens in zich opgenomen had, als het door het verleden onvergankelijk was gemaakt, zoals de burcht van Déva door de ingemetselde vrouw van Kelemen.

Wat druk ik me goed uit, vind je niet? Misschien heeft het met deze heerlijke sangiovese te maken.

Tamás Ulpius zag ik dikwijls in de Burcht, want hij woonde daar. Alleen dat was in mijn ogen al erg romantisch, maar ik was ook onder de indruk van zijn bleke, prinselijke, fragiele melancholie en van nog veel meer. Hij was afgewogen beleefd, droeg donkere kleding en sloot geen vriendschap met zijn klasgenoten. Ook niet met mij.

Nu moet ik het weer over mezelf hebben. Je hebt me altijd gekend als een brede, gespierde jongeman, eigenlijk niet zo jong meer, met een strakke, rustige blik die in Boedapest een pokerface wordt genoemd, en zoals je weet ben ik altijd een beetje dromerig. Probeer je nu voor te stellen dat ik er als gymnasiast heel anders uitzag. Ik heb je al eens een portretfoto van mezelf laten zien uit die tijd, waarop je met eigen ogen de begerige, rusteloze, extatische gloed kon ontwaren in mijn gezicht. Ik moet erg lelijk geweest zijn ... toch houd ik meer van mijn uiterlijk van destijds. En daarbij moet je je een passend adolescent lichaam voorstellen, smal en hoekig, met een gebogen rug door de snelle groei. En een even opgeschoten en hongerig karakter.

Met dit beeld voor ogen kun je je voorstellen dat ik lichamelijk noch geestelijk gezond was. Ik had bloedarmoede en leed onder verschrikkelijke depressies. Op mijn zestiende, na een longontsteking, ging ik hallucineren. Als ik aan het lezen was, had ik het gevoel dat iemand achter me over mijn schouder meelas. Ik moest me omdraaien om me ervan te vergewissen dat er niemand stond. Of ik werd midden in de nacht in paniek wakker omdat er iemand naast mijn bed naar mij zou staan staren. Natuurlijk was er niemand. En ik schaamde me voortdurend. Thuis werd de situatie door dat nooit aflatende schaamtegevoel langzaam aan onhoudbaar. Bij de gezamenlijke maaltijden zat ik blozend aan tafel en er was een tijd dat ik bij het minste of geringste in tranen kon uitbarsten. Dan rende ik de kamer uit. Je weet wat voor fijne mensen mijn ouders zijn; je kunt je voorstellen hoe geschrokken en teleurgesteld zij waren, en hoe mijn broers en Edit de spot met me dreven. Uiteindelijk vond ik een uitweg in de leugen dat ik om halfdrie voor een extra les Frans terug moest naar school en kreeg ik alleen, vóór de anderen, mijn middageten.

Nog later lukte het me ook om 's avonds na de anderen aan tafel te gaan.

Maar er kwam nog iets bij, en dat symptoom was nog erger dan alle andere. Dat was de kolk. Ja, de kolk, zoals ik het zeg. Soms had ik het gevoel dat de grond opensplreet en dat ik aan de rand van een kolkende afgrond stond. Dit moet je niet letterlijk nemen, die kolk heb ik nooit gezien, visioenen had ik dus niet; ik had alleen de overtuiging dat hij er was. Eigenlijk wist ik ook dat hij er in werkelijkheid niet was, maar alleen in mijn verbeelding bestond – je weet toch hoe ingewikkeld dit soort zaken zijn. Maar feit was dat ik, als dat kolkgevoel me in zijn greep had, roerloos was van angst, geen woord kon uitbrengen en dacht dat alles ophield te bestaan.

Dat gevoel duurde trouwens niet lang, en ik heb ook niet vaak zulke aanvallen meegemaakt. Wel één keer, heel onaangenaam, tijdens de biologieles. De grond naast me was net opengegaan toen ik naar het bord werd geroepen. Ik bewoog me niet, bleef in de bank zitten. De docent herhaalde zijn opdracht nog een paar keer, en toen hij zag dat ik niet reageerde, stond hij op en kwam naar me toe. 'Wat is er aan de hand?' vroeg hij. Ik kon natuurlijk niet antwoorden. Hij bleef me nog een tijdje aankijken, ging toen terug naar de katheder en wees iemand anders aan. Hij had zo'n goede, priesterlijke ziel dat hij dit voorval later nooit ter sprake heeft gebracht. Bij mijn klasgenoten was mijn gedrag echter het gesprek van de dag. Zij dachten dat ik uit opstandigheid had geweigerd naar het bord te komen, dat ik recalcitrant was en dat de docent bang voor me was geworden. In één klap was ik populair en kende de hele school me. Een week later riep dezelfde biologieleraar János Szepetneki naar het bord. Dezelfde János Szepetneki die je vandaag hebt gezien. Szepetneki trok een ernstig vrijbuitergezicht en bleef zitten. De leraar stond op, liep naar hem toe en gaf hem een flinke lel. Vanaf dat moment was Szepetneki ervan overtuigd dat ik een belangrijke status had.

Maar laat ik het over Tamás Ulpius hebben. Op een dag viel de eerste sneeuw. Ik kon haast niet wachten tot de school uitging en ik in afzondering mijn middagmaal naar binnen had geschrokt om naar de Burcht te snellen. Ik had een bijzondere passie voor sneeuw, ik hield ervan te zien hoe de verschillende wijken onder de sneeuw veranderden, zozeer dat je zelfs in bekende straten verdwalen kon. Ik kuierde een hele tijd rond, liep naar de promenade bij de burcht en staarde naar de heuvels van Boeda. Opeens scheurde de grond naast me open. De kolk was deze keer des te aannemelijker, omdat ik werkelijk op een verhoging stond. Aangezien ik de kolk al vaker had meegemaakt, was ik niet zo geschrokken, ik wachtte min of meer beheerst af tot de grond weer zou dichtgaan en de kolk zou verdwijnen. Zo stond ik een hele tijd te wachten, ik weet niet hoe lang, want op zulke momenten laat je gevoel voor tijd je in de steek, net als in je slaap of tijdens het liefdesspel. Het enige dat ik zeker wist, was dat deze kolk veel langer aanhield dan anders. Wat is de kolk vandaag toch hardnekkig, dacht ik nog. Het was al donker en hij duurde maar voort. Tot mijn grote schrik ontdekte ik toen dat de kolk breder werd, dat ik op misschien nog maar tien centimeter van de afgrond stond en dat hij langzaam maar zeker opschoof in de richting van mijn voeten. Nog een paar minuten en het was afgelopen, dan zou hij me opslokken. Ik hield me krampachtig vast aan de reling.

De kolk was niet te stuiten. De grond zakte onder mijn voeten weg en ik hing in het niets, enkel met mijn handen vastgeklemd aan de ijzeren reling. Als mijn handen moe worden, dacht ik, dan val ik. Bedaard mompelde ik in mezelf een gebed en bereidde me voor op de dood.

Op dat moment merkte ik dat Tamás Ulpius naast me stond.

"Wat is er met jou aan de hand?" vroeg hij en hij legde zijn hand op mijn schouder.

De kolk was onmiddellijk weg en ik was van uitputting in elkaar gezakt als Tamás me niet had opgevangen. Hij hielp me naar een bank en wachtte tot ik een beetje was uitgerust. Toen ik me weer beter voelde, vertelde ik hem in het kort het kolkverhaal, voor het eerst in mijn leven. Ik kan niet uitleggen hoe dat ging... in één ogenblik was hij mijn beste vriend geworden. Het soort vriend naar wie adolescenten niet mínder intensief maar juist dieper en ernstiger hunkeren dan naar de eerste liefde.

De periode hierna zagen we elkaar dagelijks. Tamás wilde niet bij mij thuis komen, hij zei dat hij er een hekel aan had zich te moeten voorstellen. Wel nodigde hij mij niet lang daarna uit bij hem thuis. Zo kwam ik bij de Ulpiussen over de vloer.

De Ulpiussen woonden dus op de heuvel, in de Burcht, in het bovenste deel van een oud en vervallen huis. Dat was tenminste de buitenkant, want vanbinnen was het heel mooi en gerieflijk ingericht, net als die oude Italiaanse hotels hier. Hoewel het ook wat spookachtig was met die grote kamers en al die kunstvoorwerpen ... het leek wel een museum. De vader van Tamás Ulpius was namelijk archeoloog en museumdirecteur. Zijn grootvader was klokkenmaker geweest en had vroeger zijn werkplaats aan huis gehad. Toen ik hem leerde kennen, hield hij zich alleen nog maar voor zijn plezier bezig met oude klokken en met allerlei bijzondere speelgoeduurwerkjes, waarvan hij het mechaniek zelf had ontworpen.

De moeder van Tamás leefde niet meer. Tamás en zijn zus Éva haatten hun vader; ze verweten hem dat hij met zijn sombere kilheid hun jonge moeder de dood in had gejaagd. Dit was de eerste en verbijsterende indruk die ik opdeed in het huis van de Ulpiussen, meteen bij mijn eerste bezoek. Éva zei over haar vader dat zijn ogen op schoenknopen leken – waar ze overigens gelijk in had – en Tamás verklaarde, alsof het de gewoonste zaak van de wereld was: "Want, moet je weten, mijn vader is een buitengewoon weerzinwekkende vent" – en daar had hij ook gelijk in. Ik ben zelf opgegroeid in een gezin met een grote saamhorigheid, dat weet je. Ik hield van mijn ouders en van mijn broers en zus, mijn vader aanbad ik, dus ik kon me moeilijk voorstellen dat ouders en kinderen niet van elkaar hielden of dat kinderen het doen en laten van hun ouders beoordeelden alsof het om vreemden ging. Dit was de eerste grote, wezenlijke rebellie die ik in mijn leven gewaarwerd. En die opstandigheid kwam me, vreemd genoeg, uiterst sympathiek voor, zonder dat het ooit in me opkwam zelf tegen mijn vader in opstand te komen.

Tamás Ulpius had een diepgewortelde hekel aan zijn vader, maar hield des te meer van zijn grootvader en van zijn zus. De zusterliefde ging zo ver dat die op zich al als rebellie overkwam. Ik hield ook van mijn broers en zuster, maakte niet overdreven vaak ruzie met hen en beschouwde de saamhorigheid in het gezin als een serieuze zaak, tenminste voor zover mijn gemakkelijk afgeleide en verstrooide natuur dat toeliet. Bij ons was het echter ongepast dat kinderen hun liefde voor elkaar lieten zien, en elke vorm van genegenheid vonden we dus lachwekkend en gênant. Ik denk dat het bij de meeste gezinnen zo gaat. Met Kerstmis kochten we geen cadeautjes voor elkaar en als een van ons wegging of thuiskwam zeiden we de andere kinderen geen gedag. Als we op reis waren, schreven we alleen onze ouders beleefde brieven met als slot: ook groeten aan Péter, Laci, Edit en Tivadar. Bij de Ulpiussen ging het er anders aan toe. Broer en zus spraken verheven en beleefd met elkaar en ze namen altijd ontroerd en met kussen afscheid, ook al bleven ze maar een uurtje weg. Later kwam ik erachter dat ze allebei verschrikkelijk jaloers waren op de ander, en dat dit de voornaamste reden was dat ze geen andere vrienden hadden.

Dag en nacht waren ze bij elkaar. 's Nachts dus ook, zoals ik zei, want ze sliepen bij elkaar op de kamer. Dit vond ik nog het merkwaardigst. Bij ons was dat anders. Toen Edit twaalf werd, kreeg ze haar eigen kamer en vanaf dat moment ontwikkelde er zich om haar heen een aparte damesafdeling, er kwamen vriendinnen op bezoek, later zelfs vrienden, die we niet kenden en die bezigheden en vermaak hadden waar wij, jongens, diepe minachting voor voelden. Mijn puberfantasie werd nogal geprikkeld door het feit dat Tamás en Éva een kamer deelden. In mijn voorstelling vervaagde hierdoor het verschil tussen de geslachten en ik stelde me hen voor als lichtelijk androgyne wezens. Met Tamás sprak ik doorgaans op zachte en beleefde toon, zoals dat eigenlijk met meisjes hoort, terwijl ik bij Éva nooit last had van de onbehaaglijke verveling die ik voelde in het bijzijn van de vriendinnen van Edit en andere meisjes die officieel tot jongedame waren verklaard.

Aan de grootvader kon ik maar moeilijk wennen. Op de meest onwaarschijnlijke momenten, vaak midden in de nacht, slofte hij gehuld in de meest onwaarschijnlijke gewaden of met de raarste hoeden op zijn hoofd de kamer van Tamás en Éva binnen. Broer en zus ontvingen hem elke keer met een plechtige ovatie. In het begin vond ik zijn verhalen enigszins vervelend, ik verstond ze ook slecht, want de oude sprak Duits met een Westfaalse tongval; hij had zich vanuit Keulen in Hongarije gevestigd. Maar later kreeg ik de smaak van zijn vertelsels te pakken. Hij was een wandelende encyclopedie van de oude stad. Een lot uit de loterij, zeker voor iemand die zo gek was op de geschiedenis van huizen als ik. Over elk huis van de Burcht en de bewoners daarvan had hij een verhaal en zo veranderden de huizen die ik eerst alleen van buitenaf kende, gaandeweg in innige vrienden.

Maar hun vader haatte ik ook. Ik kan me niet herinneren dat ik ooit met hem gesproken heb. Als hij me zag, bromde hij iets en keerde hij me de rug toe. Tamás en Éva leden er werkelijk onder als ze met hun vader moesten eten. Ze zaten dan in een grote zaal zwijgend aan tafel. Waren ze klaar met eten, dan gingen broer en zus bij elkaar zitten, terwijl hun vader liep te ijsberen in de grote ruimte, die slechts door één staande lamp werd verlicht. Aan de andere kant van de kamer gekomen, vervaagde zijn gestalte in het halfduister. Als Tamás en Éva iets tegen elkaar zeiden, stapte hij onmiddellijk op hen af en riep vijandig: "Wat is er, waar heb je het over?" Gelukkig was hij maar zelden thuis. Hij bedronk zich in achterafkroegjes, met *pálinka*, zoals echte booswichten dat doen.

Toen we elkaar leerden kennen, was Tamás bezig met een verhandeling over de geschiedenis van de religie. Het essay ging over de spelletjes uit zijn eigen kindertijd, maar hij werkte ze uit aan de hand van de vergelijkende godsdienstwetenschap. Het was een merkwaardig essay, aan de ene kant een parodie op de godsdienstwetenschap, aan de andere kant een bloedserieus zelfonderzoek.

Tamás had een even maniakale belangstelling voor oude dingen als ik. Bij hem was het geen wonder: het was de erfenis van zijn vader en bovendien zag hun huis eruit als een museum. Antieke voorwerpen vormden zijn natuurlijke omgeving; wat nieuw was en modern, was hem vreemd. Hij verlangde steeds naar Italië, waar alles oud was, voor hem bestemd. En kijk nu eens! Ik ben er, en hij is hier nooit geweest... Mijn hang naar oude dingen bestond veel meer uit een passief genieten en uit een intellectueel verlangen naar kennis, terwijl die van Tamás een daad van zijn fantasie was.

Voortdurend voerde hij de geschiedenis ten tonele.

Je moet je voorstellen dat het leven van broer en zus Ulpius één onafgebroken toneelspel was, één doorlopende *commedia dell'arte*. Het minste of geringste kon het spel op gang brengen, en dan gingen Tamás en Éva de gebeurtenissen uitbeelden, ze gingen spelen, zoals zij het noemden. Vertelde grootvader een verhaal over een gravin in de Burcht die verliefd werd op haar koetsier, dan veranderde Éva ogenblikkelijk in de gravin en werd Tamás de koetsier. Ging het verhaal over landsrechter Majláth die door zijn Roemeense knechten werd vermoord, dan was Éva de landsrechter en Tamás de knechten. Of er ontwikkelden zich lange en gecompliceerde historische horrorverhalen met steeds nieuwe afleveringen. Daarbij werden de gebeurtenissen uiteraard slechts in grove lijnen uitgebeeld, net als in de commedia dell'arte. De kostuums werden verbeeld met een of twee kledingstukken die meestal afkomstig waren uit de onuitputtelijke collectie van grootvader, de dialoog was niet al te lang maar heel barok van taal en het slot bestond altijd uit moord of zelfmoord. Want nu ik eraan terugdenk, bij al die geïmproviseerde toneelstukken vormde de uitbeelding van een gewelddadige dood steeds de apotheose. Tamás en Éva doodden elkaar dagelijks met wurgkoord, vergif, messteek of brandende olie.

Voor zover ze zich met hun toekomst bezighielden, stond deze in het teken van het theater. Tamás bereidde zich voor op een leven als toneelschrijver en Éva zag zichzelf als een belangrijke actrice. Hoewel, zich voorbereiden is niet juist gezegd, aangezien Tamás nooit iets schreef en het nooit in Éva opkwam om naar de toneelschool te gaan. Met des te meer passie bezochten ze toneelvoorstellingen. Ze gingen uitsluitend naar het Nationaal Theater; licht vermaak vond Tamás even walgelijk als moderne architectuur. Zijn voorkeur ging uit naar de klassieken met een overvloed aan moord en zelfmoord.

Maar om naar het toneel te kunnen hadden ze geld nodig, en van hun vader kregen ze voor zover ik weet helemaal geen zakgeld. Een bescheiden inkomen hadden ze te danken aan de kokkin, de slonzige voorzienster in hun aardse behoeften, die voor de kinderen wat achterhield van het huishoudgeld. En ook de grootvader gaf hen geld; uit geheimzinnige bronnen – ik denk dat hij als klokkenmaker zwart bijverdiende – had hij altijd een paar kronen. Maar alles bij elkaar was dat natuurlijk nog verre van voldoende om de passie van broer en zus te bevredigen.

Éva moest voor het geld zorgen. Het woord 'geld' mocht je in het bijzijn van Tamás niet in de mond nemen. Maar Éva was handig; ze was erg vindingrijk als het om geld ging. Alles wat ze konden missen, wist ze voor een goede prijs te verkopen. Af en toe verkocht ze zelfs museale stukken van thuis, maar dat was vanwege vader Ulpius toch riskant en bovendien hield ook Tamás er niet van een antiek object waaraan hij gewend was te moeten missen. Éva leende geld op de vreemdste manieren: van de groenteman, van de banketbakker, de apotheker, ja zelfs een keer van de man die de stroomkosten kwam incasseren. En als haar pogingen dan nog niet genoeg hadden opgeleverd, dan stal ze. Ze stal van de kokkin, met onverschrokken moed rolde ze de zakken van haar vader, gebruik makend van zijn dronkenschap. Dit was nog hun meest constante en in zekere zin ook hun eerlijkste bron van inkomen. Ooit lukte het haar om uit de kassa van de banketbakker een briefje van tien kronen te stelen, iets waar ze erg trots op was. Ze had waarschijnlijk nog meer van dit soort avonturen beleefd, die ze me niet vertelde. Ze stal overigens ook van mij. Toen ik het in de gaten kreeg en me verzette, voerde ze een belastingplicht in: ik moest elke week een bepaald bedrag in het familiefonds storten. Waarvan Tamás uiteraard niet op de hoogte werd gebracht.'

Erzsi onderbrak Mihály: 'Moral insanity.'

'Juist, dat is het,' vervolgde hij. 'Wat zijn dat soort vaktermen toch geruststellend. Bovendien pleiten ze iemand tot op zekere hoogte ook vrij. Het gaat niet om een dief, maar om een geesteszieke. Alleen was Éva niet geestelijk gestoord, en ze was ook geen dievegge. Ze miste alleen elk gevoel van moraliteit in verband met geld. Broer en zus Ulpius waren zo wereldvreemd, ze stonden zo ver buiten de gevestigde maatschappelijke en financiële orde dat ze werkelijk geen idee hadden welke manieren geoorloofd waren om aan geld te komen en welke ten strengste verboden waren. Geld bestond niet voor hen. Ze wisten alleen dat ze die papiersnippers, die er niet eens aantrekkelijk uitzagen, en die zilveren schijfjes konden inwisselen voor een theaterbezoek. De overtrokken en abstracte mythologie van het geld als fundament van het religieuze en morele gevoel van de moderne mens en daarmee ook de offerrituelen voor de god van het geld: "eerlijke arbeid", spaarzaamheid, rendement en dergelijke begrippen, dat alles was hun volstrekt vreemd. Zoiets is je aangeboren, maar dat ging bij hen niet op, of je kunt het van huis uit meekrijgen, zoals bij mij het geval was, maar zij leerden thuis slechts de geschiedenis van de huizen van de Burcht, van grootvader.

Je kunt je niet voorstellen hoe weinig realiteitszin ze hadden en hoezeer ze gruwden van ieder praktisch aspect van het leven. Ze namen nooit een krant in handen en hadden geen benul van wat zich in de wereld afspeelde. De wereldoorlog was toen aan de gang, maar zij waren er niet in geïnteresseerd. Op school bleek, toen Tamás een keer een beurt kreeg, dat hij nog nooit van István Tisza had gehoord. Toen Przemysl was gevallen, dacht Tamás dat het om een Russische generaal ging, waarop hij beleefd zijn blijdschap uitte; hij werd er bijna om in elkaar geslagen. Later discussieerden de intelligentere jongens over Ady en Babits; Tamás, die meende dat iedereen het altijd over generaals had, dacht dat Ady een generaal moest zijn geweest. Zowel de intelligentere jongens als de leraren dachten daarom dat Tamás dom was. Zijn bijzondere gave, namelijk zijn enorme kennis van de geschiedenis, bleef op school voor iedereen verborgen – iets wat hij absoluut niet erg vond.

Ook in alle andere opzichten stonden ze buiten de gangbare orde van het leven. Als het Éva om twee uur 's nachts te binnen schoot dat ze de week daarvoor haar Franse schrift op de Sváb-heuvel had laten liggen, dan stonden ze allebei op, kleedden zich aan en gingen naar de Sváb-heuvel om daar tot de ochtend rond te struinen. De volgende ochtend spijbelde Tamás dan met koninklijke kalmte. Éva fabriceerde dan weer een ziekte-briefje voor hem, compleet met de nagemaakte handtekening van de oude Ulpius. Zij ging trouwens helemaal niet naar school en had evenmin een andere bezigheid, maar in haar eentje kon ze zich uitstekend vermaken, net als een kat.

Je kon elk uur van de dag bij hen binnenvallen, je stoorde nooit; ze gingen door met hun leven alsof je er niet was. Ook 's nachts was je er welkom, maar als gymnasiast mocht ik 's nachts hooguit na een theaterbezoek nog heel even bij hen op bezoek, ik droomde ervan een keer te mogen blijven slapen. Pas na mijn eindexamen bleef ik er vaak overnachten.

Later las ik in een beroemd Engels essay dat het belangrijkste kenmerk van de Kelten hun opstandigheid was tegen de tirannie van de feiten. Wat dat betreft waren de Ulpiussen echte Kelten. Laat ik even zijdelings opmerken dat zowel Tamás als ik dweepte met de Kelten, de Graallegende en Parsival. Waarschijnlijk voelde ik me bij hen zo goed op mijn gemak omdat ze zo Keltisch waren. In hun gezelschap ontdekte ik mezelf. Ik kwam erachter waarom ik me in mijn ouderlijk huis altijd een vreemdeling voelde voor wie men zich schaamde. Dat was omdat daar de feiten regeerden. Bij de Ulpiussen was ik thuis. Ik ging elke dag bij hen langs en bracht er al mijn vrije tijd door.

Zodra ik werd meegezogen in de atmosfeer van huize Ulpius, was het met mijn schaamtegevoel en de symptomen van nervositeit gedaan. De laatste keer dat ik de kolk had meegemaakt, was de keer dat Tamás me eruit had bevrijd. Niemand keek meer over mijn schouder, niemand hield me 's nachts in de gaten. Ik kon weer rustig slapen en kreeg van het leven wat ik ervan verwachtte. Ook lichamelijk knapte ik op en mijn gezicht werd glad. Het was de gelukkigste tijd van mijn leven en wanneer een geur of een bepaalde lichtval de herinneringen in me wakker maakt, gaat ook nu nog de opgewonden duizeling van dat verre geluk, het enige geluk dat ik mocht kennen, als een huivering door me heen.

Dat geluk kreeg ik natuurlijk niet voor niets. Om thuis te zijn bij de Ulpiussen moest ik ook de wereld van de feiten achter me laten. Het was het een of het ander: de twee werelden waren niet te combineren. Ik las de krant niet meer en verbrak alle contacten met mijn intelligente vrienden. Langzaam aan werd ik voor net zo'n imbeciel aangezien als Tamás; dat deed me veel pijn, want ik was ijdel, en bovendien besefte ik dat ik intelligent was – maar er was niets aan te doen. Van mijn familie vervreemdde ik me volledig; mijn ouders en broers en zuster sprak ik aan op de van Tamás overgenomen, afstandelijk beleefde toon; de breuk die toen ontstond, is nog steeds niet hersteld, hoezeer ik ook mijn best heb gedaan, en het schuldgevoel daarover draag ik sindsdien met me mee. Later probeerde ik mijn afstandelijkheid goed te maken door juist inschikkelijk te zijn, maar dat is weer een ander verhaal...

Mijn familie zag mijn metamorfose met ontsteltenis aan. Ze hielden een bezorgd familieberaad bij mijn oom thuis en men besloot dat ik een vrouw nodig had. Mijn oom bracht me hiervan op de hoogte, zijn schroom met vele symbolische uitdrukkingen verhullend. Ik luisterde aandachtig maar onwillig; mijn afwijzing was des te sterker omdat Tamás, Ervin, János Szepetneki en ik elkaar toen al hadden beloofd nooit een vrouw aan te raken; wij zouden de nieuwe Graalridders worden. Langzaam aan lieten mijn ouders het idee om mij aan een vrouw te helpen los en ze verzoenden zich ermee dat ik was wie ik was. Ik denk dat mijn moeder nieuwe bedienden en kennissen die ons voor het eerst thuis komen bezoeken nog steeds voorzichtig waarschuwt dat ik een niet alledaags persoon ben, terwijl... al jaren valt er zelfs met een microscoop niets aan mij te ontdekken dat niet het allergewoonste ter wereld is.

Ik kan je niet eens uitleggen waaruit de verandering bestond die mijn ouders zo verontrustte. Toegegeven, broer en zus Ulpius eisten dat je je in alle opzichten aan hen zou aanpassen, en ik paste me dan ook graag, sterker nog, met geestdrift aan. Op school blonk ik niet meer uit. Mijn opinies veranderden en ik kreeg een grote afkeer van een heleboel zaken die me voorheen aantrekkelijk voorkwamen: van het leger en de roem op het slagveld, van mijn klasgenoten, van de Hongaarse keuken, van alles wat op school 'stoer' of 'geestig' gevonden werd. Het voetballen, tot dan toe mijn grote passie, hield ik voor gezien; de enige sport die was toegestaan was schermen, een sport die we alledrie met des te meer ijver beoefenden. Ik las verschrikkelijk veel om Tamás bij te houden, maar dat viel me niet zwaar. Uit die tijd stamt mijn belangstelling voor godsdienstgeschiedenis, maar daar ben ik later, toen ik serieus werd, weer van teruggekomen, net als van zoveel andere dingen.

Toch had ik een slecht geweten met betrekking tot de Ulpiussen. Ik had het gevoel dat ik hen bedroog. Want alles wat voor hen natuurlijke vrijheid was, was voor mij zware, krampachtige opstandigheid. Ik was door en door burgerlijk, dat had ik van thuis meegekregen, zoals je weet. Ik nam moest diep ademhalen en nam bewust de beslissing om de as van mijn sigaret op de grond te strooien; voor broer en zus Ulpius was dat vanzelfsprekend. De keren dat ik al mijn heldenmoed bij elkaar schraapte om met Tamás te spijbelen, had ik de hele dag buikpijn. Het ligt in mijn natuur om 's ochtends vroeg op te staan en 's nachts te slapen, om rond het middaguur en tegen de avond honger te hebben, om de maaltijd niet met het nagerecht te beginnen, ik houd van orde en ben vreselijk bang voor de politie. Al die eigenschappen van mij, mijn hele ordelievende en plichtsgetrouwe burgerlijke wezen, moest ik voor hen verborgen houden. Niet dat ze dat niet doorhadden, maar ze waren tactvol en zeiden er niets van; ze keken weg als ik weer eens een aanval van ordentelijkheid of zuinigheid kreeg.

Het zwaarst viel het me dat ik moest deelnemen aan hun toneelspel. Ik heb geen enkele aanleg voor toneel, ben verschrikkelijk verlegen en in het begin ging ik haast dood van ellende als ik het rode vest van hun grootvader moest aantrekken om paus Alexander VI te spelen in het betreffende deel van hun toneelreeks over de Borgia's. Later kreeg ik het toneelspel een beetje onder de knie, maar in het improviseren van geciseleerde, barokke betogen heb ik hen nooit kunnen evenaren. Daarentegen bleek ik wel een uitstekend slachtoffer. Ik was prima in rollen waarin ik vergiftigd werd of in olie gesmoord. Vaak was ik de meute die ten prooi viel aan de wreedheden van Ivan de Verschrikkelijke; dan moest ik vijfentwintig keer achter elkaar op verschillende manieren rochelen en doodgaan. Met name mijn rocheltechniek oogstte veel lof.

Hoe moeilijk het me ook valt, zelfs na zoveel wijn, ik moet je er eerlijk over vertellen, want mijn vrouw hoort dit te weten: ik was graag slachtoffer. Vanaf de vroege ochtend verstreek de dag in hoopvolle afwachting ... nou ja...'

'Waarom vond je het fijn om slachtoffer te zijn?' vroeg Erzsi.

'Hm ... uit erotische motieven, als je begrijpt wat ik bedoel ... ja, dat moet het zijn geweest. Later bedacht ik zelf de verhalen waarin ik het genoegen had om slachtoffer te spelen. Bijvoorbeeld dat Éva een Apachemeisje was, dat zag je toentertijd in de films, en dat ze me meelokte naar het Apachenkamp waar ik dronken werd gevoerd en dan beroofd en vermoord. Of hetzelfde in een historisch jasje: het verhaal van Judith en Holofernes, daar was ik dol op. Of ik was een Russische generaal en Éva de spionne die me in slaap sust en het oorlogsplan steelt. Tamás mocht dan eventueel mijn bijzonder handige adjudant zijn die Éva achtervolgt en de geheime documenten terugpakt, maar Éva maakte meestal korte metten met hem, zodat de Russen erbarmelijke verliezen leden. Deze variaties ontstonden ter plekke, tijdens het spel. Merkwaardig genoeg vonden Tamás en Éva die verhalen ook leuk. Alleen ik schaamde me ervoor, zelfs nu nog, om erover te praten, zij niet. Éva was graag de vrouw die mannen bedroog, verried en vermoordde, Tamás en ik vonden het fijn om de man te zijn die bedrogen werd en verraden en vermoord of anders verschrikkelijk vernederd...'

Mihály viel stil en nipte van zijn wijn. Na een tijd verbrak Erzsi de stilte: 'Vertel, was je verliefd op Éva?'

'Nee, ik denk het niet. Als je per se wilt dat ik op iemand verliefd was, dan eerder op Tamás. Tamás was mijn ideaal, terwijl Éva alleen maar een toegift was, een erotisch instrument in het spel. Maar ik zeg liever niet dat ik verliefd was op Tamás, want die uitdrukking is misleidend en dan zou je nog kunnen denken dat we een soort ziekelijke homo-erotische relatie hadden, terwijl daar geen sprake van was. Hij was mijn beste vriend in de gewichtigste zin, zoals dat gaat bij de belangrijke vriendschappen van de adolescentie, en het ongewone aan onze relatie was, zoals ik al heb gezegd, veel dieper en wezenlijker van aard.'

'Maar Mihály, zeg eens eerlijk... het is zo moeilijk voor te stellen... Jullie zaten jarenlang zo dicht op elkaar, ontstond er niet eens een onschuldige flirt tussen jou en Éva Ulpius?'

'Nee, niet eens een flirt.'

'Maar hoe is dat mogelijk?'

'Hoe dat mogelijk is? Ja hoe?... Waarschijnlijk doordat we zo intiem waren dat we niet konden flirten of verliefd worden. Liefde vereist afstand, zodat de geliefden nader tot elkaar kunnen komen. Die toenadering is uiteraard maar een illusie, want liefde verwijdert juist. Liefde is polariteit: geliefden zijn de twee tegengesteld geladen polen van de wereld.'

'Wat heb je een hoogdravende praatjes zo diep in de nacht. Ik begrijp de hele situatie niet. Was dat meisje soms lelijk?'

'Lelijk? Ze was de mooiste vrouw die ik ooit van mijn leven heb gezien. Hoewel, dat zeg ik ook niet nauwkeurig. Ze was een mooie vrouw, ook nu nog de maatstaf waaraan ik alle schoonheid meet. Al mijn latere liefdes leken op een of andere manier op haar, de een had benen zoals zij, de ander hief het hoofd zoals zij dat ook deed, de derde had dezelfde stem als zij door de telefoon.'

'Lijk ik ook op haar?'

'Ja ... jij lijkt ook op haar.'

'In welk opzicht?'

Mihály bloosde en zweeg.

'Vertel het me ... alsjeblieft.'

'Hoe zal ik het zeggen ... Sta eens op en kom naar me toe.'

Erzsi ging naast de stoel van Mihály staan, Mihály bleef zitten, legde zijn arm om haar middel en keek omhoog. Erzsi glimlachte.

'Ja ... dit is het,' zei Mihály. 'Zoals je me nu van boven aankijkt met een glimlach. Zo glimlachte Éva ook wanneer ik haar slachtoffer was.'

Erzsi maakte zich los uit Mihálys omhelzing en ging zitten.

'Merkwaardig,' zei ze mat. 'Je onthoudt me iets. Maar het geeft niet. Je bent niet verplicht me alles over je leven te vertellen. Ik maak me zelf ook geen verwijten dat ik jou niet alles van mijn jonge jaren heb verteld. Ik vind het ook niet belangrijk. Maar geef nou maar toe dat je verliefd was op dat meisje. Het is maar hoe je het noemt. Bij ons heet het gewoon verliefdheid.'

'Nee, ik zeg toch dat ik niet verliefd op haar was. De anderen wel, ja.'

'Welke anderen?'

'Ik was net van plan over hen te vertellen. Jarenlang kwam er niemand anders bij de Ulpiussen. Maar toen we in de achtste zaten, veranderde dat. Toen sloten Ervin en János Szepetneki zich bij ons aan. Maar zij kwamen voor Éva, niet voor Tamás, zoals ik. Het ging zo: de school organiseerde ieder jaar een toneelvoorstelling, en wij, leerlingen van de hoogste klas, kregen de hoofdrollen. Het was een of ander gelegenheidsstuk, op zichzelf niets bijzonders, het enige probleem was dat er een vrij omvangrijke vrouwelijke rol in voorkwam. De jongens namen allemaal de liefjes mee met wie ze op schaats- of dansles zaten, maar de leraar die de regie van de voorstelling had, een intelligente jonge priester met een diepe afkeer van vrouwen, vond niet een van die meisjes geschikt voor de rol. Sinds ik dit in Éva's bijzijn eens ter sprake had gebracht, had ze geen rust meer, ze had het gevoel dat de tijd was aangebroken om haar carrière als actrice te beginnen. Tamás wilde er niets van horen, hij rilde bij de gedachte hoe weinig gedistingeerd het was om zo'n nauwe, haast familiaire band met school te hebben. Maar Éva zat me net zolang op de huid tot ik de zaak bij de desbetreffende leraar aankaartte. Hij mocht mij erg graag en vroeg me Éva de volgende keer mee te nemen. Dat deed ik. Ze had haar mond haast nog niet opengedaan of de leraar zei: "U krijgt de rol en niemand anders." Éva deed eerst nog heel verwaand en moeilijk, ze beriep zich op de strenge opvoeding van haar vader die geen toneel tolereerde en stribbelde zo nog een halfuur tegen, tot ze zich liet overhalen de rol te aanvaarden.

Op de voorstelling zelf wil ik nu niet ingaan, maar ik wil wel even zeggen dat Éva geen succes had; de bijeengekomen ouders, onder wie ook mijn moeder, vonden haar te uitdagend en niet vrouwelijk genoeg, ook wat ordinair, ze had iets raars... Kortom: ze voelden haar opstandigheid aan en zonder dat er iets op Éva's spel of op haar kleding of gedrag aan te merken viel, waren ze moreel diep geschokt. Maar ook bij de jongens viel ze niet in de smaak, hoewel ze veel knapper was dan alle schaatsende en dansende rivaaltjes bij elkaar. De jongens gaven weliswaar toe dat ze mooi was; "maar voor de rest..." voegden ze daaraan toe en haalden hun schouders op. Deze burgerjongens droegen al een kiem van het gedrag dat hun ouders tegenover de opstandeling hadden met zich mee. Dat Éva een betoverde prinses was, werd alleen opgemerkt door Ervin en János, die zelf ook rebellen waren.

János Szepetneki heb je vandaag ontmoet. Hij is altijd al zo geweest. Hij was de beste van de klas als het ging om gedichten voordragen, in de literatuurkring van school; hij schitterde zonder meer als Cyrano. Hij droeg een revolver waarmee hij als klein jochie elke week een paar inbrekers doodschoot, die geheime documenten van zijn moeder, een jonge weduwe, probeerden te stelen. Hij had al geruchtmakende affaires toen de rest van de klas nog slechts met grote ijver de partners op de dansschool op de tenen trapte. In de zomermaanden ging hij naar het slagveld en schopte het daar tot luitenant. Zijn nieuwe kleren waren binnen de kortste keren gescheurd, want hij was altijd net ergens vanaf gevallen. Zijn grootste ambitie was om mij te bewijzen dat hij boven me stond. Die ambitie had er, denk ik, mee te maken dat we op ons dertiende een leraar hadden die zich met schedelonderzoek bezighield en mij op grond van wat knobbels op mijn hoofd zeer getalenteerd vond, terwijl hij uit de vorm van János' hoofd afleidde dat hij weinig begaafd was. Hier kon János zich niet overheen zetten, jaren na het eindexamen kreeg hij nog tranen in zijn ogen als hij eraan dacht. Hij wilde mij in alles overtreffen: in voetballen, in de studie en in intelligentie. Toen ik al deze dingen had afgeleerd, was hij volledig in de war en wist hij niet meer wat hij moest doen. Uiteindelijk werd hij verliefd op Éva, omdat hij dacht dat zij op mij verliefd was. Ja, zo is János Szepetneki.'

'En wie is Ervin?'

'Ervin was een joodse jongen die zich rond die tijd bekeerde tot het katholicisme, misschien onder invloed van onze priesterleraren, maar ik denk dat hij vooral zijn eigen weg volgde. Voor die tijd, rond zijn zestiende, was hij de intelligentste uit de hele groep intelligente, zelfingenomen jongens – joodse jongens zijn vroegrijp. Tamás koesterde dan ook een diepe haat jegens hem vanwege zijn intelligentie, hij werd ronduit een antisemiet als het om Ervin ging.

Ervin vertelde ons voor het eerst over Freud, het socialisme, de kring van de maartrevolutie, hij was de eerste onder ons die iets in zich opnam van de merkwaardige wereld die later de Károlyi-revolutie werd. Ook schreef hij prachtige gedichten in de stijl van Endre Ady.

Toen was hij ineens, van de ene dag op de andere bijna, veranderd. Hij sloot zich af van zijn klasgenoten en hield alleen nog contact met mij. Maar ik begreep zijn gedichten niet, in elk geval niet met mijn verstand van toen, en ook het feit dat hij rijmloze lange verzen was gaan schrijven stond me tegen. Hij trok zich terug, las boeken, speelde piano en wij wisten eigenlijk nog maar weinig van hem. En toen zagen we op een dag dat hij net als wij naar het altaar liep om te communie te gaan. Zo kwamen we erachter dat hij zich tot het katholicisme had bekeerd.

Waarom hij dat had gedaan? Uiteraard omdat de voor hem uitheemse schoonheid van het katholicisme hem lokte, net als de onverbiddelijkheid van de dogma's en de morele voorschriften. Ik denk dat hij net zo'n diep verlangen koesterde naar ascese als anderen naar genot. Hij deed het, kortom, om dezelfde redenen als alle anderen die zich bekeren en actief katholiek worden. Bovendien was er nog iets, al was het me toen nog niet zo duidelijk als nu. Ervin was, net als iedereen in huize Ulpius, op mij na, van nature iemand voor het rollenspel. Als ik nu terugdenk aan die tijd, realiseer ik me dat hij vanaf de eerste klas al rollen speelde. Hij speelde de intellectueel en de revolutionair. Hij was niet direct en spontaan zoals het hoort, integendeel: al zijn woorden en gebaren waren gestileerd. Hij gebruikte ouderwetse woorden, was in zichzelf gekeerd en zocht voortdurend naar grote rollen. Maar hij speelde niet zoals broer en zus Ulpius, die elk moment met een rol konden ophouden en met een nieuwe beginnen. Nee, Ervin speelde met inzet van zijn hele leven, en in het katholicisme had hij eindelijk de grote en zware rol gevonden die die inzet waard was. Vanaf dat moment veranderde hij ook niet meer van houding, maar verdiepte zich meer en meer in deze ene rol.

Hij beleed het katholicisme met de heilige ijver van sommige joden voor wie het vuur van de grote extase van het katholicisme nog niet gedoofd is door eeuwenlange gewenning. Zijn toewijding leek in niets op die van onze vrome en armlastige klasgenoten die elke dag te communie gingen, congregaties bezochten en zich voorbereiden op een kerkelijke loopbaan. Hun devotie bestond uit aanpassing, die van Ervin uit rebellie, een opstand tegen de hele ongelovige of onverschillige wereld. Over alles had hij een katholieke mening, over boeken, over de oorlog, over zijn klasgenoten, over de met boter besmeerde boterham in de pauze. Hij was nog minder inschikkelijk en nog dogmatischer dan de vroomste van onze leraren. "Wie zijn hand aan de ploeg slaat, kijke niet om", deze bijbelse spreuk was zijn devies. Hij verbande alles wat niet helemaal katholiek was uit zijn leven. Hij bewaakte zijn eigen zielenheil met een revolver.

Het enige dat hij uit zijn vorige leven behield, was zijn passie voor het roken. Ik kan me niet herinneren dat ik hem ooit zonder sigaret heb gezien.

Wel werd hij veel op de proef gesteld. Ervin was gek op vrouwen. Hij was 'de verliefde' in de klas, op dezelfde komische, eenzijdige manier als János Szepetneki 'de leugenaar' was. Iedereen wist altijd precies op welk meisje hij op dat moment verliefd was, hij wandelde immers de hele middag met haar op de Gellértheuvel en schreef gedichten voor haar. De klasgenoten hadden respect voor Ervins verliefdheden, want ze voelden de intensiteit en de dichterlijkheid ervan. Maar toen hij bekeerde deed hij ook afstand van de liefde. Rond die tijd begonnen de jongens het bordeel te bezoeken. Ervin keerde zich met walging van hen af. Terwijl de anderen volgens mij alleen voor de grap of om te pochen naar de vrouwen gingen, kende Ervin als enige al werkelijk het verlangen van het lichaam.

In die tijd leerde hij Éva kennen. Ongetwijfeld daagde zij hém uit. Ervin was namelijk mooi om te zien met zijn ivoren gezicht, hoge voorhoofd en vurige ogen. Je zag dat hij bijzonder, eigenzinnig en opstandig was, dat straalde van hem af.. Daarnaast was hij innemend en fijnzinnig. Ik merkte pas wat er gaande was toen Ervin en János in huize Ulpius verschenen.

De eerste middag was verschrikkelijk. Tamás was terughoudend als een groothertog en maakte maar heel af en toe kleine, in de verste verte niet toepasselijke opmerkingen, om de bourgeois te choqueren. Maar Ervin en János waren niet gechoqueerd, aangezien ze geen bourgeois waren. János voerde de hele middag het woord, hij vertelde over zijn ervaringen als walvisjager en over zijn grootse zakelijke plannen om beter gebruik te maken van zijn kokosnootplantages. Ervin zweeg, rookte en keek naar Éva. Die was echter heel anders dan anders. Ze zeurde en stelde zich aan, ze gedroeg zich ineens heel vrouwelijk. Ik voelde me het ellendigst van iedereen. Ik voelde me als een hond die merkt dat hij zijn recht om tijdens het eten onder de tafel te mogen zitten voortaan met twee andere honden zou moeten delen. Ik gromde, maar ik had willen janken.

Hierna ging ik een tijd wat minder vaak bij hen langs; ik probeerde momenten uit te zoeken dat Ervin en János er niet waren. Het was trouwens vlak voor het eindexamen; ik moest serieus aan het werk en probeerde daarnaast ook Tamás de hoogstnodige kennis bij te brengen. Hoe dan ook, het eindexamen zijn we doorgekomen. Ik moest Tamás op de dag zelf met geweld naar school slepen – hij was niet van plan geweest om uit bed te komen. Na het eindexamen begon opnieuw het grote leven in huize Ulpius.

Maar al vóór die tijd was alles weer goed gekomen. De Ulpiussen waren namelijk de sterkeren geweest en hadden János en Ervin gedwongen zich volledig aan hen aan te passen. Ervin was wat minder nors geworden en had een bijzonder innemende, zij het enigszins geaffecteerde stijl aangenomen; wat hij zei, leek tussen aanhalingstekens te staan, waarmee hij wilde laten merken dat hij niet volledig meende wat hij zei of deed. János was iets stiller en sentimenteler geworden.

Langzamerhand keerden we terug naar het spel, waarvan de vorm, verrijkt door de avontuurlijke geest van János en de poëtische fantasieën van Ervin, beter uitgewerkt werd. János bleek uiteraard een prima toneelspeler. Hij speelde iedereen van het toneel met zijn uitbundige voordracht en overvloedige tranen (hij speelde het liefst de jeune premier die hopeloos verliefd is), zodat we het spel moesten staken tot hij weer gekalmeerd was. Ervins lievelingsrol was die van een wild dier; hij voldeed uitstekend als de bizon die Ursus (ik) moest overwinnen, en ook als eenhoorn was hij zeer begaafd. Met zijn enorme hoorn kon hij elk obstakel – gordijnen, lakens, wat dan ook – in stukken scheuren.

In die tijd verplaatsten we onze activiteiten ook naar buiten huize Ulpius. We maakten grote wandelingen in de heuvels van Boeda, gingen naar de baden en iets later begonnen we te drinken.

Het idee kwam van János, hij had ons al jaren op allerlei kroegverhalen getrakteerd. Na hem was Éva de beste drinker, aan haar kon je haast niet zien dat ze iets gedronken had, alleen haar Éva-achtigheid werd op een bepaalde manier nog wat nadrukkelijk. Ervin stortte zich met dezelfde passie op de drank als hij dat met roken had gedaan. Ik wil geen grote waarheden op het gebied van de rassenleer verkondigen, maar jij weet ook hoe raar een jood wordt als hij aan het drinken slaat. Ervins drinken was net zo vreemd als zijn katholicisme. Het leek op een wanhopige duiksprong, alsof de roes waarin hij raakte niet veroorzaakt werd door goedkope Hongaarse wijnen maar door sterkere middelen als hasj of cocaïne. Daarbij kwam dat hij steeds afscheid leek te nemen: alsof hij voor het laatst zijn glas zou heffen, alsof hij alles in deze wereld voor het laatst deed. Ik raakte vrij snel gewend aan de wijn en de mogelijkheid die drank mij gaf om emotioneel te ontspannen en de discipline los te laten werden al snel een grote behoefte. Thuis schaamde ik me diep voor de daaropvolgende katers en ik nam me telkens weer voor nooit meer te drinken. Waarna ik weer naar het glas greep, zodat het besef van zwakte in me groeide, evenals het gevoel van vergankelijkheid, dat uiteindelijk het meest elementaire gevoel werd van de tweede helft van de jaren die ik met de Ulpiussen doorbracht. Ik had het gevoel dat ik bezig was "me in de afgrond te storten", vooral als ik aan het drinken was. Ik had het gevoel dat ik definitief weggleed van wat voor gewone mensen het normale leven is, en dat ik de verwachtingen van mijn vader nooit zou kunnen vervullen. Ondanks mijn verschrikkelijke gewetenswroeging was ik erg verknocht aan dit gevoel. In deze periode meed ik mijn vader, ik verstopte me haast voor hem.

Tamás hield maat met drinken en werd steeds zwijgzamer.

In deze periode begon Ervins vroomheid ons te raken. We kregen oog voor de wereld, de realiteit die we tot dan toe ontweken, en we schrokken. We voelden dat we onze handen er onherroepelijk vuil aan zouden maken en luisterden met toewijding naar Ervin, die verkondigde dat dit niet moest gebeuren. Wij begonnen even streng en dogmatisch over het leven voor de dood te oordelen als Ervin. Een tijdlang werd hij onze leider, in alles volgden we zijn adviezen en János en ik wedijverden in het uitvoeren van godvruchtige handelingen. Dagelijks ontdekten we nieuwe behoeftigen die we moesten bijstaan en ook steeds andere onsterfelijke katholieke schrijvers die we aan een onterechte vergetelheid moesten ontrukken. Thomas van Aquino, Jacques Maritain, Chesterton of Sint Anselmus van Canterbury – de heiligen vlogen door de kamer als vliegen. We gingen naar de kerk en János had uiteraard visioenen. Op een dag keek de heilige Dominicus nog voor de ochtendschemer door het raam naar binnen en zei met opgeheven wijsvinger: "Voor jou zullen we bijzonder goed zorgen." János en ik moeten ons in deze tijd volkomen belachelijk hebben gedragen. Broer en zus Ulpius raakten minder diep verstrikt in een dergelijke vroomheid.

Onze godsdienstige periode duurde misschien een jaar, daarna begon het gezelschap uit elkaar te vallen. Waarmee de desintegratie begon, is moeilijk te zeggen, op een of andere manier sijpelde er steeds meer van de alledaagse realiteit binnen, en tegelijkertijd ook van de vergankelijkheid. Grootvader Ulpius ging dood. Hij leed verschrikkelijk op zijn sterfbed; weken lag hij te hijgen en te rochelen. Éva verzorgde hem met opvallend veel geduld, ze zat 's nachts naast zijn bed te waken. Later, toen ik een keer de opmerking maakte dat het goed van haar was geweest, zei ze met een verstrooide glimlach dat het erg interessant was te zien hoe iemand doodgaat.

Toen besloot hun vader dat er iets met zijn kinderen moest gebeuren omdat het zo niet verder kon. Hij wilde Éva zo snel mogelijk uithuwelijken. Hij stuurde haar naar een tante in de provincie die een groot huishouden voerde, zodat Éva naar het bal zou gaan en aan andere vermakelijkheden deel zou nemen. Éva was natuurlijk een week later al terug met wonderlijke verhalen en vertrok geen spier toen haar vader haar in het gezicht sloeg. Tamás had het nog minder gemakkelijk. Hij moest klerk worden van zijn vader. Nu nog krijg ik tranen in mijn ogen alleen al bij de gedachte hoe hij geleden moet hebben op het kantoor. Hij had een baan op het stadhuis, tussen doodnormale kleinburgers die hem voor volkomen geschift hielden. Hij kreeg de stomst mogelijke, saaiste werkjes, want ze konden zich niet voorstellen dat hij ook maar iets zou kunnen uitvoeren dat enig nadenken of zelfstandigheid vereiste. Misschien hadden ze gelijk. Tamás werd aan talloze vernederingen blootgesteld door zijn collega's: niet dat ze met hem solden, juist niet, maar doordat ze medelijden met hem hadden en hem probeerden te ontzien. Tegenover ons klaagde Tamás nooit, alleen Éva liet hij af en toe wat los; van haar weet ik het. Hij trok alleen spierwit weg en werd stil als we het over zijn werk hadden.

Toen deed hij zijn tweede poging tot zelfmoord.'

'De tweede?' vroeg Erzsi.

'Ja. Over de eerste had ik al moeten vertellen. Die was eigenlijk nog belangrijker en in elk geval veel erger. Hij deed het toen we een jaar of zestien waren, aan het begin van onze vriendschap dus. Op een dag ging ik, zoals gewoonlijk, bij hen langs. Ik vond Éva alleen thuis, ongewoon diep geconcentreerd bezig met een tekening. Ze zei dat Tamás naar de zolder was en dat ik even op hem moest wachten. Tamás ging in die tijd vaak op zolder op ontdekkingsreis, hij vond er tussen de oude dozen allerlei spullen die zijn oudheidminnende fantasie prikkelden en die we goed konden gebruiken bij het spel ... de zolder van zo'n oud huis is hoe dan ook erg romantisch. Ik was dus niet verbaasd en bleef rustig wachten. Ik zei al dat Éva ongewoon stil was.

Plotseling trok ze wit weg, sprong op en riep me gillend bij zich: we moesten op zolder gaan kijken wat er met Tamás aan de hand was. Ik wist niet wat ze bedoelde, maar haar schrik sloeg ook op mij over. Op zolder was het al tamelijk donker. Zoals ik al zei, was het een enorme, oude zolder met grillige hoeken en bochten en allerlei geheimzinnige houten deuren, op de gang stond hier en daar een kist en er lagen stapels planken in de weg ... in de haast stootte ik mijn hoofd tegen de lage balken terwijl ik steeds door nieuwe trappen werd verrast die de ene keer naar boven, de andere keer naar beneden leidden. Maar Éva rende zonder aarzeling door het donker alsof ze wist waar ze Tamás moest zoeken. De gang eindigde in een laag en langwerpig kabinet, en aan het eind van dit vertrekje schemerde door een klein rond venster wat licht naar binnen. Éva deinsde met een gil terug en klampte zich vast aan mijn arm. Ik stond ook te klappertanden, maar had inmiddels de toestand bereikt waarin je angst je juist onverwacht dapper maakt. Ik stapte het donkere kamertje in en sleepte de aan mij vastgeklemde Éva met me mee.

Naast het kleine venster hing Tamás, zo'n meter boven de vloer. Hij had zich opgehangen. "Hij leeft nog, hij leeft nog," gilde Éva en stopte me snel een mes in de hand. Blijkbaar was ze uitstekend van zijn plannen op de hoogte geweest. Vlakbij stond een kist, daar was Tamás op gestapt om de lus aan de balk te bevestigen. Ik sprong op de kist, sneed het touw door, omarmde intussen met mijn andere hand Tamás en liet hem voorzichtig naar Éva zakken, die de strop om zijn hals losmaakte.

Tamás kwam algauw tot bewustzijn, hij had zich waarschijnlijk maar een paar minuten eerder verhangen en hij mankeerde niets.

"Waarom heb je me verraden?" vroeg hij aan Éva. Zij schaamde zich diep en gaf geen antwoord.

Later vroeg ik Tamás voorzichtig waarom hij het gedaan had.

"Ik was benieuwd hoe het is," antwoordde hij bedaard.

"En, hoe is het?" vroeg Éva, haar ogen wijd opengesperd van nieuwsgierigheid.

"Het was erg fijn."

"Heb je spijt dat we je hebben losgesneden?" vroeg ik met langzaam groeiende gewetenswroeging.

"Nee. Ik heb nog de tijd. Volgende keer beter."

Tamás kon toen nog niet uitleggen waar het om ging. Maar dat hoefde ook niet, ik had het begrepen, het was me uit ons spel al duidelijk geworden. De tragedies die we opvoerden bestonden uitsluitend uit moordpartijen en sterfscènes. Dat was het enige waar het spel om ging. Tamás was constant bezig met doodgaan. Maar – probeer het te begrijpen, als het tenminste te bevatten is – wat hij zocht was niet de dood zelf, niet het verval of de teloorgang. Nee. Het was de dáád van het doodgaan. Er zijn mensen die vanuit een "onbedwingbare drang" steeds weer moorden plegen om het hartstochtelijke genot van de moord te beleven. Een vergelijkbare, haast onbedwingbare drang lokte Tamás naar de ultieme, grootse extase van zijn eigen dood. Waarschijnlijk zal ik het je nooit kunnen uitleggen, Erzsi, zoiets is net zo min uit te leggen als muziek aan iemand die daar geen gevoel voor heeft. Ik begreep Tamás wel. We hebben het er jaren niet meer over gehad, we wisten alleen van elkaar dat we de ander begrepen.

We waren twintig toen de tweede poging plaatsvond, waar ik ook aan deelnam. Schrik niet, je ziet dat ik nog in leven ben.

Ik was toen nogal verbitterd, voornamelijk vanwege mijn vader. Na het eindexamen had ik me ingeschreven aan de letterenfaculteit. Mijn vader vroeg me telkens wat ik wilde worden, en steeds gaf ik als antwoord: godsdiensthistoricus. "En waar wil je dan van leven?" vroeg hij. Op deze vraag had ik geen antwoord, ik wilde er niet eens over nadenken. Ik wist dat mijn vader wilde dat ik in de zaak ging werken. Hij maakte geen uitdrukkelijk bezwaar tegen mijn universitaire studie omdat hij van mening was dat zijn firma er profijt van zou hebben als een van de vennoten een doctorstitel bezat. Ook ik beschouwde de universiteit dus uiteindelijk als een paar jaar uitstel. Even wat tijd winnen voordat ik volwassen werd.

Levenslust was in die tijd niet mijn sterkste kant. Het gevoel van ondergang ging steeds meer overheersen en zelfs uit het katholicisme kon ik geen troost meer putten, integendeel, het maakte me alleen nog sterker van mijn zwakheid bewust. Toneelspelen lag niet in mijn aard en ik had toen allang ingezien dat de kloof tussen mijn leven en wezen en het katholieke levensideaal onoverbrugbaar was.

Ik was de eerste van het gezelschap die het katholicisme liet varen. Dit was een van de talrijke keren dat ik verraad plaagde.

Om mijn verhaal te vervolgen: op een middag ging ik bij de Ulpiussen langs en vroeg Tamás om mee te gaan wandelen, het was een mooie, lenteachtige middag. We kwamen uit bij ÓBoeda en gingen daar in een lege kroeg zitten onder het standbeeld van de heilige Florianus. Ik dronk stevig en klaagde over mijn vader, mijn toekomst, over het dieptreurige bestaan van de jeugd.

"Waarom drink je zoveel?" vroeg Tamás.

"Omdat het aangenaam is."

"Ben je graag duizelig?"

"Natuurlijk."

"Verlies je graag je bewustzijn?"
"Natuurlijk. Dat is het enige waar ik echt van houd."
"Als dat zo is, dan ... begrijp ik je niet. Stel je voor hoeveel meer genot je moet voelen als je echt doodgaat."

Dat zag ik ook wel in. Dronken mensen denken logischer. Mijn enige tegenwerping was dat ik een afschuw had van elke pijn en elk geweld. Ik had geen zin om me op te hangen of dood te steken of om in de ijskoude Donau te springen.

"Dat is ook niet nodig," zei Tamás. "Ik heb dertig centigram morfine bij me, bij mijn weten genoeg voor ons tweeën, hoewel ik het ook in mijn eentje in kan nemen. Ik zal toch binnenkort sterven, de tijd is nu gekomen. Maar als je ook mee wilt is het nog fijner. Ik wil je natuurlijk niet beïnvloeden. Ik zeg het alleen. Voor het geval het je wat lijkt."

"Hoe kom je aan die morfine?"

"Van Éva gekregen. Zij heeft er bij de huisarts om gebedeld, ze heeft gezegd dat ze niet kon slapen."

Voor ons beiden was het van cruciaal belang dat het gif van Éva afkomstig was. Ook dit behoorde tot ons spel, het ziekelijke spel dat wij, sinds János en Ervin zich bij ons hadden aangesloten, ingrijpend hadden moesten bijstellen. De extase bestond eruit dat we voor of door Éva het leven lieten. Dat Éva voor het vergif had gezorgd, had me overtuigd. Ik moest het spul slikken. En dat gebeurde dan ook.

Ik kan je niet vertellen hoe eenvoudig en vanzelfsprekend het op dat moment was om zelfmoord te plegen. Ik was ook nog dronken en toentertijd kreeg ik van alcohol altijd een gevoel van "het maakt toch niets uit". Die bewuste middag ontketende de drank in mijn binnenste de boze geest die naar de dood lonkt en die – denk ik – diep in het bewustzijn van ieder mens schuilt. Denk er eens over na: het is zoveel eenvoudiger en natuurlijker om te sterven dan om in leven te blijven...'

'Vertel liever door,' zei Erzsi onrustig.

'We rekenden de wijn af en gingen weer wandelen, in grote, blijmoedige ontroering. We vertelden elkaar hoezeer we van elkaar hadden gehouden en dat deze vriendschap het mooiste in ons leven was geweest. We zaten een tijd aan de oever van de Donau, daar in ÓBoeda, bij het spoor, terwijl de zon onderging in de rivier. En we wachtten op de uitwerking van de stof. Vooralsnog voelden we niets.

Opeens kwam er een onweerstaanbaar, smartelijk verlangen in me op om afscheid te nemen van Éva. Tamás wilde er eerst niets van horen, maar het gevoel dat hem met zijn zuster verbond, won het uiteindelijk. We stapten op de tram en vervolgens renden we de smalle trappen op naar de Burcht.

Nu weet ik dat ik Tamás en de zelfmoord al verraden had op het moment dat ik Éva wilde zien. Ik rekende er onbewust op dat we, als we ons weer onder de mensen zouden bevinden, op een of andere manier gered zouden worden. Diep in mezelf had ik geen zin om dood te gaan. Ik was dodelijk vermoeid, zo moe als je je alleen op je twintigste kunt voelen, en ik verlangde ook naar de geheime, donkere roes van het sterven, maar zodra het door de wijn opgewekte gevoel van vergankelijkheid begon te verdwijnen, had ik geen zin meer om dood te gaan...

Ervin en János zaten bij de Ulpiussen thuis. Ik vertelde hun vrolijk dat we daarnet elk vijftien milligram morfine hadden ingenomen en dat we nu binnenkort zouden sterven, maar eerst nog afscheid wilden nemen. Tamás was al lijkbleek en stond wankel op zijn benen, aan mij was alleen maar te zien dat ik veel gedronken had. János rende meteen weg om een ambulance te bellen, waarbij hij meldde dat twee jongemannen elk vijftien centigram morfine hadden ingenomen.

"Zijn ze nog in leven?" vroeg de ambulancedokter.

Op János' bevestigende antwoord zeiden ze dat we onmiddellijk gebracht moesten worden. János en Ervin zetten ons in een taxi en reden met ons naar het ziekenhuis. Ik voelde nog steeds niets.

Des te meer voelde ik bij de eerste hulp, waar mijn maag genadeloos gespoeld werd, zodat ik voor altijd de zin verloor om ooit nog zelfmoord te plegen. Overigens kan ik de gedachte maar niet van me afzetten dat we helemaal geen morfine hadden geslikt. Of Éva had Tamás voor de gek gehouden, of de arts had Éva voor de gek gehouden. Dat Tamás zich beroerd voelde, kan net zo goed autosuggestie zijn geweest.

Éva en de jongens moesten de hele nacht bij ons blijven en ervoor waken dat we in slaap zouden vallen; bij de eerste hulp zei men dat we als we in slaap vielen, nooit meer wakker zouden worden. Het was een bijzondere nacht. We waren allemaal erg ontdaan, maar ik was ook blij dat ik zelfmoord had gepleegd, wat een grote sensatie is, en blij dat ik het had overleefd. Een bijzonder aangename vermoeidheid nam bezit van mij. We hielden heel veel van elkaar, dat zij over ons waakten was een groots gebaar van opoffering, dat uitstekend paste bij onze geestdrift voor religie en vriendschap. We waren allemaal diep geschokt, voerden gesprekken in de trant van Dostojevski, en dronken de ene kop koffie na de andere. Het was een typische nacht voor jongelui, waaraan je vanuit de volwassenheid niet kunt terugdenken zonder je enigszins onpasselijk te voelen. Maar blijkbaar ben ik zelfs daarvoor al te oud geworden, want bij de gedachte eraan word ik niet onpasselijk, maar voel ik alleen maar nostalgie.

Alleen Tamás zweeg de hele tijd terwijl hij toeliet dat hij met koud water besprenkeld en geknepen werd zodat hij niet in slaap viel. Hij was er echt slecht aan toe, bovendien was hij teleurgesteld omdat het weer niet was gelukt. Als ik iets tegen hem zei, gaf hij geen antwoord. Hij beschouwde me als een verrader. Daarna zijn we nooit meer echte vrienden geworden. Hij bracht dit voorval later nooit ter sprake en bleef net zo aardig en beleefd als voorheen, maar ik weet dat hij het me nooit heeft vergeven. Toen hij stierf, hoorde ik niet meer bij hem...'

Mihály viel stil en liet zijn hoofd in zijn handen zakken. Toen stond hij op en staarde door het raam in het donker. Hij liep terug naar Erzsi en streelde met een verstrooide glimlach haar hand.

'Ben je er nog steeds zo door aangegrepen?' vroeg Erzsi zacht.

'Sindsdien heb ik geen vriend meer gehad,' antwoordde Mihály.

Ze zwegen. Erzsi vroeg zich af of dit sentimentele zelfmedelijden van Mihály aan de wijn was toe te schrijven of dat er toen bij de Ulpiussen inderdaad iets in hem was gebroken, waardoor hij zo onverschillig en afstandelijk was geworden.

'En Éva dan?' vroeg ze eindelijk.
'Éva was toen verliefd op Ervin.'
'Waren jullie niet jaloers?'
'Nee, we vonden het vanzelfsprekend. Ervin had de leiding, we waren het met elkaar eens dat hij van ons allen de beste was, dus we vonden het niet meer dan rechtvaardig dat Éva verliefd was op hem. Ik was toch niet verliefd op Éva, en bij János kon je het nooit zeker weten. We lieten elkaar enigszins los rond die tijd. Ervin en Éva hadden voldoende aan elkaars gezelschap, ze grepen elke gelegenheid aan zich af te zonderen. Ik raakte toen oprecht geïnteresseerd in mijn studie en in de godsdienstgeschiedenis. Ik werd gegrepen door wetenschappelijke ambitie; door je eerste ontmoeting met de wetenschap raak je net zo bedwelmd als door de liefde.

Maar om even terug te komen op Ervin en Éva ... Éva werd toen veel stiller, ze ging naar de kerk, bij de Demoiselles anglaises, waar ze ooit op school had gezeten. Ik heb je al gezegd dat Ervin een bijzondere aanleg had om verliefd te worden, en dat verliefdheid evengoed bij hem hoorde als oplichterij bij Szepetneki. Ik begreep wel dat zelfs Éva er niet koud onder bleef.

Het was een ontroerende liefde, doordrenkt met poëzie, met de Burcht van Boeda en met de essentie van twintig jaar zijn. Hoe zal ik het je uitleggen ... als ze samen door de straat liepen, dan verwachtte ik haast dat de menigte eerbiedig aan de kant zou schuiven om hen door te laten, net als wanneer de processie door de straten gaat. Zo eerden wij hun liefde tenminste, met grenzeloos respect. Op een of andere manier werd de zin van onze vriendschap vervuld in hun liefde. Maar wat duurde die vervulling kort! Wat er zich precies tussen de twee heeft afgespeeld, ben ik nooit te weten gekomen, maar het schijnt dat Ervin om de hand van Éva heeft gevraagd, waarop de oude Ulpius hem de deur uit schopte. Hij heeft zelfs een klap gekregen als we János moeten geloven. De liefde van Éva voor Ervin werd hierdoor alleen maar versterkt en ze was allicht bereid geweest zijn minnares te worden, als het zesde gebod voor Ervin geen onverbiddelijke realiteit was geweest. Hij werd nog bleker en zwijgzamer dan hij al was, vertoonde zich niet meer in huize Ulpius en ik zag hem steeds minder – de grote verandering in Éva, waardoor ze later voor mij zo moeilijk te begrijpen werd, moet zich in deze periode hebben voltrokken. Toen was Ervin op een dag verdwenen. Ik hoorde van Tamás dat hij monnik werd. De afscheidsbrief waarin Ervin hem van zijn beslissing op de hoogte stelde, had Tamás vernietigd. Of hij Ervins broedernaam kende, of hij wist tot welke orde hij was toegetreden, is een geheim dat Tamás heeft meegenomen in het graf. Misschien heeft hij het alleen aan Éva verteld.

Dat Ervin monnik werd, was beslist niet omdat hij niet met Éva mocht trouwen. We hadden eerder heel wat gepraat over het leven van een monnik en ik weet dat Ervins religiositeit veel te diep ging om het habijt louter uit wanhoop of romantiek en zonder een duidelijk teken van innerlijke roeping te hebben aangenomen. Dat hij niet met Éva in het huwelijk mocht treden, zag hij uiteraard ook als een teken van boven. Maar dat hij zo plotseling was vertrokken, gevlucht haast, was waarschijnlijk omdat hij Éva wilde ontvluchten, of beter gezegd de verleiding die van haar uitging. En zo heeft hij – op de vlucht weliswaar, en zoals Jozef misschien – toch datgene volbracht waar we toentertijd zo vaak over fantaseerden: hij gaf zijn jeugd als onbevlekt offer aan God.'

'Wat ik alleen niet begrijp,' zei Erzsi, 'waarom heeft hij dit offer gebracht, als hij, zoals je zegt, voor de liefde was gemaakt?'

'Liefje, in de ziel bestaan de uitersten naast elkaar. Het zijn nooit koude en onverschillige mensen die grote asceten worden, maar juist de meest gepassioneerde, die iets hebben om zich te ontzeggen. Daarom worden castraten door de kerk niet als priester toegelaten.'

'En wat zei Éva van dit alles?'

'Éva bleef alleen en vanaf dat moment was er niets meer met haar te beginnen. In die tijd was Boedapest overgeleverd aan smokkelaars en officieren van het Entente-leger. Hoe het gebeurde weet ik niet, maar Éva kreeg bekendheid in de kring van die officieren. Ze sprak haar talen en haar houding had niets Hongaars-provinciaals, maar juist iets kosmopolitisch. Bij mijn weten was ze zeer populair. Zo veranderde ze, van de ene op de andere dag, van een onbeduidend pubermeisje in een schitterende vrouw. De blik van kameraadschap en openheid in haar ogen veranderde: ze keek alsof ze intussen steeds naar verre, zachte stemmen luisterde.

In deze laatste periode van onze vriendschap volgde op het leiderschap van Tamás en daarna dat van Ervin nu dat van János. Éva had namelijk geld nodig om zich in stijl te kunnen vertonen tussen elegante mensen. Hoewel ze erg handig was en uit het niets de meest gracieuze kledij in elkaar flanste, had ze zelfs voor dat weinige wat geld nodig. Hier nu kwam János Szepetneki in het spel. Hij was altijd in staat haar van geld te voorzien. Hoe hij dat deed, wist hij alleen zelf. Vaak klopte hij dezelfde Entente-officieren met wie Éva danste geld uit de zak. "Ik heb gemeenschapsgeld geïnd," zei hij dan cynisch. Maar toen praatten we allemaal al op een cynische toon, want we pasten ons altijd aan aan de stijl van de leider.

János ging zonder scrupules te werk, wat ik maar moeilijk kon verkroppen. Het beviel me bijvoorbeeld allerminst dat hij op een dag bij meneer Reich, de oude boekhouder van mijn vaders firma, aanklopte met een nogal ingewikkeld verhaal over mijn kaartschulden en mijn voorgenomen zelfmoord en daarmee een aanzienlijk bedrag van hem loskreeg. Later moest ik natuurlijk doen of ik inderdaad kaartschulden had, hoewel ik nooit van mijn leven een kaart in handen had gehad.

Wat me in het bijzonder tegenstond, was dat hij mijn gouden horloge had gestolen. Het gebeurde tijdens een groot tuinfeest ergens buiten de stad, bij een toentertijd zeer chic restaurant waarvan ik de naam niet eens meer weet. We waren met een groot gezelschap, de entourage van Éva, verder twee of drie buitenlandse officieren, door de inflatie rijk geworden jongemannen, merkwaardige vrouwen met het buitengewoon gewaagde voorkomen van die jaren, en daarmee bedoel ik niet alleen de kleren. Ik had een sterk ondergangsgevoel doordat Tamás en ik terecht waren gekomen in een gezelschap waarin wij niet pasten, tussen mensen met wie we niets anders gemeen hadden dan het gevoel dat het allemaal niets meer uitmaakte. Want niet alleen ik voelde in die dagen de ondergang, maar met mij de hele stad, het hing in de lucht. De mensen hadden enorm veel geld en wisten dat het nergens goed voor was, dat het van de ene op de andere dag verloren zou gaan; de rampspoed hing boven het terras als een kroonluchter.

Het waren apocalyptische tijden. Ik weet niet eens meer of we nuchter waren toen we met drinken begonnen. In mijn herinnering is het alsof ik vanaf het allereerste moment al dronken was. Tamás dronk bijna niets, maar deze algemene einde-van-de-wereldstemming sloot zo goed bij zijn gemoedsgesteldheid aan dat hij zich met ongewone zelfverzekerdheid tussen de gasten en de fiedelaars bewoog. Ik sprak die nacht heel veel met Tamás, beter gezegd, we zeiden maar weinig, maar de woorden die we uitspraken, hadden een ongehoord emotionele lading, we begrepen elkaar weer haarfijn, we vonden elkaar weer in het gevoel van ondergang. Ook met die rare meisjes konden we het goed vinden, tenminste ik had het gevoel dat mijn licht religieus-historisch getinte exposé over de Kelten en de dodeneilanden sterke weerklank vond bij de toneelstudente die de meeste tijd naast me zat. Daarna ging ik met Éva ergens apart zitten, ik maakte haar het hof alsof ik haar niet sinds haar magere en grootogige puberteit had gekend en zij beantwoordde mijn avances met de ernst van haar volle vrouwelijkheid, met halve zinnen en haar blik in de verte, in de volle glorie van haar toenmalige pose.

Tegen de ochtend voelde ik me erg beroerd, en toen ik daarna weer een beetje was bijgekomen, ontdekte ik dat mijn gouden horloge was verdwenen. Ik was erg van streek, ik voelde een haast extatische wanhoop. Begrijp me goed: het verlies van een gouden horloge is geen ramp, zelfs niet als je twintig bent en buiten dat gouden horloge geen andere kostbaarheden bezit. Maar als je twintig bent en uit je roes ontwaakt om te ontdekken dat je gouden horloge gestolen is, dan ben je geneigd dat verlies een diepe symbolische betekenis toe te kennen. Dat gouden horloge had ik van mijn vader gekregen, die over het algemeen geen vrijgevig man was. Zoals ik al zei, was het mijn enige kostbaarheid, mijn enige noemenswaardige privé-bezit, dat met zijn dikke en ordinaire, verwaande grootburgerlijkheid in mijn ogen juist datgene vertegenwoordigde wat ik verwierp, maar waarvan het verlies, omdat het een symbolische betekenis kreeg, me vervulde met panische angst. Ik had het gevoel dat ik voor altijd in de ban was van duivelse machten en dat de mogelijkheid om ooit weer nuchter te worden en terug te keren in het burgerlijke leven me ontstolen was.

Ik liep wankelend op Tamás af en vertelde hem dat mijn gouden horloge was gestolen, ik zei dat ik de politie ging bellen en dat ik de restauranthouder zou vragen de deuren op slot te doen, want alle gasten moesten worden gefouilleerd. Tamás probeerde me op zijn manier tot bedaren te brengen: "Het is de moeite niet. Laat toch zitten. Natuurlijk is je horloge gestolen. Van jou zal altijd alles gestolen worden. Jij zult altijd slachtoffer zijn. Daar houd je van."

Ik keek hem verwonderd aan, maar vertelde verder niemand over de verdwijning van het horloge. Terwijl ik Tamás aankeek, werd me in een flits duidelijk dat alleen János Szepetneki het horloge gestolen kon hebben. Er was die avond een of andere verkleedgrap; Szepetneki en ik hadden onze jassen en dassen verwisseld en toen ik mijn jas terugkreeg, zat het horloge er waarschijnlijk niet meer in. Ik ging János zoeken om hem erop aan te spreken, maar hij was er niet meer. De volgende dag en de dag daarop zag ik hem ook niet.

En de vierde dag vroeg ik niemand meer om het horloge. Ik zag in dat János, als hij het horloge inderdaad had meegenomen, dat gedaan had omdat Éva in geldnood zat. En waarschijnlijk gebeurde dat met medeweten van Éva, aangezien het hele verkleedspel op haar initiatief werd gespeeld, en de scène waarin ik met haar alleen zat, was bedoeld om mij het verdwijnen van het horloge niet meteen te laten ontdekken. Zodra ik deze samenhang doorhad, legde ik me erbij neer. Als het in het belang van Éva was gebeurd, dan was het goed. Dan hoorde dit ook bij het spel, het oude spel in huize Ulpius.

Vanaf die dag was ik verliefd op Éva.'

'Maar tot nu toe heb je steeds ontkend dat je ooit verliefd op haar was,' merkte Erzsi op.

'Natuurlijk. Dat meende ik ook. Het is ook alleen maar bij gebrek aan een beter woord dat ik nu dat wat ik toen voor Éva voelde, nu liefde noem. Dat gevoel lijkt in niets op mijn liefde voor jou, noch op wat ik voor een of twee van je voorgangsters voelde, sorry. Het is op een bepaalde manier het tegengestelde ervan. Van jou houd ik omdat je bij me hoort, van haar hield ik omdat ze niet bij me hoorde. Mijn liefde voor jou geeft me kracht en zelfvertrouwen, mijn liefde voor haar vernederde en vernietigde me …

dit zijn natuurlijk maar retorische tegenstellingen. Toen had ik het gevoel dat het oude spel werkelijkheid werd en dat ik langzaam werd verteerd door de grote vervulling ervan: ik ging sterven om Éva en door Éva, zoals we dat als pubers hadden gespeeld.'

Mihály liep de kamer op en neer. Hij begon er spijt van te krijgen dat hij zich zo bloot had gegeven. Aan Erzsi ... aan een vreemde vrouw...

Erzsi doorbrak de stilte: 'Zojuist zei je dat je niet verliefd op haar kon zijn omdat jullie elkaar te goed kenden en dat de afstand die nodig is voor de liefde ontbrak.'

(Gelukkig maar, ze snapt het niet, dacht Mihály. Ze begrijpt er niet meer van dan wat ze in haar primaire jaloezie kan bevatten.)

'Het is goed dat je dit opmerkt,' zei hij gerustgesteld. 'Tot die gedenkwaardige nacht was er inderdaad geen afstand. Ik ontdekte toen pas, toen we daar als dame en heer naast elkaar zaten, dat Éva een andere vrouw was geworden, een vreemde, schitterende, buitengewoon mooie vrouw, terwijl ze tegelijkertijd, omdat ze ook de oude Éva was, de donkere en ziekelijke zoetheid van mijn jeugd in zich droeg.

Éva zag me overigens niet staan. Het lukte me maar zelden een glimp van haar op te vangen en ook dan keurde ze me geen blik waardig. Haar onrust nam pathologische vormen aan. Al helemaal sinds zich een serieuze huwelijkskandidaat had aangediend. Het was een bekende, niet meer zo jonge antiekverzamelaar, die een paar keer bij de oude Ulpius was langsgeweest, Éva af en toe gezien had en al een tijdje het voornemen had om met haar te trouwen. De oude Ulpius had Éva meegedeeld dat hij geen tegenspraak zou dulden. Éva had al lang genoeg op zijn kosten geteerd. Ze moest nu trouwen óf oplazeren. Éva vroeg om twee maanden bedenktijd. Op verzoek van de bruidegom ging de oude Ulpius daarop in.

Hoe minder aandacht Éva voor me had, hoe sterker de gevoelens werden die ik daarnet, bij gebrek aan een beter woord, liefde noemde. Kennelijk had ik toen een sterke neiging tot wanhoop: tot diep in de nacht bleef ik voor haar voordeur staan wachten om toe te kijken hoe zij met haar vrolijke en rumoerige gezelschap thuiskwam; ik verwaarloosde mijn studie en gaf al mijn geld uit aan dom me cadeautjes die ze niet eens opmerkte, ik werd slap en schopte als ik haar tegenkwam scènes die een man onwaardig zijn – dan was ik in mijn element, dan leefde ik pas echt, dat was mijn echte leven, en geen blijdschap die ik later beleefde, trof me zo waarlijk en diep als de pijn, de blijde vernedering, het besef dat ik door haar naar de verdom menis zou gaan zonder dat het haar iets deerde. Kun je dat liefde noemen?'

(Waarom vertel ik dit allemaal, waarom ... ik heb weer te veel op? Maar ik moet het een keer vertellen en Erzsi begrijpt het toch niet.)

'Ondertussen liep de bedenktijd die Éva had gekregen af. Zo nu en dan viel de oude Ulpius haar kamer binnen en schopte verschrikkelijke scènes. Hij was in die tijd al nooit meer nuchter. Ook de bruidegom dook op, met zijn grijze hoofd en verontschuldigende glimlach. Éva vroeg nog een laatste week. Ze wilde in alle rust met Tamás ergens heen, zodat ze afscheid konden nemen. Ze was zelfs aan geld voor de reis gekomen.

En zo gingen ze naar Hallstatt. Het was laat in de herfst, buiten hen was er niemand. Niets is dodelijker dan zo'n historische badplaats. Dat een burcht of een kathedraal oud is, uit de tijd en hier en daar vervallen, dat is natuurlijk, zo hoort het. Maar als een plaats die voor gelegenheidsplezier ontworpen is, zoals een café of een badplaats, zijn vergankelijkheid toont ... iets ergers bestaat niet.'

'Goed,' zei Erzsi, 'ga maar door. Wat is er met de Ulpiussen gebeurd?'

'Ja, liefje ... ik was aan het twijfelen en aan het filosoferen omdat ik verder niet weet wat er met hen gebeurd is. Ik heb hen nooit meer gezien. Tamás Ulpius heeft in Hallstatt vergif ingenomen. Deze keer lukte het hem wel.'

'En hoe zat het met Éva?'

'Wat haar aandeel was in Tamás' dood? Misschien had ze er geen enkel aandeel in. Ik weet het niet. Zij kwam niet terug. Er werd gezegd dat ze na de dood van Tamás door een vreemde hoge officier is opgehaald en meegenomen.

Misschien had ik haar nog kunnen ontmoeten. De jaren erna deed zich een paar keer de gelegenheid voor. János dook zo nu en dan op en maakte vage toespelingen dat hij tegen een passende beloning een ontmoeting met Éva kon regelen. Maar toen wenste ik Éva niet meer te zien; daarom zei János daarnet dat het aan mezelf lag dat ik mijn jeugd was kwijtgeraakt terwijl het misschien genoeg was geweest om mijn hand ernaar uit te steken... Hij heeft gelijk. Toen Tamás dood was, dacht ik dat ik gek zou worden – daarna besloot ik te veranderen, me uit die betovering weg te rukken, ik wilde niet het lot van Tamás volgen, ik wilde een fatsoenlijk leven leiden. Ik heb mijn studie opgegeven en mijn vaders vak geleerd, ben vervolgens naar het buitenland gegaan om me er verder in te bekwamen, en na mijn terugkeer heb ik mijn best gedaan om net zo te worden als iedereen.

Alles wat hij huize Ulpius heeft gehoord – mijn gevoel van ondergang heeft me niet bedrogen –, alles is verloren gegaan, niets is er nog van over. De oude Ulpius leefde daarna ook niet lang meer. Op een avond toen hij vanuit zijn kroeg in een van de buitenwijken stomdronken naar huis liep, werd hij doodgeslagen. Het huis was al eerder gekocht door een rijke man, ene meneer Munk, een zakenrelatie van mijn vader. Ik ben een keer bij hen op bezoek geweest, verschrikkelijk... Het huis is prachtig ingericht zodat het nog veel ouder lijkt dan het in werkelijkheid is. Midden op de binnenplaats staat een echte Florentijnse fontein. De kamer van de grootvader is eetkamer geworden, in Duitse boerenstijl met eiken lambrisering. En onze kamer... stel je voor, die hebben ze tot een soort oer-Hongaarse gastenkamer omgetoverd, compleet met met tulpen beschilderde kisten en aardewerk en prullaria. De kamer van Tamás! Dat is nou vergankelijkheid... God, wat is het laat geworden! Het spijt me liefje, ik moest het een keer vertellen... hoe stom het voor een buitenstaander misschien ook klinkt... zo, nu ga ik slapen.'

'Mihály... je had me beloofd te vertellen hoe Tamás Ulpius is gestorven. Maar dat heb je niet verteld, en ook niet waarom hij is gestorven.'

'Ik heb niet verteld hoe hij is gestorven omdat ik dat niet weet. En waarom hij is gestorven? Hm. Misschien was hij levensmoe, denk je niet? Je kunt het leven heel erg moe worden, toch?'

'Nee. Maar laten we gaan slapen. Het is zeker erg laat geworden.'

5.

Florence viel tegen. Het regende voortdurend. Ze stonden in hun regenjassen voor de dom en Miháli schoot ineens in de lach. Plotseling begreep hij wat de tragedie van de dom was. Dat de kerk daar in haar unieke schoonheid stond te pralen terwijl er niemand was die hem serieus nam. De dom was een toeristische en kunsthistorische bezienswaardigheid geworden en er was niemand meer die zou geloven of zelfs maar de mogelijkheid zou overwegen dat hij er stond om de glorie van God en de stad te verkondigen.

Ze reden omhoog naar Fiesole en keken toe hoe een onweersbui met gewichtige snelheid over de heuveltoppen kwam aanzetten om hen nog net op tijd in te halen. Ze zochten hun toevlucht in een klooster en bekeken de vele oosterse kleinoden die de vrome broeders in de loop der eeuwen vanuit hun missieplaatsen naar huis hadden meegenomen. Miháli stond lang en verrukt naar een serie Chinese tekeningen te kijken – wat de afbeeldingen voorstelden, drong pas na enige tijd tot hem door. Bovenaan elke afbeelding stond een boosaardige en afschrikwekkende Chinees met een groot boek voor zich. Zijn gezicht kreeg een bijzonder angstaanjagende uitdrukking door het haar dat aan weerszijden van zijn slapen naar boven groeide. Op het onderste deel van de tekeningen waren allerlei gruwelijke gebeurtenissen afgebeeld: mensen werden met een hooivork in een onaangenaam uitziende vloeistof gegooid, van sommigen werd een been afgezaagd, bij een ander werden de ingewanden als een touw naar buiten getrokken en op een van de tekeningen reed een op een automobiel lijkend apparaat, dat bestuurd werd door het monster met het naar boven gekamde haar op de slapen, in op een menigte terwijl op de voorkant van de machine bevestigde, draaiende bijlen de mensen in stukken hakten.

Mihály besefte ineens dat dit het Laatste Oordeel was, gezien door de ogen van een Chinese christen. Wat een vakkennis, wat een objectiviteit!

Hij werd duizelig en stapte naar buiten, het plein op. Het landschap dat vanuit het raam in de trein van Bologna naar Florence zo schitterend leek, zag er nu doorweekt en antipathiek uit, als een vrouw die gehuild heeft, waardoor de kleuren waarmee ze zich had opgemaakt zijn uitgelopen over haar gezicht.

Toen ze weer beneden waren, ging Mihály naar het hoofdpostkantoor; sinds ze Venetië hadden verlaten, lieten ze hun correspondentie hierheen doorsturen. Op een van de aan hem geadresseerde enveloppen herkende hij het handschrift van Zoltán Pataki, de eerste man van Erzsi. Erzsi kan dit misschien beter niet lezen, dacht Mihály, en hij ging met de brief op het terras van een café zitten. Ziehier de mannelijke solidariteit, dacht hij gniffelend.

De brief ging als volgt:

Beste Mihály,

Ik weet dat het wat zoetsappig overkomt dat ik jou een lange, vriendelijke brief schrijf nadat je mijn vrouw hebt 'verleid en ontvoerd', maar jij bent nooit een man van conventies geweest en daarom zul je er wellicht geen aanstoot aan nemen als ik – hoewel je me altijd een ouwe conformist noemde – deze keer zelf de regels van de maatschappelijke omgang negeer. Ik schrijf je omdat ik anders geen rust zou hebben. Ik schrijf je omdat ik eerlijk gezegd geen reden zie om het niet te doen, het is ons immers beiden duidelijk dat ik je niets kwalijk neem. Laten we voor de wereld de schijn ophouden, want de romantische illusie dat wij vijanden voor het leven zijn is ongetwijfeld vleiender voor Erzsi's zelfbeeld. Maar even tussen ons, mijn lieve Mihály, jij weet toch ook heel wel hoezeer ik je altijd heb gerespecteerd, en daar verandert het feit dat je mijn vrouw hebt verleid en ontvoerd niets aan. Niet dat deze 'daad' mij niet geheel gebroken heeft; het is voor jou immers geen geheim – laten we ook dit onder ons houden – hoeveel ik nog steeds van Erzsi houd. Maar ook is het mij volkomen helder dat jij er niets aan kon doen. Ik denk dat je over het algemeen – vergeef me dat ik het zo stel – nergens iets aan kunt doen.

Dit is nu juist waarom ik je schrijf. Eerlijk gezegd maak ik me zorgen om Erzsi. Kijk, vele jaren was ik gewend voor haar te zorgen, haar steeds in gedachten te hebben, haar te voorzien van alles wat ze nodig heeft en vooral ook van wat ze niet nodig heeft, erop te letten dat ze warm genoeg gekleed is als ze 's avonds uitgaat, en nu kan ik me deze bezorgdheid niet van de ene dag op de andere afleren. Deze zorg voor Erzsi is de band die me zo sterk aan haar bindt. Ik zal je mijn zeer vreemde droom van laatst vertellen: ik droomde dat Erzsi te ver buiten het raam hing en als ik haar niet had vastgehouden, dan was ze uit het raam gevallen. En toen moest ik eraan denken dat ik er niet helemaal zeker van ben dat jij het zou merken als Erzsi te ver uit het raam zou hangen, jij bent immers zo verstrooid en naar binnen gekeerd. Daarom dacht ik dat ik je maar beter kon vragen om uitdrukkelijk op een paar dingetjes te letten en ik heb alles op een papiertje genoteerd in de volgorde waarin het me te binnen schoot. Neem me niet kwalijk, maar het is ontegenzeglijk een feit dat ik Erzsi veel langer ken dan jij en dat geeft me bepaalde rechten.

Let goed op dat Erzsi voldoende eet. Zij is (wellicht heb je het zelf al ontdekt) erg bang dat ze te dik wordt, soms wordt ze overvallen door een paniek en dan eet ze dagen niet, waarna ze erg veel last heeft van maagzuur, wat weer slecht is voor haar zenuwen. Ik dacht dat jouw zonder meer uitstekende eetlust haar wellicht zou inspireren op dit gebied. Als oude maagkwaallijder kon ik haar helaas niet het goede voorbeeld geven.

Kijk uit voor de manicurejuffrouw. Als Erzsi tijdens de reis haar handen wil laten doen, dan moet jij het zoeken van een manicure op je nemen en uitsluitend de diensten van de beste firma vragen. Informeer bij de portier in het hotel, Erzsi is buitengewoon kwetsbaar wat haar handen betreft en het is in het verleden al eens voorgekomen dat zij door de onhandigheid van een manicurejuffrouw een ontsteking opliep. Wat jij haar zeker ook niet toewenst.

Laat Erzsi niet te vroeg opstaan. Ik weet heel goed hoe verleidelijk dat is op reis, de laatste keer dat we in Italië waren, heb ik deze fout zelf ook gemaakt omdat de interlokale bussen heel vroeg in de ochtend vertrekken. Laat de bussen dan maar. Erzsi valt laat in slaap en wordt ook laat wakker. Te vroeg opstaan is funest voor haar, het duurt dagen eer ze er weer bovenop is.

Laat haar geen scampi, frutti di mare of andersoortige zeegruwel eten, ze krijgt er uitslag van.

Dit is een uiterst gevoelig onderwerp, ik weet niet goed hoe ik het moet aansnijden. Wellicht moet ik er maar van uitgaan dat jij ook op de hoogte bent van dit soort zaken, maar ik weet niet of iemand met zo'n abstracte en filosofische aard als jij met zulke dingen rekening houdt, namelijk met de immense fragiliteit van de vrouwelijke natuur en hoe bepaalde lichamelijke condities de overhand kunnen krijgen. Wat ik je vraag, is het volgende: houd Erzsi's tijden goed in de gaten. Vanaf ongeveer een week voor de datum in kwestie moet je uiterste verdraagzaamheid en geduld betrachten. Erzsi is in die periode niet helemaal toerekeningsvatbaar. Ze zoekt onenigheid. Het beste is wellicht als je inderdaad wat met haar gaat kissebissen, dan raakt ze tenminste haar spanning kwijt. Maar laat het nooit op een echte ruzie uitlopen. Bedenk dat het slechts een fysiologisch proces of wat dan ook betreft. Laat je niet door je emoties meevoeren, zeg niets waar je later spijt van zou krijgen en vooral, laat Erzsi zoiets niet zeggen, want later krijgt ze er zo'n wroeging van dat dat ten koste van haar zenuwen gaat.

Het spijt me. Ik zou nog duizenden dingen moeten opschrijven, kleinigheden waar je op moet letten – dit zijn slechts de belangrijkste –, maar ze willen me niet te binnen schieten, ik heb ook geen enkele fantasie. Toch is het zo, laat ik er maar niet omheen draaien, dat ik me ernstige zorgen maak, niet alleen omdat ik Erzsi ken, maar vooral omdat ik jou ken. Begrijp me niet verkeerd. Als ik een vrouw was en de keus had tussen ons beiden, dan zou ik ook zonder enige aarzeling voor jou kiezen, en Erzsi houdt zonder twijfel van jou zoals je bent, zo eindeloos ver weg en verstrooid dat je met niets of niemand iets te maken *lijkt te hebben, dat je een vreemdeling op doorreis lijkt, een Marsbewoner hier op aarde; dat je niet in staat bent dingen precies te onthouden, dat je niemand iets echt kwalijk kunt nemen, dat je je aandacht er niet bij kunt houden als iemand aan het woord is maar slechts goedaardig of beleefd veinst dat je ook een mens bent. Allemaal mooi en aardig, en als ik een vrouw was zou ik het ook erg aantrekkelijk vinden, alleen – nu ben je ook nog Erzsi's echtgenoot. En Erzsi is eraan gewend dat haar man haar in alle opzichten verzorgt, haar op handen draagt zodat zij geen zorgen heeft en zich volledig kan concentreren op haar intellectuele en emotionele leven en niet in de laatste plaats op de verzorging van haar lichaam. Erzsi is een luxe dame, dat is ze van nature al, zo is ze thuis grootgebracht en ik respecteerde haar als zodanig – ik vraag me af of ze aan jouw zijde niet de realiteit zal tegenkomen die haar vader en ik met veel zorg van haar weghielden.*

Hier kom ik weer op een heikel punt. Ik weet dat jij, of liever gezegd je vader bij wiens firma je een positie hebt, welgesteld bent en dat je vrouw in niets te kort zal komen. Toch maak ik me soms zorgen, want ik weet hoe verwend Erzsi is en ik ben bang dat zo'n abstracte man als jij niet voldoende rekening kan houden met haar eisen. Jij bent, mijn vriend, een aangename bohémien en met weinig tevreden; je hebt altijd bescheiden geleefd, op een ander niveau dan Erzsi gewend is. Nu moet een van jullie zich aan de levensstandaard van de ander aanpassen. Past Erzsi zich aan, dan gaat zich dat op den duur wreken, want op het moment dat ze weer in aanraking komt met haar vroegere milieu, zal ze zich 'déclassée' voelen. Om maar iets te noemen: dat jullie een vriendin van haar tegenkomen die er de neus voor ophaalt als ze hoort dat jullie niet in het allerbeste hotel logeren. De andere mogelijkheid is dat jij je aan haar levensstandaard aanpast; maar dat heeft vroeg of laat financiële consequenties, want – vergeef me – ik ken de draagkracht van jullie onderneming waarschijnlijk beter dan jijzelf, met je abstracte natuur, en bovendien zijn jullie met vier broers en zussen, en je hooggeachte vader is een enigszins conservatieve heer met nogal strenge morele opvattingen, eerder geneigd reserves op te bouwen dan geld uit te geven

... om het kort te houden, jij bent niet in de positie om de levensstandaard die Erzsi gewend is langdurig voort te zetten. Aangezien ik nog steeds een innerlijke drang voel om in al Erzsis behoeftes te voorzien, moet je het me dus niet kwalijk nemen als ik verklaar in geval van nood onvoorwaardelijk tot je beschikking te staan, eventueel, zo je dat wenst, in de vorm van een langlopend krediet. Om eerlijk te zijn zou ik je bij voorkeur een vaste maandelijkse toelage geven, maar ik weet dat dit een impertinent voorstel zou zijn. In ieder geval moet ik je laten weten: mocht je ooit iets te kort komen, dan kun je je tot mij wenden.

Neem me niet kwalijk. Ik ben maar een simpele zakenman die niets anders te doen heeft dan geld verdienen, en dat doe ik dan ook erg goed. Het is toch niet meer dan redelijk dat ik mijn geld wil uitgeven aan degenen die ik in mijn hart draag, of wel?

Dus nogmaals, 'nichts für ungut'. Heel veel plezier toegewenst en de vriendelijke groeten van de jou hoogachtende,

Zoltán

De brief maakte Mihály woedend. Hij werd misselijk van deze 'goedaardigheid' van Pataki, die eigenlijk helemaal geen goedaardigheid was, maar niet meer dan een volledig gebrek aan mannelijkheid. En ook al was het goedheid, dan zou het Mihály toch niet veel sympathieker voorkomen aangezien hij niet veel gaf om goedheid. En dan die beleefde toon! Tja, hoe je het ook wendde of keerde, die Pataki was toch maar een winkelbediende gebleven, al had hij zich nog zo omhooggewerkt.

Eigenlijk had Mihály met dit alles niets te maken en ging het alleen Zoltán Pataki aan. Als hij nog steeds verliefd was op Erzsi, die hem overigens echt schandalig had behandeld, dan moest hij dat zelf weten. Zijn woede ging over iets anders, namelijk de passages van de brief over Erzsi en hem, Mihály.

Om te beginnen de financiële aspecten. Mihály had diep respect voor 'economische noodzaak'. Misschien omdat hij er zelf zo weinig gevoel voor had. Zei iemand tegen hem: 'Ik ben om financiële redenen gedwongen zus of zo te handelen,' dan viel Mihály ogenblikkelijk stil en accepteerde hij elke laagheid als gerechtvaardigd. Daarom verontrustte die kant van de zaak hem zeer; iets wat hij al eerder had opgemerkt, maar wat Erzsi steeds met een grapje had weggewuifd. Erzsi was er in materiële zin erg op achteruitgegaan: eerst was ze met een rijk man getrouwd, nu slechts met iemand uit de burgerlijke middenklasse – dat moest zich vroeg of laat wreken, en dat had die nuchtere Pataki, perfect thuis in materiële zaken, meteen gezien.

Ineens schoten hem een paar zaken te binnen die nu al, tijdens hun huwelijksreis, het standsverschil tussen hen beiden pijnlijk duidelijk hadden gemaakt. Om maar iets te noemen, het hotel waar ze nu logeerden. Mihály had tijdens hun verblijf in Venetië en Ravenna gemerkt dat Erzsi veel beter Italiaans sprak dan hij, ze ging ook met veel meer gemak met de portiers om, van wie hij een instinctieve afkeer had, dus in Florence had hij het graag aan Erzsi overgelaten om het hotel en andere aardse zaken te regelen. Waarop Erzsi zonder aarzeling een oud, maar duur hotelletje uitzocht aan de oever van de Arno want, zo zei ze, als je Florence bezoekt, dan overnacht je beslist in een kamer met uitzicht op de Arno. De prijs van de kamer – Mihály voelde het eerder, hij was te lui om te rekenen – stond in geen verhouding tot het bedrag dat ze voor hun verblijf in Italië hadden uitgetrokken; het hotel was veel duurder dan dat in Venetië, wat heel even een steek in zijn zuinige hart gaf. Maar hij wuifde die benepenheid meteen met afkeer van zich af. Tenslotte zijn we op huwelijksreis, zei hij bij zichzelf, en dacht er niet meer aan. Maar nu, na het lezen van Pataki's brief, stond hem dit incidentje als een symptoom voor ogen.

Eigenlijk ging het helemaal niet om de financiën, maar om de moraal... Toen Mihály na een halfjaar wikken en wegen besloot om Erzsi, met wie hij al een jaar een relatie had, van haar man te laten scheiden en met haar te trouwen, had hij deze beslissing genomen om alles weer 'goed te maken'; hij meende verder door dit serieuze huwelijk definitief volwassen te worden, deel te nemen aan de wereld van de serieuze mensen en een gelijkwaardige partij te zijn juist voor mensen als Zoltán Pataki. Hij nam zich dus uit alle macht voor een goede echtgenoot te worden. Hij wilde Erzsi doen vergeten wat een prima man zij om hem had verlaten, en hij had in ieder geval het voornemen om 'alles goed te maken', met terugwerkende kracht vanaf zijn puberteit. De brief van Pataki overtuigde hem van de vergeefsheid van dat voornemen. Hij zou nooit net zo'n voortreffelijke echtgenoot kunnen zijn als Zoltán Pataki, die, naar nu bleek, zijn trouweloze vrouw zelfs vanuit de verte met meer zorg en toewijding beschermde dan hij, die weliswaar bij haar was, maar zo ongeschikt was voor de rol van beschermer dat hij haar zelfs met het probleem van de hotelkeuze en andere aardse zaken opzadelde, onder het doorzichtige voorwendsel dat Erzsi beter Italiaans kende.

Misschien heeft Pataki gelijk, dacht hij, ik ben van nature nogal wereldvreemd en naar binnen gekeerd. Dit is natuurlijk een te simpele voorstelling van zaken, een mens is nooit op zo'n manier te definiëren, maar feit is dat ik buitengewoon onhandig en incompetent ben als het over alledaagse dingen gaat, en dus helemaal niet het soort man op wiens rustige overwicht een vrouw kan vertrouwen. Terwijl Erzsi zich het liefst volledig onder de hoede stelt van haar man, zij vindt het fijn om onvoorwaardelijk bij iemand te horen: zij is geen moederlijk type – wellicht heeft ze daarom geen kinderen –, maar juist een vrouw die zelf het kind van haar minnaar wil zijn. Mijn god, wat zal ze vroeg of laat ongelukkig worden aan mijn zijde, want ik denk dat ik nog eerder generaal word dan dat ik de vaderrol op me neem, waarvoor ik totaal ongeschikt ben. Ik kan er niet tegen als iemand van mij afhankelijk is, al is het maar als bediende, daarom deed ik alles zelf toen ik nog niet getrouwd was. Ik kan geen verantwoordelijkheid dragen en ontwikkel doorgaans een afkeer van mensen die iets van mij verwachten...

Het is allemaal waanzin, afschuwelijk voor Erzsi. Negenennegentig van de honderd mannen zouden een betere partij zijn voor haar; iedere gemiddelde, enigszins normale man was een betere echtgenoot geweest dan ik, en nu bekijk ik de zaak niet vanuit mijn perspectief, maar puur vanuit het hare. Waarom heb ik niet aan al deze dingen gedacht vóór ik ging trouwen, oftewel: hoe is het mogelijk dat Erzsi, die zoveel wijsheid in zich heeft, niet beter over deze zaken heeft nagedacht?'

Maar Erzsi had deze overwegingen uiteraard niet gemaakt, want zij was verliefd op Mihály en haar wijsheid liet haar in de steek; ze zag Mihálys fouten tot nu toe kennelijk niet. Het was niet meer dan een spel van de zinnelijkheid, Erzsi hunkerde met ruwe, ongebreidelde honger naar de vervulling van de liefde die ze aan de zijde van Pataki niet had gevonden, maar als de honger eenmaal gestild is, houdt de passie van de sensualiteit niet lang meer aan...

Toen Mihály na lang ronddwalen weer terug was in het hotel, leek het hem onvermijdelijk dat Erzsi hem ooit in de steek zou laten, en wel na verschrikkelijke crises en kwellingen als gevolg van een reeks liefdesaffaires waarbij 'zijn naam gecompromitteerd zou worden', zoals dat heet. Tot op zekere hoogte berustte hij al in het onvermijdelijke en toen ze die avond aan tafel gingen, keek hij al een beetje naar Erzsi als naar een sierstuk uit zijn verleden, waardoor zich een plechtig gevoel van hem meester maakte. Verleden en heden speelden voortdurend een merkwaardig spel in Mihály, elkaar in geur en kleur aanvullend. Hij plaatste zich graag terug naar één bepaald punt in zijn verleden om vanuit dat perspectief zijn huidige leven te bezien en te herschikken – bijvoorbeeld: wat had ik van Florence gevonden als ik hier op zestienjarige leeftijd was geweest – en dit terugplaatsen in de tijd vulde het heden altijd met een rijkere emotionele inhoud. Maar het spel werkte ook in omgekeerde richting, namelijk van het heden verleden maken. Wat zal het over tien jaar een mooie herinnering zijn dat ik ooit met Erzsi Florence heb gezien ... wat een rijkdom zullen deze herinneringen herbergen, wat een aura van gevoelens die ik nu nog niet eens vermoeden kan.

Mihály uitte zijn plechtige gevoel door een uitgebreid feestmaal en een dure wijn te bestellen. Erzsi kende Mihály goed en wist dat het uitgebreide diner een uitgelaten stemming betekende; ze deed dan ook haar best om zich hieraan aan te passen. Ze stelde een paar vragen over de geschiedenis van Florence, waarmee ze Mihálys gedachten heel handig in de richting van de geschiedenis dreef, want ze wist dat historische associaties hem, meer nog dan wijn, feestelijk bezielden en dat dit zelfs als enige zijn onverschilligheid doorbrak. Mihály hield inderdaad een levendige, kleurrijke en inhoudelijk volstrekt onzinnige voordracht, vervolgens trachtte hij met glinsterende ogen een analyse te geven van de vele wonderen en extasen die alleen al het woord 'Toscane' bij hem opriep. Er was hier geen stukje land of het was door historische legers betreden, door majestueuze legers van keizers en Franse koningen, er was geen voetpad dat niet naar een belangrijke plek leidde, en een willekeurige straat in Florence had een rijkere historie dan zeven provincies in hun eigen land bij elkaar.

Erzsi luisterde met volle toewijding. Niet dat ze op dit moment bijzonder veel belangstelling had voor de geschiedenis van Toscane, verre van dat, maar ze hield erg veel van Mihály op momenten dat hij zo verhit raakte; juist op zulke momenten van historische contemplatie, dus wanneer Mihály het verst verwijderd was van het leven hier en nu smolt zijn onverschilligheid weg en leek hij op een echt mens. Deze sympathie veranderde al snel in sterkere gevoelens en Erzsi keek met vreugde uit naar wat deze avond haar zou brengen, te meer daar Mihály de vorige avond meteen nadat hij in bed was gestapt lusteloos in slaap was gevallen of in ieder geval gedaan had alsof hij sliep.

Ze wist hoe eenvoudig ze Mihálys hartstochtelijke aandacht kon afleiden van de geschiedenis naar haar eigen persoon. Ze hoefde haar hand maar op die van Mihály te leggen en hem diep in de ogen te kijken om hem heel Toscane onmiddellijk te doen vergeten; de rode gloed van de wijn verdween van zijn gezicht en Mihály trok bleek weg door de begeerte die hem plotseling beving. Toen begon hij Erzsi het hof te maken en haar op allerlei manieren te vleien, alsof hij voor het eerst om haar gunsten streed.

Merkwaardig, dacht Erzsi. Na een jaar intimiteit maakt hij me nog steeds op een bepaalde toon het hof, met zo'n innerlijke onrust, alsof hij er helemaal niet op vertrouwt dat ik hem zal aanhoren. En hoe sterker zijn begeerte, hoe afstandelijker en verhevener zijn toenadering, alsof hij zijn verlangen versiert met het idee dat hij mij met gepast respect behandelt, en zelfs de grootste nabijheid, de intimiteit van onze lichamen, brengt hem niet dichterbij. Hij kan alleen van me houden als hij de afstand tussen ons voelt.

Zo was het inderdaad. Mihálys verlangen betrof die ene Erzsi in de verte, van wie hij wist dat ze hem ging verlaten en die al in hem leefde als een mooie herinnering. Hij dronk zoveel om deze stemming in zichzelf levend te houden, om zichzelf te doen geloven dat hij zich niet in het gezelschap van Erzsi bevond, maar dat hij samen was met de herinnering aan haar, met Erzsi als geschiedenis.

Ondertussen dronk Erzsi ook door; op haar had de wijn altijd een sterk effect, ze werd luidruchtig, vrolijk en nogal ongeduldig. Deze Erzsi kwam Mihály tamelijk onbekend voor, aangezien ze voor hun huwelijk weinig gelegenheid had gehad om zich in het bijzijn van Mihály en in het openbaar zo vrij te gedragen. Mihály vond deze Erzsi erg aantrekkelijk en ze haastten zich samen naar hun kamer.

Die nacht, toen Erzsi zo nieuw was en tegelijk een voorbije herinnering, vergat Mihály, onthutst door de brief van Pataki en door de om hem heen tollende herinneringen aan de Ulpiussen, zijn eerdere belofte en bracht hij elementen in hun huwelijkse samenzijn die hij voor altijd ver van Erzsi had willen houden. Het ging om die puberale vorm van liefhebben die jonge jongens in staat stelt het plezier met hun meisje op een indirecte manier en zonder consequenties te beleven. Er zijn mensen die, net als Mihály, veel meer genieten van deze vrijblijvende vorm dan van de ernstige, haast officiële manier om de liefde te bedrijven. Maar Mihály schaamde zich voor deze lust omdat hij de onvolwassenheid, het puberale ervan inzag, en toen hij een intieme relatie kreeg met Erzsi, een echt serieuze, volwassen liefde, had hij zich voorgenomen haar altijd volgens de officiële vormen lief te hebben, zoals het serieuze, volwassen geliefden betaamt.

Deze nacht in Florence was de eerste en enige uitzondering. Erzsi onderging de ongebruikelijke genegenheden van Mihály aanvankelijk met enige verbazing, maar beantwoordde ze al snel met genoegen; ze begreep het niet, maar vooral begreep ze na afloop Mihálys oerslechte humeur en schaamte niet.

'Wat is er aan de hand?' vroeg ze. 'Zo was het toch ook heel fijn, en bovendien: ik hou van jou.' En ze viel in slaap.

Nu was het Mihály die nog lange tijd bleef liggen woelen. Hij kon de slaap maar niet vatten. Hij had het gevoel dat met deze daad het fiasco, het ineenstorten van zijn huwelijk, de facto en onherroepelijk was erkend. Hiermee had hij toegegeven dat hij zich zelfs binnen zijn huwelijk niet volwassen kon gedragen, en tot overmaat van ramp moest hij ook vaststellen dat Erzsi hem nog nooit eerder zoveel genot had verschaft als nu, toen hij haar niet als zijn rijpe en hartstochtelijke vrouw liefhad, maar als een jong en onontwikkeld meisje op het kennismakingsreisje van school.

Mihály stapte uit bed. Toen hij zag dat Erzsi diep in slaap was, ging hij naar het toilettafeltje waarop haar tasje lag. Hij zocht naar de cheques, want Erzsi beheerde het geld. Hij vond twee waardepapieren in lires van de Hongaarse Nationale Bank, beide voor hetzelfde bedrag, de één op zijn naam, de ander op die van Erzsi. Hij pakte zijn eigen cheque uit de tas en legde er een vel papier van dezelfde vorm voor in de plaats, de cheque borg hij met zorg op in zijn beurs. Toen stapte hij weer in bed.

6.

De volgende ochtend reisden ze door naar Rome. De trein reed Florence uit en bevond zich meteen in het Toscaanse landschap, tussen lentegroene heuvels. Hij reed langzaam en stond op elk stationnetje een minuut of tien stil, dan stapten de passagiers uit en pas als de trein op het punt stond te vertrekken, kwamen ze op hun gemak, gemoedelijk pratend en lachend weer terug.

'Kijk nou,' zei Mihály, 'hoeveel meer je hier ziet als je uit het raam tuurt dan in andere landen. Ik weet niet hoe dat komt, of het de horizon is die verder doorloopt of dat de dingen hier kleiner zijn, maar ik durf te wedden dat je hier vanuit het treinraam vijf keer zoveel dorpjes en stadjes en bosjes en riviertjes en stukken hemel en wolken ziet dan, laten we zeggen, in Oostenrijk.'

'Je hebt gelijk,' zei Erzsi. Ze had nog slaap en Mihálys gedweep met Italië begon op haar zenuwen te werken. 'Toch is Oostenrijk mooier. Daar hadden we heen moeten gaan.'

'Naar Oostenrijk?' riep Mihály. Dit was zo'n belediging dat hij niets meer kon zeggen.

'Stop je paspoort toch weg,' zei Erzsi. 'Je hebt het weer op het tafeltje laten liggen.'

De trein stopte in Cortona. Toen Mihály naar buiten keek, had hij het gevoel dat hij in het verleden al in veel van dit soort bergplaatsjes geweest was, zodat hij nu genoot van het weerzien.

'Waarom heb ik toch het gevoel dat ik een deel van mijn jeugd in zulke bergplaatsjes heb doorgebracht?'

Maar Erzsi gaf geen antwoord op zijn vraag.

'Ik heb genoeg van al dat reizen,' zei ze. 'Ik wil eindelijk eens in Capri zijn. Daar kan ik een beetje uitrusten.'

'Capri, schei toch uit! Het zou veel interessanter zijn om hier in Cortona uit te stappen. Of waar dan ook. Zomaar, buiten het reisschema om. Het volgende station is bijvoorbeeld Arezzo …

Arezzo! Het is toch ongelooflijk dat Arezzo in het echt bestaat, en niet alleen als bedenksel van Dante, toen hij de gymnasten van Arezzo vergeleek met duiveltjes die een trompet maakten van hun achterwerk. Kom lief, laten we in Arezzo uitstappen!'

'Ik denk er niet aan! Moet ik uitstappen omdat Dante zulke schunnigheden schreef? Arezzo is vast net zo stoffig als al die andere gaten, met een kathedraal uit de dertiende eeuw en een Palazzo Comunale en op elke straathoek het gezicht van de Duce met de bijbehorende nationalistische opschriften, wat cafés en een hotel met de naam Stella d'Italia. Het interesseert me niet. Ik heb er genoeg van. Ik wil naar Capri.'

'Hm. Interessant. Misschien komt het doordat je al zo vaak in Italië bent geweest dat je niet meer warm loopt voor een schilderij van Fra Angelico of een bel paese-kaas. Terwijl ik bij elk station het gevoel heb dat ik een onherstelbare vergissing maak als ik niet uitstap. Er in het leven niets frivolers bestaat dan een treinreis. We zouden te voet moeten reizen, of tenminste met de postkoets, zoals Goethe dat deed. Ik krijg rillingen als ik eraan denk dat ik in Toscane ben geweest, maar niets heb gezien. Dat ik langs Arezzo ben gereisd, en dat Siena hier ergens in de buurt ligt, maar dat ik er niet heen gegaan ben. Wie weet of ik ooit in Siena kom als ik er nu niet ga kijken?'

'Nou en. Je hebt me thuis nooit gezegd dat je zo'n snob bent. Wat gebeurt er als je niet naar die Siënese primitieven gaat kijken?'

'Wie wil hier naar de Siënese primitieven?'

'Wat heb je anders in Siena te zoeken?'

'Weet ik veel. Als ik het wist, zou het me misschien niet eens meer bezighouden. Maar nu, als ik alleen al het woord Siena uitspreek, heb ik het gevoel dat ik daar iets zal ontdekken waardoor alles ineens goed komt.'

'Je bent gewoon getikt, dat is het probleem.'

'Het zou kunnen. En ik heb ook honger. Heb je iets bij je?'

'Mihály, het is toch verschrikkelijk hoe je schranst sinds we in Italië zitten. Je hebt net ontbeten!'

De trein kwam aan op een station met de naam Terontola.

'Ik stap hier even uit om een kopje koffie te drinken.'

'Doe dat nou niet. Jjij bent geen Italiaan! Straks mis je de trein!'
'Welnee, hij blijft toch op elk station een kwartier staan. Dag lief, vaarwel!'
'Nou, ga dan maar, aap. En vergeet niet te schrijven.'

Mihály stapte uit, bestelde koffie en terwijl het overheerlijke, hete vocht drupje voor drupje uit het espressoapparaat werd geperst, knoopte hij een gesprek aan met een Italiaan over de bezienswaardigheden van Perugia. Daarna dronk hij de koffie op.

'Kom snel,' riep de Italiaan. 'De trein gaat vertrekken.'

Inderdaad, toen ze op het perron kwamen, reden de voorste wagons het station al uit. Mihály kon zich nog met moeite in de laatste wagon hijsen. Het was een ouderwetse derdeklaswagon zonder gangpad, waarin elke coupé een afgesloten geheel was.

Het geeft niet, dacht hij, bij het volgende station stap ik uit en loop ik naar voren.

'Is dit uw eerste bezoek aan Perugia?' vroeg de sympathieke man.

'Perugia? Ik ga helemaal niet naar Perugia ... helaas niet.'

'Dan reist u zeker door naar Ancona. Maar dan mist u wel wat. Stapt u toch uit in Perugia, het is zo'n mooie, oude stad.'

'Maar ik ga naar Rome,' antwoordde Mihály.

'Naar Rome? U maakt een grapje, meneer.'

'Wat doe ik?' vroeg Mihály omdat hij dacht dat hij het Italiaans niet goed had verstaan.

'U maakt een grap,' zei de Italiaan luidkeels. 'Deze trein gaat niet naar Rome. Haha, *le piace scherzare*, wat bent u geestig!'

'Waarom zou deze trein niet naar Rome gaan? Ik ben er in Florence opgestapt, samen met mijn vrouw, en er stond op dat hij naar Rome ging.'

'Maar dat is deze trein niet,' zei de Italiaan verrukt, alsof hij de beste mop van de wereld had gehoord. 'Dit is de trein Perugia-Ancona. In Terontola wordt de trein gesplitst. Geweldig! En de signora zit rustig in de trein naar Rome!'

'Fantastisch,' zei Mihály en keek beduusd uit het raam naar het Lago Trasimeno, alsof de oplossing hem daarvandaan tegemoet zou varen.

Toen hij de nacht daarvoor zijn paspoort en de cheque bij zich had gestoken, dacht hij – niet echt serieus natuurlijk – dat het zou kunnen gebeuren dat ze elkaar onderweg kwijt zouden raken. Toen hij in Terontola uitstapte, schoot hem even de gedachte door het hoofd om Erzsi alleen te laten doorreizen met de trein. Maar nu het echt gebeurd was, was Mihály verrast en in verwarring. Hoe dan ook – het was gebeurd!

'Wat gaat u nu doen?' wilde de Italiaan weten.

'Ik stap bij het eerstvolgende station uit.'

'Maar dit is een sneltrein. Het eerstvolgende station is Perugia.'

'Dan stap ik in Perugia uit.'

'Ik zei toch dat u naar Perugia ging? Het geeft niet, Perugia is een heel oude stad en echt de moeite waard. En gaat u dan ook de omgeving maar bezichtigen!'

Goed, dacht Mihály. Ik reis dus naar Perugia. Maar wat gaat Erzsi doen? Waarschijnlijk reist zij door naar Rome en blijft ze daar op de volgende trein wachten. Maar ze kan ook meteen bij het volgende station uitstappen. Of ze gaat terug naar Terontola. Hoe dan ook, ze zal me niet vinden. Ze zal niet op het idee komen dat ik met de trein naar Perugia ben doorgereisd.

Ja, daar zou ze niet zo gauw opkomen. Stapte hij nu in Perugia uit, dan werd hij zeker twee, drie dagen niet gevonden. Of nog langer, als hij niet in Perugia bleef, maar een onwaarschijnlijke route koos om door te reizen.

'Wat een geluk dat ik mijn pas bij me heb. Bagage? Ik schaf wat hemden en dergelijke aan, ondergoed is in Italië goed en goedkoop en ik was toch al van plan het hier te kopen. En het geld... hoe zit het ook alweer met het geld?'

Hij pakte zijn beurs en vond de cheque van de Nationale Bank.

Dat is waar ook, gisteravond... Die zal ik in Perugia inwisselen, daar is vast wel een bank die hem accepteert. Ja.

Hij trok zich terug in een hoek en viel in een diepe slaap. Toen de trein in Perugia aankwam, werd hij door de sympathieke Italiaan gewekt.

DEEL II

Op de vlucht

*Tiger, Tiger, burning bright,
in the forest of the night...*

WILLIAM BLAKE

1.

De grote hoogvlakte van Umbrië, waar in één hoek, op een soort tafel gevormd door een rotsblok, Perugia zetelt en in de andere, met de rug tegen de immense Monte Subasio geleund, het witte licht van Assisi straalt, stond in enkele dagen in volle bloei. De boomgaarden bejubelden het jaargetijde met een overvloed aan welriekende bloesem, net als de moerbeibomen met hun grillige, aan elkaar gevlochten scheuten, de bleke, Italiaans-groene olijfbomen en de grote, met paarse bloemen getooide bomen waarvan niemand Mihály de naam kon vertellen. Overdag kon je in hemdsmouwen rondwandelen, 's nachts was het nog fris, maar niet onaangenaam.

Mihály reisde te voet van Spello naar Assisi. Hij klom naar het hoogste punt van de stad, naar de Rocca, hij luisterde naar de historische rondleiding van een knap en wijs Italiaans knaapje, hij ging zitten op de ruïne van de muur die ooit de burcht was geweest, bekeek het vergezicht van Umbrië en voelde zich gelukkig.

Umbrië is heel anders dan Toscane, dacht hij. Het stamt uit veel vroeger tijden, is boerser maar tegelijk gewijder en lijkt ook iets norser dan Toscane. Dit is het rijk van de franciscanen. Allemaal bergstadjes. Bij ons gingen de mensen in de dalen wonen, ze bouwden hun dorpen onder aan de heuvels, maar hier staan de steden boven op de bergen en kijken ze uit over de vlakten. Met wat voor vijandbeeld leefden de stichters, voor welke gruwelen zochten ze bescherming daarboven, steeds hoger tussen de steile rotsen? Zodra ergens een heuvel boven de vlakte uitstak, bouwden ze een stad.

Hier is elk plaatsje een heuse stad. Neem bijvoorbeeld Spello – dat was thuis maar een stoffig dorpje geweest – hier is het een echte stad, met een kathedraal en een café, veel stadser dan Szolnok of Hatvan, die bij ons voor echte steden doorgaan. En het heeft vast wel een of andere grote schilder voortgebracht, of er werd in de omgeving een belangrijke slag verloren.

Het Italiaanse landschap is niet alleen maar vriendelijk, niet alleen maar zoet, niet zoals ik het me had voorgesteld. Niet hier in Umbrië tenminste. Ik proef hier iets van het woeste, donkere en ruwe van de laurierboom – en juist dit ruwe Italië is zo aantrekkelijk. Misschien is het de schoonheid van de massieve, kale bergen. Ik had nooit gedacht dat er in Italië zoveel kale en hoge bergen zouden zijn. Op de Subasio liggen nog steeds witte vlekken van de sneeuw.

Mihály brak een takje af van de boom waarvan hij de naam niet wist en liep vrolijk, opgefleurd terug naar het stadje. Op de *piazza*, tegenover de oude Minerva-tempel, de eerste antieke tempel die Goethe tijdens zijn reis in Italië zag, ging hij op een terrasje zitten, bestelde een glas vermout en vroeg aan de serveerster hoe de boom van zijn takje heette.

'Salsifraga,' zei de serveerster na enig aarzelen lispelend. 'Salsifraga,' herhaalde ze onzeker. 'Bij ons in Milaan heet hij tenminste zo. Maar hier heet alles anders,' voegde ze er met minachting aan toe.

Salsifraga, ach kom, dacht Mihály. Die salsifraga van haar is vast een steenbreek. Laten we zeggen dat dit een judasboom is.

Maar afgezien van deze irritatie voelde hij zich op zijn gemak. De Umbrische hoogvlakte straalde blijdschap uit, een bescheiden, franciscaner gemoedsrust. Hij had het gevoel dat hij in zijn dromen al zo vaak had beleefd: dat de dingen die ertoe doen niet hier, maar elders gebeuren, misschien in het verre noorden, in Milaan, waar deze lispelende juffrouw, deze bedroefde balling vandaan komt, of daar waar Erzsi zich bevindt ... maar nu was hij al blij dat hij er niet bij hoefde te zijn, dat hij zich er verre van mocht houden, ongenaakbaar in deze uithoek.

Op weg naar Assisi had hij gehoopt Ervin te vinden. In zijn jeugd, toen Ervin het leiderschap had, hadden ze immers alles gelezen wat er maar te vinden was over de beroemde heilige van Assisi. Het kon niet anders of Ervin was tot de franciscanen toegetreden. Maar hij vond geen spoor van Ervin en de franciscaner kerken riepen bij hem niet de toewijding op van vroeger, zelfs de Santa Maria degli Angeli met de Portiuncula, waar de heilige was ontslapen, ontroerde hem niet. Hij bleef er niet overnachten, bang als hij was dat hij in zo'n toeristische trekpleister gemakkelijker te vinden was als ze naar hem zochten. Hij trok verder en kwam tegen de avond in Spoleto aan.

Hij at wat, maar de wijn smaakte niet; waar het aan ligt, weet niemand, maar die Italiaanse rode wijnen hebben soms de neiging naar spiritus te smaken of naar uien te ruiken, terwijl ze een andere keer ronduit voortreffelijk zijn. Zijn humeur werd nog slechter toen hij bij het afrekenen vaststelde dat hij nog zo zuinig kon leven, maar dat het geld dat hij in Perugia had opgenomen ooit zou opraken, en dat hij geen idee had wat hij dan moest beginnen. De buitenwereld die hij in Perugia en op de vlakte zo graag vergat, begon zijn bewustzijn weer binnen te sijpelen.

Hij nam een goedkope kamer in een eenvoudige *albergo* – veel keus was er toch niet in het stadje – en voor het avondeten wandelde hij door de steegjes van Spoleto. De maan school achter de wolken, het was aardedonker en de steegjes van de zwarte stad sloten zich steeds benauwender om hem heen in plaats van hem te omarmen zoals de straatjes van Venetië hadden gedaan. Mihály kwam terecht in een wijk waar de straten bij elke stap donkerder en onheilspellender werden, de trappen naar steeds geheimzinniger deuren leken te leiden; er was geen mens meer te bekennen en op het moment dat hij zich realiseerde dat hij de weg was kwijtgeraakt, drong het tot hem door dat hij achtervolgd werd.

Hij draaide zich om: de persoon in kwestie, een in donkere kleren gehulde man met een rijzige gestalte, liep net de hoek om. Mihály werd door een ondefinieerbare angst bevangen en zocht zijn toevlucht in een steeg die nog nauwer en donkerder was dan alle andere.

Dit gangetje bleek dood te lopen, Mihály moest omkeren, en de onbekende stond al bij de ingang van het straatje. Mihály zette een paar aarzelende stappen in zijn richting, maar toen hij de man beter in het zicht kreeg, deinsde hij terug. De onbekende droeg een korte, zwarte, ronde schoudermantel, zoals in de vorige eeuw gebruikelijk was, met daarboven een zijden das, en had op zijn oude, ernstig gekreukte, weke en baardloze gezicht een afschuwwekkende grijns. Hij spreidde zijn armen uit naar Mihály en gilde op de scherpe toon van een castraat: 'Zacomo!' of iets wat daarop leek.

'Dat ben ik niet,' zei Mihály. De onbekende zag dat ook in en onder luidruchtige verontschuldigingen droop hij af. Nu zag Mihály pas dat de afschuwelijke grijns op het oude gezicht niets anders betekende dan dat de man gek was.

Maar het feit dat zijn avontuur op een volstrekt redeloze angst berustte en een vrij komische afloop had, stelde Mihály niet gerust. Integendeel, geneigd als hij was om aan alles een symbolische betekenis toe te kennen, trok hij uit dit onbenullige voorval de conclusie dat hij achterna werd gezeten en dat zijn belagers hem op het spoor waren. In paniek zocht hij de weg terug naar de herberg, hij rende naar zijn kamer, draaide de sleutel om in het slot en versperde de deur met een kist. Maar ook de kamer was angstaanjagend. Allereerst was hij onaangenaam ruim voor één persoon, en daar kwam bij dat Mihály maar niet kon wennen aan de stenen vloeren van de wat eenvoudiger Italiaanse logementen; hij voelde zich als een stout kind dat naar de keuken verbannen is, wat een verschrikkelijke straf zou zijn geweest die hem gelukkig nooit was overkomen. Maar het ergst was dat de kamer zich letterlijk aan de rand van het bergstadje bevond – de steile rotswand viel hier tweehonderd meter de diepte in. En om geheel onverklaarbare redenen was er naast het raam nog een opening in de muur uitgehouwen met een glazen deur erin. Wellicht gaf deze ooit toegang tot een balkon, maar dat balkon was ofwel sinds onheuglijke tijden gesloopt, ofwel van vermoeidheid vanzelf naar beneden gestort, zodat er nu alleen een deur overbleef die op tweehonderd meter hoogte vrij toegang verschafte tot de leegte. Voor iemand met zelfmoordneigingen had deze kamer met zijn haast onweerstaanbaar lokkende deur een wisse dood betekend. En tot overmaat van ramp hing er aan de muur maar één schilderij, een uit een of ander damesblad geknipte illustratie van een buitengewoon weerzinwekkende vrouw die gekleed was in de stijl van rond de eeuwwisseling en een revolver in haar hand had.

Mihály stelde vast dat dit niet de meest rustgevende omgeving was waar hij ooit de nacht had doorgebracht, maar nog meer dan om zijn omgeving maakte hij zich zorgen om zijn paspoort dat hij bij de norse gastheer had moeten achterlaten; op zijn listige voorstel om het formulier zelf in te vullen, aangezien het paspoort in een niet te ontcijferen taal was gesteld, ging de herbergier niet in. Hij keek Mihály met een gluiperige blik aan en stond erop dat het paspoort bij hem bleef zolang Mihály in zijn herberg logeerde. Kennelijk had hij slechte ervaringen gehad. De herberg wekte inderdaad de indruk dat zijn eigenaar allerlei duistere zaken had meegemaakt. Overdag deden waarschijnlijk alleen wat aan lagerwal geraakte handelaartjes het etablissement aan, dacht Mihály, en 's nachts zaten de schimmen brullend van de lach te kaarten van paardendieven in de *sala da pranzo*, de naar kookluchtjes stinkende eetzaal, ...

Maar zijn paspoort was, in wiens handen dan ook, een wapen tegen hem, want het onthulde zijn naam aan zijn achtervolgers, en vluchten zonder paspoort was net zo onaangenaam als wegrennen met alleen een onderbroek aan, zoals dat in onze dromen weleens gebeurt. Mihály stapte angstig het twijfelachtig schone bed in en kwam moeilijk in slaap; slaap, lichte dromen en een angstig waken vloeiden in elkaar over en werden overstemd door het overtuigende nachtelijke gevoel dat hij werd opgejaagd.

Hij stond bij het ochtendkrieken op, sloop naar beneden, maakte met veel moeite de herbergier wakker, rekende de kamer af en haastte zich, weer in het bezit van zijn paspoort, naar het station. Een slaperige vrouw achter de bar maakte koffie voor hem, na een tijd begonnen er slaperige Italiaanse arbeiders binnen te druppelen. De angst die Mihály in zijn greep hield, wilde maar niet afnemen. Hij was steeds bang om te worden aangehouden, zodat hij elke militair of gendarme wantrouwig opnam, totdat eindelijk de trein het stationnetje binnenreed. Opgelucht haalde hij adem en hij wilde zijn sigarettenpeuk weggooien om op de trein te stappen.

Plotseling kwam er een heel jonge en opvallend knappe fascist op hem af die hem vroeg de sigaret nog niet weg te gooien, maar hem eerst een vuurtje te geven.

'Ecco,' zei Mihály en bood hem het gloeiende peukje aan. Hij had geen argwaan. Bovendien stond de trein al te wachten.

'U bent een buitenlander,' zei de fascist. 'Ik herken dat aan het ene woord "ecco" dat u zei. Wat een fijn gehoor, nietwaar?'

'Bravo,' zei Mihály in het Italiaans.

'U bent een Hongaar!' riep de fascist met vreugde uit.

'Sì, sì,' glimlachte Mihály.

Hierop nam de fascist zijn arm beet met een kracht die hij van zo'n knaapje niet had verwacht.

'O. U bent dus die man die in heel Italië gezocht wordt! Ecco! Hier is uw foto!' zei hij terwijl hij met zijn andere hand een papier uit zijn zak haalde. 'Uw vrouw is naar u op zoek!'

Mihály trok zijn arm los, haalde een naamkaartje te voorschijn, krabbelde er haastig een paar woorden op: *Met mij gaat het goed, zoek mij maar niet*, en gaf het samen met een bankbiljet van tien lire aan het fascistenknaapje.

'Ecco! Wilt u dit telegram aan mijn vrouw versturen? Arrivederci!'

Hij rukte zich opnieuw los van de fascist, die hem ondertussen weer had beetgepakt, sprong in de al rijdende trein en sloeg het portier van het rijtuig achter zich dicht.

De trein ging naar Norcia, de bergen in. Toen hij uitstapte, lag voor hem het Sibillini-gebergte, met toppen van boven de tweeduizend meter, en aan zijn rechterhand de Gran Sasso, de hoogste bergketen van Italië.

De angst dreef Mihály net als de Italiaanse stedenbouwers van weleer hoog de bergen in. Daarboven, in de besneeuwde, ijzige wildernis zouden ze hem niet vinden. Hij dacht nu niet meer aan Erzsi, had eerder het gevoel dat hij zich wat haar persoonlijk betrof geen zorgen meer hoefde te maken vanwege zijn telegram. Wel was Erzsi nu een van de velen die hem achternazaten, en zijn achtervolgers waren niet eens zozeer de mensen als wel de instituten en het angstaanjagende terreurleger van zijn vervlogen jaren.

Want hoe had zijn leven er in de afgelopen vijftien jaar uitgezien? Hij had zich thuis en in het buitenland een vak eigengemaakt dat niet zijn roeping was, maar het beroep van zijn vader en zijn familie; hij had er geen belangstelling voor. Daarna sloot hij zich aan bij de firma en probeerde hij zich de geneugten aan te meten die pasten bij een compagnon in een bedrijf: hij leerde bridgen, skiën en autorijden; in de liefde ging hij eveneens op avontuur uit en uiteindelijk vond hij Erzsi. Over zijn relatie met haar werd in de herensociëteiten zo veel geroddeld als een jonge vennoot van een voorname firma zich maar wensen kan. Ten slotte trouwde hij, zoals dat een vennoot betaamt, met deze mooie, slimme, rijke en – door hun aan het huwelijk voorafgaande relatie – bekende vrouw. Wie weet zou hij over een jaar een echte vennoot zijn, mettertijd wordt een bepaalde pose immers deel van je karakter, je bent eerst N. N., die toevallig ingenieur is, en wordt mettertijd de ingenieur die toevallig N. N. heet.

Hij ging te voet de bergen in. Hij slenterde langs kleine bergdorpjes; het gedrag van de dorpelingen stelde hem gerust, ze achtervolgden hem niet. Ze zagen in hem slechts een onnozele toerist. Maar als een gewoon mens hem op de derde of vierde dag van zijn zwerftocht was tegengekomen, had hij hem zeker niet voor een toerist gehouden, maar gedacht dat hij gek moest zijn. Hij schoor en waste zich niet meer, hij sliep zonder zijn kleren uit te trekken, hij was alleen maar op de vlucht. In de bovenmenselijke afzondering en verlatenheid hier tussen de schrale bergketens raakte ook in zijn binnenste alles in verwarring. Er gloorde niet het zwakste licht van een doel in zijn bewustzijn; het enige dat hij wist, was dat er geen terugkeer mogelijk was. De vele personen en dingen – de jaren en de instituten – die hem achtervolgden, kregen in zijn hallucinerende hersenen een concrete, monsterlijke gedaante; de fabriek van zijn vader kwam hem voor als een enorme opgeheven stalen knuppel, klaar om te slaan. Hij zag ook zichzelf, hoe hij geleidelijk aan oud werd, hij kon het proces van de langzame maar duidelijk zichtbare lichamelijke veranderingen volgen, alsof zijn huid zich samentrok, in het tempo van de grote wijzer van een klok. Dit waren de eerste, sluimerende symptomen van een zenuwtoeval.

De artsen stelden later vast dat de zenuwkoorts het gevolg was geweest van uitputting. Geen wonder: Mihály had zich vijftien jaar lang voortdurend ingespannen. Omdat hij zich steeds anders moest voordoen dan hij in werkelijkheid was, omdat hij nooit op zijn eigen manier zijn leven leidde, maar altijd zoals van hem werd verwacht. Zijn laatste en meest heroïsche inspanningen betroffen zijn huwelijk. De inzinking werd verder bevorderd door de onrust die de reis met zich meebracht en door het wonderlijke proces van loskomen dat het Italiaanse landschap in hem opriep; het geheel werd versterkt door het feit dat hij tijdens de hele reis dronk en nooit echt uitrustte. Bovendien: iemand die in beweging is, voelt de vermoeidheid niet, die slaat pas toe als hij gaat zitten. De opgespaarde vermoeidheid van vijftien jaar inspanning stortte zich pas over Mihály uit op het moment dat hij in Terontola toevallig, maar niet onopzettelijk, de verkeerde trein had genomen, de trein die hem steeds verder van Erzsi wegvoerde en hem dichter naar de eenzaamheid en zichzelf bracht.

Op een avond kwam hij in een vrij grote plaats. Toen was hij al in een zodanig verwarde gemoedstoestand dat hij niet eens naar de naam van het stadje informeerde, ook al doordat hij die middag gemerkt had dat hij zich geen enkel Italiaans woord meer kon herinneren. Wij hoeven de naam van het stadje dus evenmin op te tekenen. Aan de piazza stond een albergo die er wel aantrekkelijk uitzag. Mihály ging daar zitten en nuttigde met gezonde eetlust zijn avondeten: een bord gnocchi met tomatensaus, geitenkaas uit de streek, een sinaasappel en een glas witte wijn. Maar toen hij wilde afrekenen, had hij de indruk dat de dochter van de herbergier hem met een achterdochtige blik aankeek, terwijl ze iets fluisterde tegen de twee andere mannen in de zaal. Hij rende meteen weg en struinde onrustig tussen de *macchia*, het struikgewas waarmee de berg boven de stad was begroeid. Hij hield het daar niet lang uit vanwege de harde wind en klom dus langs de steile bergwand naar beneden.

Hij kwam in een diep dal terecht dat enigszins op een put leek en waar geen wind meer was, maar het dal zelf was zo verstikkend, donker en onherbergzaam dat hij niet raar had opgekeken als hij er menselijke skeletresten had gevonden met daartussenin een koninklijke kroon of een ander bebloed symbool van vergane macht en tragiek. Mihály was altijd al buitengewoon ontvankelijk voor de sfeer van een landschap en in deze gemoedstoestand was die gevoeligheid nog tien keer zo sterk. Hij vluchtte rennend weg uit het dal, hoewel hij al bijna uitgeput was. Een smal paadje leidde omhoog naar een heuvel. Aangekomen op de top stond hij stil bij een laag muurtje. Het was een vriendelijke, uitnodigende omgeving. Hij sprong over het muurtje en bevond zich, voor zover hij kon zien, in een tuin met mooie cipressen. Een klein hoopje aarde bood zich aan als natuurlijk kussen. Mihály ging liggen en viel onmiddellijk in een diepe slaap.

Later werd het licht van de sterren veel sterker, ze blonken zo sterk dat het leek alsof de hemel in een bijzondere onrust was geraakt, en Mihály werd wakker. Hij ging zitten en keek in de felle schittering beduusd om zich heen. Van achter een van de cipressen stapte Tamás naar voren, bleek en slechtgehumeurd.

'Ik moet naar huis,' zei hij, 'want ik kan niet slapen met dit verschrikkelijke sterrenlicht.' Hij ging weg en Mihály wilde hem achternarennen, maar hoe hij ook zijn best deed, hij kon niet overeind komen.

Bij het ochtendkrieken werd hij wakker van de kou en van de eerste zonnestralen, en hij keek slaperig rond in de tuin. Onder aan de cipressen stonden overal grafkruizen; hij had dus in de *camposanto*, op de begraafplaats van het stadje geslapen! Dit was op zich nog niet zo erg, de steden van de doden waren in Italië zo mogelijk nog vriendelijker en aantrekkelijker dan die van de levenden, zowel overdag als in het maanlicht. Maar voor Mihály had ook deze gebeurtenis een verschrikkelijke symbolische betekenis. Opnieuw maakte hij zich rennend uit de voeten, en op dat moment brak eigenlijk zijn ziekte uit. Wat hij hierna meemaakte, kon hij zich later niet meer herinneren.

Op de vierde, vijfde, misschien wel zesde dag liep hij over een paadje door de bergen toen de zonsondergang hem overviel. De roze en gouden tinten van de ondergaande zon brachten hem ook nu, in zijn koortsige toestand, tot verrukking, misschien zelfs nog meer dan in zijn nuchtere tijden, want toen zou hij zich hebben geschaamd om zo uitbundig te reageren op het alom bekende, volstrekt nutteloze hemelse kleurenfestijn. Maar nu klom hij, in zijn koorts bevangen door een plotseling opkomend idee, een rotsblok op in de hoop de ondergang van de zon vandaaruit nog een tijdje te kunnen blijven volgen. Maar zijn hand greep mis en hij gleed naar beneden, de greppel in, en hij had geen kracht meer om op te staan. Hij bleef liggen.

Gelukkig liepen er tegen de ochtend in alle vroegte marskramers langs met muildieren. Ze zagen in het maanlicht een liggende gestalte, herkenden in hem de voorname vreemdeling, namen hem met medelevende hoogachting mee naar het dorp. Vandaar werd hij met behulp van de autoriteiten via veel omwegen naar het ziekenhuis van Foligno overgebracht. Maar Mihály zelf merkte van dit alles helemaal niets.

2.

Toen hij weer bijkwam, herinnerde hij zich nog steeds geen woord Italiaans. Vermoeid en verschrikt stelde hij de verpleegster de gebruikelijke vragen, in het Hongaars: waar was hij en hoe was hij er terecht gekomen? Aangezien de verpleegster geen antwoord kon geven, moest hij er zelf achter komen – en zo moeilijk was dat niet – dat hij in het ziekenhuis lag. Hij herinnerde zich hoe raar hij zich in de bergen had gevoeld en kwam tot rust. Hij was alleen benieuwd wat hij zou mankeren. Hij voelde geen pijn, hij was alleen erg zwak en moe.

Gelukkig bevond er zich een arts in het ziekenhuis die half Engels was en hij werd bij Mihálys bed geroepen. Mihály had lange tijd in Engeland gewoond, het Engels zat hem zo in het bloed dat hij er zelfs nu geen moeite mee had, en hij kon zich dus uitstekend verstaanbaar maken bij de dokter.

'Er is niets ernstigs aan de hand,' zei de arts, 'het is alleen een volledige uitputting. Wat hebt u gedaan om zo uitgeput te raken?'

'Ik?' vroeg Mihály peinzend. 'Niets. Ik heb geleefd.' En hij viel in slaap.

Toen hij wakker werd, voelde hij zich stukken beter. De Engelse dokter kwam hem weer onderzoeken en na afloop verklaarde hij dat hem niets meer mankeerde en dat hij over een paar dagen op mocht staan.

De arts had belangstelling voor Mihály en zat veel met hem te praten. Hij wilde graag weten waardoor Mihály zo vermoeid was geraakt. Na verloop van tijd merkte hij hoe onrustig Mihály werd van de gedachte dat hij over enkele dagen gezond werd verklaard en het ziekenhuis zou moeten verlaten.

'Hebt u hier iets te doen in Foligno of in de omgeving?'

'Helemaal niets. Ik had zelfs nog nooit van Foligno gehoord.'

'Wat zijn uw plannen? Waar wilt u nu heen? Terug naar Hongarije?'

'Nee, nee. Ik wil graag in Italië blijven.'
'En wat wilt u hier doen?'
'Ik heb geen idee.'
'Hebt u familie?'
'Nee, ik heb niemand,' antwoordde Mihály en in zijn overspannen zenuwtoestand barstte hij in tranen uit.

De welwillende arts kreeg intens medelijden met zijn eenzame patiënt en behandelde hem in het vervolg met nog meer liefdevol ontzag. Terwijl Mihály niet huilde om het gemis aan dierbaren, maar juist omdat hij er zo veel had en omdat hij bang was dat de aangename afzondering waarvan hij in het ziekenhuis zo genoot, niet lang meer kon voortduren.

Hij vertelde de arts dat hij er zijn leven lang naar had verlangd een keer in een ziekenhuis te kunnen liggen. Niet lijdend aan een ernstige ziekte of pijn, maar zoals nu, bevangen door een passieve en willoze moeheid, zonder enig doel of verlangen, als iemand die alle menselijke zaken achter zich heeft gelaten.

'Hoe dan ook, Italië heeft me alles gegeven waarnaar ik verlangde,' zei hij.

De dokter bleek net zo gefascineerd door geschiedenis als Mihály. Gaandeweg bracht hij al zijn vrije tijd naast Mihálys bed door en voerde met hem gesprekken over de geschiedenis, conversaties die door de vermoeidheid van de patiënt van het ene onderwerp naar het andere fladderden. Mihály leerde veel over Angela da Foligno, een mystieke heilige en de belangrijkste historische persoon die de stad had voortgebracht. Desondanks hadden de meeste mensen in Foligno nooit van haar gehoord. Hij leerde ook de arts kennen, die hem avontuurlijke verhalen vertelde over zijn eigen familie, zoals Engelsen altijd doen. De vader van de arts was ooit officier bij de marine geweest. In Singapore kreeg hij gele koorts, waardoor hij verschrikkelijke visioenen had. Toen hij de ziekte had overwonnen, besloot hij katholiek te worden omdat hij dacht dat dit de enige mogelijkheid was om aan de verschrikkingen van de hel te ontsnappen. Zijn familie, vrome mensen, voornamelijk uit een geslacht van anglicaanse priesters, keerde zich van hem af, waardoor de man een hekel kreeg aan Engeland en de Engelse marine vaarwel zei. Later trouwde hij met een Italiaanse. Richard Ellesley – zo heette de arts – bracht zijn kinderjaren door in Italië. Zijn Italiaanse grootvader liet het gezin een aanzienlijk vermogen na en zo kon zijn vader de jonge Ellesley in Harrow en Cambridge laten studeren. In de oorlog nam de vader weer dienst bij de Engelse marine en sneuvelde in de slag in het Skagerrak. Het vermogen raakte op en sindsdien verdiende Ellesley zijn brood als arts.

'Mijn vader heeft me niets anders nagelaten dan zijn angst voor de hel,' zei hij met een glimlach.

Hier waren de rollen omgedraaid. Mihály had ook allerlei angsten, maar omdat hij elke affiniteit met het hiernamaals miste, was hij voor de hel totaal niet bang. En dus probeerde hij de arts meteen te helpen. Dat was ook dringend nodig, want de frêle Engelse dokter werd om de drie dagen bevangen door angstvisioenen.

Zijn angst had niets te maken met schuldgevoel: de ziel van de dokter was zuiver en gewetensvol, er was geen noemenswaardige zonde waarvan hij zichzelf had kunnen beschuldigen.

'Waarom denkt u dan dat u in de hel terechtkomt?'

'Mijn God, dat kan ik toch niet weten? Ik zal heus niet uit eigen beweging gaan, ze zullen me wel komen halen!'

'De duivel heeft alleen macht over de kwaden.'

'Dat weet je maar nooit. Niet voor niets bidden we, dat weet u ongetwijfeld ook: heilige aartsengel Michaël, verdedig ons in de strijd; wees onze bescherming tegen de boosheid en de listen van de duivel. Wij smeken ootmoedig dat God hem zijn macht doet gevoelen. En gij, Vorst van de hemelse legerscharen, drijf Satan en de andere boze geesten, die tot verderf van de zielen over de wereld rondgaan, door de goddelijke kracht in de hel terug.'

Het gebed riep in Mihály de herinnering op aan de kapel van zijn school en de huivering die hem als puber telkens beving wanneer hij deze bede hoorde. Maar zijn rillingen kwamen niet door Satan of de verdoemenis, maar door de grimmigheid van de oertijden waarin de bede hem terugwierp; in het algemeen kwam het katholieke geloof hem wel modern voor, of in ieder geval óók modern, alleen dit gebed leek uit lang vervlogen tijden te zijn overgebleven.

Wanneer de angst voor de hel hem overviel, haastte Ellesley zich naar de priesters of de monniken om te smeken om vergeving voor zijn zonden. Maar het hielp maar weinig. Dat kwam doordat hij zich niet echt een zondaar voelde, zodat de absolutie geen uitwerking had. Bovendien waren de biechtvaders meestal simpele, provinciale geestelijken die geen gelegenheid voorbij lieten gaan om hem te wijzen op de verschrikkingen van de hel, waarmee ze de situatie alleen maar verergerden. De angsten werden nog het meest verlicht door amuletten en andere tovermiddelen. Ooit had een oud vrouwtje hem met een of ander heilig gras bewierookt, waarna Ellesley twee maanden rust had gehad.

'Hoe komt het,' vroeg hij aan Mihály, 'dat u helemaal niet bang bent? Wat denkt u dat er met de ziel gebeurt na de dood?'

'Niets.'

'Hoopt u dan niet op onsterfelijkheid en eeuwig leven?'

'De namen van de groten worden eeuwig bewaard. Ik behoor daar niet toe.'

'Hoe houdt u het leven dan vol?'

'Dat is een andere vraag.'

'Ik begrijp niet hoe u kunt denken dat iemand die dood is, helemaal is opgehouden te bestaan. Er zijn toch duizenden bewijzen voor het tegendeel! Elke Italiaan kan u voorbeelden geven, en elke Engelsman ook. Allemaal zijn ze weleens een dode tegengekomen, en het zijn ongetwijfeld de twee meest deugdzame volkeren ter wereld. Ik begrijp niet wat Hongaren voor mensen zijn.'

'Bent u zelf ook weleens een dode tegengekomen?'

'Uiteraard. Een paar keer al.'

'Hoe was dat?'

'Dat ga ik u niet vertellen, u zou zich nog opwinden. Hoewel de ene keer zo eenvoudig was dat het weinig kwaad kan. Tijdens de oorlog studeerde ik in Harrow. Op een dag lag ik – ik had griep en moest in bed blijven – naar buiten te staren. Plotseling stond mijn vader in de vensterbank, in zijn officiersuniform, en hij salueerde. Het enige vreemde waren de vleugels op zijn officierspet, hij zag eruit zoals Mercurius meestal wordt afgebeeld. Ik sprong uit bed en deed het raam open. Maar toen was hij al verdwenen. Dit gebeurde in de middag. Mijn vader was die ochtend gesneuveld. Zoveel tijd had zijn ziel nodig om vanuit het Skagerrak in Harrow aan te komen.'

'En het andere verhaal?'

'Dat is veel geheimzinniger. Het gebeurde in Gubbio, nog niet eens zo lang geleden. Maar dat kan ik u nu echt niet vertellen.'

'Gubbio? Waar ken ik die naam van?'

'Waarschijnlijk van de Fioretti, de legende van de heilige Franciscus.'

'O ja, de wolf van Gubbio ... waarmee de heilige Franciscus het verbond sloot dat hij de inwoners van de stad niet meer lastig zou vallen. In ruil daarvoor zouden de burgers hem altijd eten geven...'

'Juist. 's Avonds ging de wolf met een mandje om zijn hals alle huizen van Gubbio langs om de giften in ontvangst te nemen.'

'Bestaat Gubbio dan nog steeds?'

'Jawel, het ligt hier in de omgeving. Ga er eens een keer langs als u helemaal bent opgeknapt. Het is zeer de moeite waard, en niet alleen om de herinnering aan de wolf...'

De twee praatten ook veel over Engeland, het tweede vaderland van Ellesley, waar de arts sterk naar verlangde. Ook Mihály hield veel van Engeland. Hij had er twee jaar in volle ernst en dromerigheid doorgebracht, voordat hij naar Parijs ging om vandaaruit naar huis terug te keren. In Londen had hij zich in eenzaamheid ondergedompeld, dan praatte hij soms weken met niemand anders dan een paar arbeiders in afgelegen bierhuizen, en zelfs met hen wisselde hij maar een paar woorden. Mihály hield van het afschuwelijke Londense klimaat, de vochtige, opgezwollen, nevelige weekheid waarin je helemaal weg kunt zinken en die zo trouw de eenzaamheid en het spleen begeleidt.

'November in Londen is niet eens een maand te noemen,' zei hij, 'het is een stemming.'

Ellesley was het geheel en al met hem eens.

'Het schiet me ineens te binnen,' zei Mihály, 'tijdens zo'n Londense novembermaand heb ik ook een keer iets beleefd dat bij mensen zoals u allicht het geloof zou versterken dat de doden op een of andere manier blijven voortbestaan. Ik kreeg er alleen maar het gevoel van dat er iets mis was met mijn zenuwgestel. Luister maar. Op een ochtend was ik aan het werk in de fabriek – het was november, zoals ik al zei – toen ik bij de telefoon werd geroepen. Een onbekende vrouwenstem verzocht me dringend die middag langs te komen in verband met een zaak van bijzonder belang, en gaf me een onbekende naam en adres op. Ik protesteerde, het moest een vergissing zijn, zei ik. "Nee hoor," zei de vrouwenstem, "ik ben op zoek naar een Hongaarse gentleman die als voluntair bij de firma Buthroyd werkt – zijn er meer dan?" "Nee," zei ik, "en de naam klopt ook. Maar waar gaat het over?" Nee, dat kon ze me niet vertellen… We bleven nog lang aan de lijn en uiteindelijk beloofde ik haar dat ik langs zou gaan.

Uit nieuwsgierigheid ben ik maar gegaan. Bij welke man wordt de belangstelling niet gewekt door een onbekende en aangename vrouwenstem over de telefoon? Als vrouwen echte mannenkenners zouden zijn, zouden ze ons al hun wensen voorleggen als onbekenden en per telefoon. De straat waar ik heen moest, Roland Street, lag in een onbehaaglijk deel van Londen achter Tottenham Court Road, ten noorden van Soho, waar die arme kunstenaars en prostituees wonen die zich zelfs Soho of Bloomsbury niet kunnen permitteren. Ik weet het niet zeker, maar het komt me zeer waarschijnlijk voor dat stichters van nieuwe religies, gnostici en aan lagerwal geraakte spiritisten zich deze buurt van Londen hebben toegeëigend. De hele wijk ademt de sfeer van religieus verval. Hier moest ik dus heen. U moet weten dat ik buitengewoon ontvankelijk ben voor de sfeer van straten en landschappen. Terwijl ik door de donkere, in nevel gehulde straten liep op zoek naar Roland Street – het was geen *fog*, alleen maar *mist*, een melkachtig witte, miezerige substantie, echt een novemberwaas – werd ik zo gegrepen door de sfeer van religieus verval dat ik er misselijk van werd.

Eindelijk vond ik het huis en op een bordje naast de ingang de naam die de telefoonstem me had opgegeven. Ik belde aan. Het duurde even voor een slaperige, slonzige dienstbode naar de deur kwam sloffen en opendeed.

"Wat wilt u?" vroeg ze.

"Nou, eigenlijk weet ik het niet," antwoordde ik.

Toen was het alsof iemand van heel ver iets naar beneden riep. De dienstbode dacht even na en zweeg. Toen nam ze me mee naar een vies trapje en zei: "*Just go straight up*." Zelf bleef ze beneden.

Boven vond ik een open deur die naar een halfdonkere kamer leidde; er was niemand in de kamer, maar de andere deur ging juist dicht, alsof iemand vlak voor me de kamer verlaten had. Ik herinnerde me wat de dienstbode had gezegd, liep de kamer door en opende de deur die kort daarvoor was dichtgegaan. Ik kwam weer in een schemerige, ouderwetse, stoffige en lelijk ingerichte kamer waar niemand was en waarvan de andere deur ook net was dichtgegaan, alsof iemand zojuist de kamer was uitgelopen. Weer liep ik de kamer door en stapte een derde en vierde kamer binnen. Uiteindelijk, in de vijfde kamer... nee, "uiteindelijk" is overdreven, want ook in de vijfde kamer was niemand, maar hier ging tenminste niet weer een deur net voor mijn ogen dicht. Deze kamer had maar één deur, die waardoor ik naar binnen was gegaan. Maar degene die mij steeds voorging, was er niet.

De lamp was aan en er stonden, behalve twee armstoelen, geen meubels in de kamer. Aan de muur hingen schilderijen en tapijten en allerlei ouderwetse rommel van weinig waarde. Ik ging aarzelend in een van de fauteuils zitten en wachtte. Ondertussen nam ik onrustig de omgeving in me op, want het was tot me doorgedrongen dat ik iets bijzonders beleefde.

Ik weet niet hoe lang ik op deze manier bleef zitten, maar ineens kreeg ik hartkloppingen, want ik had gevonden waarnaar ik al die tijd onbewust op zoek was geweest. Vanaf het moment dat ik die kamer was binnengegaan, had ik het gevoel gehad dat er iemand naar me keek. Nu wist ik waar het om ging. Aan een van de muren hing een Japans kleed met draken en andere onbestemde dieren waarvan de ogen van grote, kleurrijke glazen bollen waren gemaakt. Nu merkte ik ineens dat een van de dieren geen glazen ogen had, maar echte mensenogen die me aankeken. Oftewel, dat er iemand achter het wandtapijt stond en mij in de gaten hield.

Onder andere omstandigheden had ik meteen aan het verhaal van een detectiveroman moeten denken, je leest immers zo vaak over vreemdelingen die in Londen ineens verdwijnen zonder een spoor achter te laten, en dit was allemaal precies zo begonnen als je je zo'n verdwijning voorstelt. Wat ik zeg, is dat het een normale reactie was geweest te schrikken en te denken dat het om een misdrijf ging, en een defensieve houding aan te nemen. Maar dat deed ik niet. Ik bleef roerloos, verstijfd zitten. Dat deed ik, meneer, omdat het paar ogen dat me aankeek me zo bekend voorkwam...'

'Hoezo?'

'Die ogen waren van mijn jeugdvriend, een zekere Tamás Ulpius, die op tragische wijze en onder onverklaarde omstandigheden op zeer jonge leeftijd is overleden. Mijn schrik was dan ook in één ogenblik weggevaagd en ik werd bevangen door een zacht, spookachtig geluk, door een soort spook van het geluk. "Tamás!" riep ik en ik wilde naar hem toe stappen. Maar op hetzelfde moment waren de ogen verdwenen.'

'En toen?'

'Niets meer. Wat hierna kwam, daar was geen touw meer aan vast te knopen. Een oudere vrouw stapte de kamer binnen, een ouderwetse, curieuze en antipathieke vrouw met grote ogen die me met een tamelijk strak gezicht iets vroeg. Ik verstond niet wat ze zei, ze sprak geen Engels. Ik probeerde het in het Frans, in het Duits, in het Hongaars, maar de vrouw bleef maar treurig met haar hoofd schudden. Toen zei ze weer iets in die onbekende taal, steeds geanimeerder, het leek of ze me de hele tijd met vragen bestookte. Ik spitste mijn oren om er tenminste achter te komen welke taal ze sprak. Ik heb een goed gehoor voor talen ook al versta ik ze niet: ik moest vaststellen dat de taal die ze sprak geen Romaanse taal was en ook geen Germaanse of Slavische, zelfs geen Fins-Oegrische, aangezien ik ooit Fins had geleerd aan de universiteit. Plotseling wist ik zeker dat zij als enige op de wereld die taal sprak. Waarom ik tot deze conclusie was gekomen, weet ik niet. In ieder geval schrok ik er zo van dat ik opsprong en door alle kamers heen het huis uit rende.'

'En hoe legt u dit uit?'

'Ik kan het niet anders verklaren dan met het feit dat het november was. Door een merkwaardige, domme vergissing was ik in dat huis terechtgekomen. Het leven zit vol met onverklaarbare toevalligheden.'

'En de ogen?'

'Die ogen had ik me vast ingebeeld onder invloed van de rare omgeving en het Londense novemberweer. Ik ben er nog steeds van overtuigd dat iemand die overleden is, echt dood is.'

3.

De tijd was om. Mihály was weer gezond en moest het ziekenhuis verlaten. Een gevangene die na twintig jaar cel vrijkomt, kan zich niet meer van de wereld afgesneden en doelloos voelen dan Mihály deed toen deze met zijn weinige bagage – hij bezat niets anders dan wat hij op de dag van zijn vlucht in Perugia had gekocht – langs de lage huizen van Foligno liep.

Hij had het gevoel dat hij niet naar huis kon. Zijn situatie was onhoudbaar geworden door zijn vlucht, die hij nooit zou kunnen of willen uitleggen. En het was een ondraaglijke gedachte dat hij terug zou keren naar Boedapest, dat hij verplicht zou zijn naar kantoor te gaan om zich bezig te houden met zaken en met gezellige gesprekken en bridgepartijen als ontspanning.

Hij moest nog zoveel Italiaanse steden bekijken. Mihály nam zich voor zijn familie te schrijven en om geld te vragen.

Maar die brief stelde hij elke dag uit. Voorlopig bleef hij in Foligno, in de buurt van de enige mens op aarde met wie hij in de verte iets te maken had, dokter Ellesley. Hij huurde een kamer en leefde teruggetrokken; hij las Engelse romans die de arts hem leende en verheugde zich op het middag- en avondeten. In zijn apathische toestand was de smaak van Italiaanse gerechten zijn enige band met de werkelijkheid.

Hij hield van de onverholen sentimentaliteit van de Italiaanse keuken: de Frans-Europese keuken geeft de voorkeur aan fijne en getemde smaken, of slechts de suggestie ervan, zoals bij de kleuren van de herenmode. De Italianen daarentegen zijn dol op mierzoet en azijnzuur, op alle zeer uitgesproken smaken, waarmee ze zelfs de oneindige hoeveelheden pasta een sentimenteel karakter kunnen geven.

Op een avond zat hij met Ellesley op het terras van het beste café van het stadje. Zoals gewoonlijk spraken ze Engels. Opeens stapte er een jonge vrouw op hen af, sprak hen aan in Amerikaans Engels en ging bij hen aan tafel zitten.

'Sorry dat ik even stoor,' begon ze, 'maar ik loop al de hele dag rond in deze verdomde stad en er is niemand die me verstaat. Ik moet u iets vragen. Daarom heb ik u aangesproken. Het gaat om iets heel belangrijks.'

'Vraagt u maar.'

'Well, ik studeer kunstgeschiedenis in Cambridge.'

'In Cambridge, echt waar?' riep Ellesley blij.

'Ja, in Cambridge, Massachusetts. Hoezo? Hebt u daar misschien ook gestudeerd?'

'Nee, in Cambridge, Engeland. Maar vertel, waarmee kunnen wij u van dienst zijn?'

'Ik studeer dus kunstgeschiedenis en ben naar Italië gekomen omdat hier, zoals u waarschijnlijk wel weet, heel veel prachtige schilderijen zijn die je elders niet ziet. Ik heb ze ook allemaal bekeken.'

Ze haalde een schrijfblokje te voorschijn en ging door: 'Ik ben in Florence geweest en in Rome en Napels en Venetië en nog een hele rij plaatsen waarvan ik de naam nu even niet kan ontcijferen omdat het licht hier niet goed is. Laatst ben ik in Per... Perugia geweest – zeg ik dat goed?'

'Ja.'

'Goed. In het museum maakte ik kennis met een Franse heer. Een Fransman dus, maar toch een zeer beschaafde heer. Hij legde me van alles uit en drukte me na afloop op het hart om vooral Foligno te bezoeken omdat hier een heel beroemd schilderij hangt van Leonardo da Vinci, u weet wel, die het Laatste Avondmaal geschilderd heeft. Dus ben ik hierheen gereisd. Ik heb de hele dag naar dat schilderij gezocht, maar ik kan het niet vinden. En niemand in dit akelige, stoffige gat kan me op weg helpen. Kunt u me misschien vertellen waar ze dat schilderij hebben verstopt?'

Mihály en de arts keken elkaar aan.

'Een schilderij van Leonardo? Dat is er nooit geweest in Foligno,' zei de dokter.

'Dat kan niet,' zei het meisje beledigd. 'Die Franse heer heeft het gezegd. Hij zei dat er een heel mooie koe op afgebeeld stond, samen met een gans en een kat.'

Mihály kon zijn lachen niet inhouden.

'*My dear lady*, de zaak is heel eenvoudig: die Franse heer heeft u mooi in de maling genomen. Er is in Foligno geen schilderij van Leonardo, en hoewel ik er geen verstand van heb, heb ik toch stellig de indruk dat er helemaal geen schilderij van Leonardo bestaat waarop een koe en een gans en een kat zouden zijn afgebeeld.'

'Maar waarom zei die man dat dan?'

'Waarschijnlijk omdat cynische Europeanen de gewoonte hebben om vrouwen met deze dieren te vergelijken. Alleen Europese vrouwen, natuurlijk.'

'Ik begrijp het niet. U wilt toch niet beweren dat die Franse heer me belachelijk wilde maken?' vroeg ze met rood aangelopen gezicht.

'Helaas, zo zou je het ook kunnen uitdrukken.'

Het meisje dacht diep na. Toen vroeg ze aan Mihály: 'U bent geen Fransman?'

'Nee. Ik ben Hongaar.'

Ze wuifde alsof dat op hetzelfde neerkwam. Toen draaide ze zich naar Ellesley: 'Maar u bent toch Engels?'

'Jawel. Gedeeltelijk.'

'En denkt u hetzelfde als uw vriend?'

'Ja,' zei Ellesley en knikte droevig.

Het meisje dacht weer na en balde haar vuist.

'Terwijl ik zo lief voor hem ben geweest! Die schurk! En ik weet niet eens hoe hij heet.'

Haar ogen schoten vol tranen. Ellesley probeerde haar op te vrolijken: 'Kop op, het is geen ramp. Nu kunt u in uw dagboek noteren dat u ook in Foligno bent geweest.'

'Dat heb ik al gedaan,' zei ze met een snik.

'Ziet u wel,' zei Mihály. 'En morgen reist u terug naar Perugia, en pakt u uw studie weer op. Ik zal u naar het station begeleiden, want het is mij weleens overkomen dat ik de verkeerde trein nam...'

'Daar gaat het niet om. Wat een schande, wat een afgang! Dat een kwetsbare, weerloze vrouw zo wordt behandeld! Daarom zeiden ze altijd dat ik moest uitkijken met Europeanen! Maar ik kan het niet helpen, ik ben zo openhartig. Hebben ze hier whisky?'

En zo bleven ze tot in de kleine uurtjes bij elkaar.

De aanwezigheid van het meisje had op Mihály een stimulerend effect, ook hij dronk whisky en werd spraakzaam, hoewel hij voornamelijk het meisje liet praten. De arts werd juist erg zwijgzaam omdat hij verlegen was en zich bovendien tot het meisje aangetrokken voelde.

Het meisje – ze heette Millicent Ingram – was wonderbaarlijk. Vooral als kunsthistorica was ze bijzonder. Over Luca Della Robbia wist ze te vermelden dat het een stad aan de Arno was, en ze beweerde in Parijs Watteau in zijn atelier te hebben opgezocht. 'Het is een zeer innemend oud mannetje,' zei ze, 'alleen zijn handen waren zo vies, en ik vond het niet prettig dat hij al in de gang mijn hals kuste.' Ze praatte onophoudelijk over kunstgeschiedenis, zelfbewust en met verve.

Stukje bij beetje deed ze haar achtergrond uit de doeken. Ze was de dochter van zeer vermogende ouders uit Philadelphia en genoot daar aanzien in de betere kringen, of dat dacht ze in elk geval, en nu was ze kennelijk bevangen door een of ander rousseauistische hartstocht voor eenzaamheid en natuur die ze beide in Europa dacht te vinden. Ze studeerde een semester hier, een semester daar, in Wenen, Parijs, aan uitstekende universiteiten – zonder enig resultaat. Ze behield haar onbedorven Amerikaanse geest.

Toch liep Mihály opgewekt naar huis en maakte hij zich zingend op om te gaan slapen. Zijn apathie was ineens verdwenen. 'Millicent,' sprak hij hardop. Dat iemand werkelijk zo kon heten! Millicent.

Millicent Ingram was niet zo'n adembenemende, gekmakende Amerikaanse schoonheid zoals je die in de jaren na de oorlog in Parijs zag, toen alles op de wereld nog lelijk leek. Naar Amerikaanse begrippen was Millicent waarschijnlijk tweede keus. Maar ook zij was erg aantrekkelijk – mooi was misschien te veel gezegd, want haar gezicht miste elke uitdrukking. In ieder geval was ze knap met haar kleine neus, haar grote en zelfs nog groter geverfde, gezonde mond en haar uitstekende, sportieve figuur; haar spieren leken elastisch als rubber.

En ze was Amerikaanse; ze behoorde tot het volk dat verblindende schoonheden voortbracht waarvan indertijd, toen Mihály jong was, heel wat exemplaren naar Parijs waren geëxporteerd. Ook de 'vreemde vrouw' behoorde tot zijn jeugd, de zwerfjaren. En zoiets laat een eeuwige nostalgie achter, want tijdens die zwerfjaren is men nog onhandig en bang, en geneigd de beste gelegenheden zomaar voorbij te laten gaan. Mihály woonde nu alweer jaren in Boedapest, ook zijn geliefden kwamen daarvandaan. De vreemde vrouw voerde hem even terug naar zijn jeugd en bracht een soort bevrijding na Erzsi en zijn serieuze huwelijk, na al die ernstige jaren. Eindelijk een avontuur, iets wat je zomaar overkomt en je meesleurt naar een onverwachte ontknoping.

Mihály vond ook de onnozelheid van Millicent aantrekkelijk, op dezelfde manier waarop de kolk of de ondergang aantrekt. De oerkracht van het vacuüm.

En zo gebeurde het dat hij de volgende dag, toen hij Millicent naar het station bracht, vóór het kopen van het kaartje tegen haar zei: 'Waarom reist u eigenlijk terug naar Perugia? Foligno is toch ook een stad. U kunt net zo goed hier blijven.'

Millicent keek hem met een schaapachtig ernstige blik in haar grote ogen aan en antwoordde: 'U hebt gelijk.'

En ze bleef.

Die dag was het vrij warm; de hele dag aten ze ijsjes en zaten ze te praten. Mihály bezat het vermogen dat Engelse diplomaten in de ogen van hun collega's zo berucht gevaarlijk maakt: als het erop aankwam, kon hij de meest authentieke achterlijkheid voorwenden. Millicent merkte geen enkel intellectueel verschil tussen hen op, bovendien voelde ze een soort overwicht vanwege haar kunsthistorische studie en dat vleide haar.

'U bent de eerste Europeaan die mij intellectueel kan waarderen,' zei ze. 'De meeste Europeanen zijn erg afgestompt, ze hebben geen gevoel voor de schoonheid van de kunsten.'

Millicent schonk hem haar volste vertrouwen. Tegen de avond wist Mihály alles van haar – maar er was niets wat het weten waard was.

's Avonds ontmoetten ze Ellesley in het café. De arts was verbaasd Millicent nog in Foligno te zien.

'Weet u,' zei Millicent, 'ik ben tot het inzicht gekomen dat je je niet voortdurend met kunstzinnige vraagstukken moet bezighouden. Volgens een vriend van mij die arts is, is het heel slecht voor de huid om constant je hersenen gebruiken. Wat denkt u? Ik heb dus besloten om me nu te ontspannen. Ik geef mijn intellect een beetje vakantie. Uw vriend heeft zo'n rustgevende invloed op me. Zo'n aardige, eenvoudige, harmonieuze ziel. Vindt u niet?'

Ellesley nam gelaten kennis van het feit dat zijn patiënt het Amerikaanse meisje het hof maakte en werd nog stiller. Hij vond Millicent nog steeds aantrekkelijk. Ze was zo anders dan de Italiaanse vrouwen. Alleen een Angelsaksische kon zo vlekkeloos schoon zijn, zo onschuldig. Millicent – *innocent*, wat had het rijm mooi geklonken als hij dichter was geweest! Maar goed, het gaf niet. Het belangrijkste was dat zijn patiënt duidelijk baat had bij deze onverwachte ontspanning.

De volgende dag maakten Mihály en Millicent een grote wandeling. In een klein dorpje vonden ze een herberg waar ze hun buik rond aten aan pasta; daarna vonden ze een klassiek aandoend parkje waar ze in het gras gingen liggen en in slaap vielen. Toen ze wakker werden, zei Millicent: 'Er is een Italiaanse schilder die net zulke bomen heeft geschilderd. Hoe heet hij ook alweer?'

'Botticelli,' zei Mihály en hij kuste haar op de mond.

'Ooooh,' riep Millicent verschrikt uit en kuste hem terug.

Nu hij haar in zijn armen hield, stelde Mihály tot zijn genoegen vast dat hij zich niet had vergist. Het lichaam van het meisje was elastisch als rubber. O, wat betekent het lichaam van een vreemde vrouw niet voor iemand die in de liefde de fantasie nastreeft in plaats van de fysiologische feiten! Al bij de volstrekt onschuldige inleidende zoenen voelde Mihály van elk klein deeltje van Millicents lichaam hoe vreemd, hoe anders, hoe magnifiek het was. Alles aan haar was Amerikaans, haar gezonde mond (o, de geur van de prairies), haar uitheemse, met fijne haartjes begroeide hals, de streling van haar grote, sterke handen en de onvoorstelbare, transcendente vlekkeloosheid van haar lichaam (*oh, Missouri-Mississippi, North against South and the blue Pacific Sea!...*).

Aardrijkskunde is het sterkste afrodisiacum dat er bestaat, dacht Mihály bij zichzelf.

Maar die avond lag er op het postkantoor een brief voor Millicent, doorgestuurd uit Perugia. De brief was afkomstig van Miss Rebecca Dwarf, professor in de Middeleeuwse kunstgeschiedenis aan de Universiteit in Cambridge, Massachusetts, Millicents studiebegeleidster en haar belangrijkste intellectuele leidsvrouw. Tijdens het avondeten vertelde Millicent tot tranen toe geroerd hoe tevreden Miss Dwarf was met haar laatste brief, waarin ze verslag had gedaan van haar vorderingen, maar dat ze het nu beslist nodig vond dat Millicent naar Siena doorreisde om daar de beroemde Siënese primitieven te bezichtigen.

'Terwijl het zo fijn was om met u samen te zijn, Mike,' snikte ze, en ze legde haar hand in die van Mihály.

'Is het absoluut noodzakelijk dat u naar Siena gaat?'

'Natuurlijk. Als Miss Dwarf dat schrijft...'

'Verdraaid nog aan toe, die oude feeks,' barstte Mihály uit. 'Luister eens even, Millicent. U hoeft niet naar de Siënese primitieven. De Siënese primitieven zijn waarschijnlijk op een haar na hetzelfde als de Umbrische primitieven die u in Perugia al hebt bekeken. En bovendien, wat maakt het uit of u tien schilderijen meer of minder bekijkt?'

Millicent keek hem verbijsterd aan en trok haar hand weg.

'But Mike, hoe kunt u zo praten? Ik dacht dat u gevoel had voor kunstzinnige schoonheid, ook al bent u een Europeaan.' Ze keerde zich van hem af.

Mihály zag dat hij de verkeerde toon had aangeslagen. Hij moest zich weer oliedom voordoen. Alleen, hij kende geen oliedom argument om Millicent van haar reis te weerhouden. Dus probeerde hij de sentimentele aanpak.

'Maar als u me nu achterlaat, dan zal ik u verschrikkelijk missen. We zien elkaar misschien nooit meer terug.'

'Ja,' zei Millicent, 'ik zal u ook ontzettend missen. Ik heb nog wel aan Doris en Ann Mary in Philadelphia geschreven hoe ontzettend goed u mij begrijpt – en nu moeten we elkaar vaarwel zeggen.'

'Blijft u dan hier.'

'Dat kan niet. Maar waarom gaat u niet mee naar Siena? U hebt hier toch niets te doen?'

'Dat klopt. Ik heb hier geen verplichtingen.'
'Waarom gaat u dan niet mee?'
Mihály aarzelde even, maar toen zei hij het toch: 'Ik heb geen geld.'
Dat was waar. Zijn geld was bijna op. Het was opgegaan aan de paar kledingstukken die hij de dag tevoren had gekocht om er ter ere van Millicent iets verzorgder uit te zien, en ook aan haar eten dat bijzonder uitgebreid en verfijnd was. Over een paar dagen zou hij zelfs geen geld meer hebben om in Foligno te blijven, maar... als je al ergens bent, voel je het gebrek aan geld wat minder scherp dan tijdens een reis.
'Hebt u geen geld?' vroeg Millicent. 'Hoe is dat mogelijk?'
'Het is op,' glimlachte Mihály.
'En sturen uw ouders u niets?'
'Jawel. Dat zullen ze doen. Zodra ik hun geschreven heb.'
'Ziet u wel. Tot die tijd leen ik u wat,' en ze trok haar chequeboekje al te voorschijn. 'Hoeveel hebt u nodig? Is vijfhonderd dollar genoeg?'
Mihály hoorde het bedrag verbijsterd aan, alleen al het aanbod bracht hem van streek. Zijn hele wezen met zijn burgerlijke gevoel voor fatsoen en zijn romantische inslag verzette zich tegen de gedachte geld te lenen van een avontuurtje, van zo'n wonderlijk opgedoken jongedame die hij diezelfde dag voor het eerst had gekust. Maar Millicent hield op haar innemende, naïeve manier voet bij stuk. Ze leende wel vaker aan vrienden en vriendinnen, zei ze. In Amerika was dat heel gewoon. Bovendien zou Mihály het geld binnenkort teruggeven. Ze spraken uiteindelijk af dat Mihály er tot de volgende dag over na zou denken.
Mihály had heel veel zin om naar Siena te gaan, nog afgezien van Millicent. Foligno hing hem de keel uit en hij verlangde naar Siena, want nu zijn apathie verdwenen was, kwamen de steden van Italië opnieuw met hun bitterzoete eis dat Mihály ze stuk voor stuk bezocht en, voor het te laat was, op zoek ging naar hun geheimen. Net als in het begin van zijn huwelijksreis koesterde Mihály dat wat Italië voor hem betekende als een buitengewoon breekbare schat die elk moment uit zijn handen kon vallen. En Millicent was, sinds hij

haar had gekust, nog veel aantrekkelijker dan voorheen, een avontuur dat gewoon tot de bodem moest worden uitgezocht.

Maar mag een serieuze, volwassen man, vennoot van een voorname firma in Boedapest, eigenlijk geld lenen van een meisje? Nee, een serieuze, volwassen vennoot mag dat ongetwijfeld niet. Maar was hij nog steeds een serieuze, volwassen vennoot? Had zijn vlucht hem wellicht niet teruggebracht naar een eerdere standaard, een leefwijze waarin geld slechts een papiersnipper of een zilveren schijf was? Laten we de vraag eerlijk stellen: was Mihály niet teruggekeerd naar de ethiek van huize Ulpius?

Mihály schrok van deze gedachte. Nee, dat mocht niet; het paradijs van zijn jeugd was te gronde gegaan aan de realiteit waarmee niemand rekening hield en waarvan de voornaamste verschijningsvorm geld was.

Maar als je iets zo vurig verlangt, is je geweten snel gesust. Het ging toch maar om een zeer kortlopende lening en om een gering bedrag; hij zou niet de volle vijfhonderd dollar accepteren, honderd dollar was ook genoeg, goed, laten we zeggen tweehonderd, of misschien toch wel driehonderd... Hij ging meteen een brief naar huis schrijven zodat hij het geld spoedig zou kunnen terugbetalen.

Hij ging aan tafel zitten en stelde eindelijk de brief op. Hij schreef niet aan zijn vader, maar aan zijn jongste broer, Tivadar. Tivadar was de bon-vivant van de familie, de losbol die paardenraces bezocht en weddenschappen sloot en die, naar men zei, een affaire had gehad met een actrice. Hij zou Mihály misschien begrijpen en hem de zaak vergeven.

Hij schreef Tivadar dat hij en Erzsi uit elkaar waren — wat zijn broer waarschijnlijk toch al wist —, maar dat alles in de grootste harmonie was verlopen en dat hij de zaken binnenkort zou afronden zoals dat een gentleman betaamt. Waarom ze uit elkaar waren, zou hij persoonlijk vertellen, het was te ingewikkeld om het in het korte bestek van een brief uit te leggen. Hij had niet eerder geschreven omdat hij ernstig ziek was geweest en in Foligno in het ziekenhuis had gelegen. Nu was hij weer gezond, maar de artsen hadden gezegd dat hij nog rust nodig had en hij wilde graag de tijd nemen om in Italië te herstellen. Daarom verzocht hij Tivadar bij deze geld op te sturen. Zo snel mogelijk en zo veel mogelijk, als hij dat vragen mocht. Want al zijn geld was op en hij was genoodzaakt geweest driehonderd dollar te lenen van een vriend van hem alhier, die hij zo snel mogelijk wilde terugbetalen. Het geld kon rechtstreeks naar het adres van deze vriend, dr. Richard Ellesley, worden gestuurd. Verder hoopte hij dat het met iedereen thuis goed ging en dat ze elkaar spoedig terug zouden zien. Ook brieven konden aan zijn vriend in Foligno geadresseerd worden, want zelf wilde hij nog verder reizen en hij wist niet waar hij de komende tijd zou doorbrengen.

De volgende ochtend verstuurde hij de brief per luchtpost, waarna hij zich naar het hotel van Millicent haastte.

'En, hebt u zich bedacht, gaat u mee, Mike?' vroeg Millicent stralend.

Mihály knikte en nam de cheque diep blozend in ontvangst. Toen ging hij naar de bank en kocht een mooie koffer. Ze namen afscheid van Ellesley en vertrokken.

In de eersteklascoupé waren ze alleen en ze kusten zo consciëntieus als Fransen. Het was kennis die ze allebei hadden opgedaan tijdens hun leerjaren in Parijs. Later stapte er een oudere heer in, maar ze maakten gebruik van het voorrecht barbaarse vreemdelingen te zijn en lieten zich in hun bezigheden niet storen.

Tegen de avond kwamen ze in Siena aan.

'Een kamer voor de *signora* en de *signore*?' vroeg de portier in het hotel waar het oude rijtuig hen heen had gebracht. Mihály knikte ja. Millicent begreep pas boven aangekomen waar het om ging, maar maakte geen bezwaar.

Overigens was Millicent lang niet zo onschuldig als dokter Ellesley zich had voorgesteld. Maar ook tijdens de liefde bewaarde ze haar frisse smaak en haar stille verwondering. Mihály vond zijn reis naar Siena zeker de moeite waard.

4.

Siena was de mooiste Italiaanse stad die Mihály tot nu toe had gezien. Mooier dan Venetië, mooier dan het statige Florence, zelfs mooier dan het lieflijke Bologna met zijn arcaden. Wellicht kwam het doordat Mihály er niet officieel, met Erzsi, naartoe was gegaan, maar met Millicent en eigenlijk per ongeluk.

De stad met zijn steile, roze straatjes lag in losse, zorgeloze golven langs de stervormige heuvels; aan het gezicht van haar inwoners kon men aflezen dat ze erg arm, maar ook erg gelukkig waren, gelukkig op hun eigen onnavolgbare Latijnse manier. De stad had een vrolijke, sprookjesachtige uitstraling doordat vanuit elk willekeurig punt de dom te zien was, die er als een grappige, zebrakleurige zeppelin met torentjes boven leek te zweven.

Een van de muren van de dom staat apart van de rest van het bouwwerk, op wel tweehonderd meter afstand, fier en grotesk als een groots, ruimtelijk symbool voor de ijdelheid van menselijke plannen. Mihály was verrukt over de zorgeloosheid waarmee die oude Italianen hun kathedraal waren begonnen te bouwen. 'Als Florence er een heeft, dan moeten wij er ook een, als het kan nog groter,' hadden ze gezegd en ze hadden meteen maar die buitenste muur gebouwd, om de Florentijnen de stuipen op het lijf te jagen met de afmetingen van de Siënese kerk. Toen was het geld op, de bouwmeesters legden doodgemoedereerd hun gereedschap neer en keken nooit meer om naar de kathedraal. Ja, dacht Mihály, zo moet je een kerk bouwen; als de Ulpiussen ooit een kerk hadden willen bouwen, dan hadden ze het waarschijnlijk op dezelfde manier aangepakt.

Ze liepen naar de Campo, het grote, schelpvormige plein dat alleen al door zijn contouren de glimlach van de stad leek. Mihály kon zich er haast niet van losrukken, maar Millicent drong aan: 'Miss Dwarf heeft hier niets over geschreven,' zei ze, 'en het is ook niet primitief.'

's Middags liepen ze van de ene stadspoort naar de andere om ze te bekijken en soms ook om er stil te houden, zodat Mihály het uitzicht en de lieflijkheid van het landschap tot zich door kon laten dringen.

'Dit is een landschap op menselijke maat,' zei hij tegen Millicent. 'Hier is een berg precies zo groot als hij hoort te zijn. Alles is hier op maat, toegesneden op mensen.'

Millicent dacht na.

'Hoe weet u hoe groot een berg hoort te zijn?' vroeg ze.

Het opschrift boven een van de poorten luidde: *Cor magis tibi Sena pandit*, Siena zal je hart verruimen... Hier spreken zelfs de poorten wijze waarheden, ja, Siena verruimt je hart opdat het zich kan vullen met het verlangen en de lichte roes die het leven biedt, zoals dat past bij de gesluierde schoonheid van het jaargetijde.

De volgende ochtend werd Mihály bij de morgenstond wakker. Hij stond op en keek uit het raam. Het raam keek uit op de bergen, weg van de stad. Lichte, paarse mistbankjes dreven boven het Toscaanse landschap, een gouden kleur maakte zich langzaam en schuchter op om te schitteren. Er bestond niets buiten deze purperen-gouden schemering over de verre bergketens.

Als dit landschap de waarheid is, dacht hij, als deze schoonheid in werkelijkheid bestaat, dan is alles wat ik tot nu toe heb gedaan een leugen. En dit landschap is de waarheid.

En hij begon hardop een gedicht van Rilke te declameren:

Denn da ist keine Stelle,
Die dich nicht ansieht. Du musst dein Leben ändern.

Hij draaide zich geschrokken om naar Millicent, maar die bleef rustig slapen. In een ogenblik realiseerde Mihály zich dat Millicent geen enkele realiteit bezat. Zij was niet meer dan een metafoor die toevallig in je gedachten opkomt. Verder niets. Niets.

Cor magis tibi Sena pandit. Hij werd bevangen door een heftig verlangen, een gevoel dat hij zich uit zijn jeugdjaren herinnerde, maar nu was het doordachter en tegelijk ook brandender: hij verlangde naar zijn jeugdige verlangen zelf, en wel zo sterk dat hij het uitschreeuwde.

Hij wist nu dat het avontuur, de terugkeer naar zijn zwerfjaren slechts een overgang was, een trap waarlangs hij nog verder moest afdalen, nog dieper zijn verleden, zijn eigen geschiedenis in. De vreemde vrouw bleef vreemd en zijn zwerfjaren waren een periode van zinloze verstrooiing geweest, want hij had naar huis terug moeten gaan, terug naar de enigen die hem niet vreemd waren. Alleen waren die allemaal... allang dood, of door de wind verstrooid naar alle hoeken van de wereld.

Millicent werd wakker toen ze voelde dat Mihály zijn hoofd in haar schouder begroef en huilde. Ze ging rechtop zitten en vroeg verschrikt: 'Wat is er in godsnaam? Mike, wat is er gebeurd?'

'Niets,' zei Mihály. 'Ik droomde dat ik een kind was en dat er een grote hond langskwam die mijn boterham opat.'

Hij omhelsde Millicent en trok haar naar zich toe.

Die dag hadden ze elkaar niets meer te vertellen. Mihály liet het meisje in haar eentje de Siënese primitieven bestuderen en toen ze bij het eten verslag uitbracht, luisterde hij maar met een half oor naar haar aandoenlijke domheden.

's Middags bleef hij aangekleed op bed liggen, hij verliet de kamer niet eens.

...Wat is toch de hele beschaving waard als we vergeten zijn hoe we dat moeten doen wat zelfs de meest achterlijke negerstam kan: de doden oproepen...

Zo vond Millicent hem.

'Hebt u geen koorts?' vroeg ze en legde haar grote, mooie hand op zijn voorhoofd. Mihály kwam door de aanraking een beetje bij.

'Kom mee wandelen, Mike. Het is een prachtige avond. Alle Italianen flaneren op straat en ze hebben allemaal een stuk of zes kinderen met namen als Emerita of Assunta. En er zijn ook heel kleintjes die al Annunziata heten!'

Mihály stond moeizaam op en ze gingen naar buiten. Hij liep met zware, onzekere stappen; hij zag alles door een vreemd waas en de geluiden van de Italiaanse avond bereikten zijn oor als door een wassen prop. Zijn voeten leken van lood. Dit gevoel kende hij. Maar waarvan?

Ze kwamen op de Campo en Mihály keek met bewondering naar de Torre della Mangia, de ruim honderd meter hoge toren van het stadhuis, die zich als een naald in de avondhemel boorde. Zijn blik volgde de toren langzaam omhoog tot in duizelingwekkende hoogte; de toren leek op te stijgen tot in de schallende, diepblauwe hemelvelden.

En toen gebeurde het. De grond naast de fontein ging open, en daar, voor zijn voeten, lag weer de kolk. Het duurde maar een ogenblik, toen stond alles weer op zijn plaats en was de Torre della Mangia weer niet meer dan een heel hoge toren. Millicent merkte niets.

Maar die nacht, nadat hun voldane lichamen zich van elkaar hadden gescheiden en Mihály teruggeworpen was in de zware eenzaamheid die een man voelt wanneer hij een vrouw heeft liefgehad met wie hij eigenlijk niets deelt, diende de kolk zich weer aan (of dacht hij er alleen maar aan?) en deze keer bleef hij heel lang open. Mihály wist dat hij alleen maar zijn hand hoefde uit te steken om de aangename realiteit van het andere, begeerde lichaam te voelen, maar hij kon het niet en bleef lijden in eenzaamheid, urenlang, leek het.

De volgende ochtend had hij hoofdpijn en zijn ogen brandden door het slaapgebrek.

'Ik ben ziek, Millicent,' zei hij. 'De ziekte waarvoor ik in Foligno in het ziekenhuis lag, heeft weer de kop opgestoken.'

'Wat is dat voor ziekte?' vroeg Millicent wantrouwig.

'Het is niet helemaal duidelijk. Een sporadisch voorkomend cataleptisch-apodictisch iets.'

'Ik begrijp het.'

'Ik moet terug naar Foligno, naar de goede dokter Ellesley. Misschien weet hij iets. Ik ken hem tenminste een beetje. Maar wat gaat u doen, Millicent?'

'Ik ga natuurlijk met u mee, als u ziek bent. Ik kan u toch niet zomaar laten gaan. Bovendien heb ik alle Siënese primitieven al bekeken.'

Mihály kuste haar ontroerd de hand. Aan het eind van de middag waren ze al terug in Foligno.

Op voorstel van Mihály namen ze twee aparte kamers. Ellesley hoefde niet alles te weten, zei hij.

Tegen de avond kwam Ellesley bij Mihály langs. Hij luisterde aandachtig naar de symptomen en bromde maar wat toen hij over de kolk hoorde.

'Het is een soort agorafobie. Voorlopig moet u rust houden. En dan zien we wel verder.'

Mihály bleef dagen in bed. De kolk kwam weliswaar niet terug, maar hij had niet de geringste zin om op te staan. Hij had het gevoel dat de kolk hem zou overvallen zodra hij opstond. Hij probeerde veel te slapen. Alle kalmeringstabletjes en slaappilletjes die Ellesley voor hem meebracht, nam hij in. In die slaap lukte het hem soms over Tamás en Éva te dromen.

'Ik weet wel wat ik mankeer,' zei hij tegen Ellesley. 'Ik maak een acute aanval van nostalgie mee. Ik wil weer jong zijn. Hebt u daar medicijnen tegen?'

'Hm,' zei Ellesley. 'Misschien heb ik die, maar daar kunnen we het niet over hebben. Denk maar aan Faust. U moet niet opnieuw jong willen zijn, ook de volwassenheid en de ouderdom zijn Godsgeschenken.'

Millicent kwam regelmatig bij hem langs, plichtsgetrouw maar ook verveeld. Ellesley kwam tegen de avond, en de twee gingen samen bij Mihály weg.

'Zeg eens eerlijk,' zei Ellesley toen hij een keer alleen aan Mihálys bed zat, 'zeg eens eerlijk, hebt u niet een of andere dierbare dode?'

'Jawel.'

'Denkt u daar vaak aan tegenwoordig?'

'Ja.'

Vanaf die dag voldeed Ellesleys therapie steeds minder aan de criteria van de moderne geneeskunde. De ene keer bracht hij een bijbel mee, een andere keer een rozenkrans of een Mariabeeld uit Lourdes. Een keer, toen Mihály met Millicent in gesprek was, zag hij dat Ellesley de deurpost voltekende met kruisen. Op een dag kwam hij met een streng knoflook aanzetten.

'Doe die maar om uw hals als u gaat slapen. De geur van knoflook versterkt de zenuwen.'

Mihály barstte in lachen uit.

'Dokter, ik heb *Dracula* ook gelezen. Ik weet heus wel waar zo'n knoflookstreng voor dient. Om vampiers op afstand te houden die 's nachts je bloed komen opzuigen.'

'Juist. Ik ben blij dat u op de hoogte bent. Want al gelooft u niet dat de doden ergens blijven bestaan, toch bent u er ziek van. U bent ziek van uw doden. Ze komen u opzoeken en zuigen uw levenskracht weg. Geneeskunst helpt hier niet.'

'Neem die knoflookstreng maar weer mee. Mijn doden houd je met zoiets niet weg. Die zitten in mijn binnenste.'

'Uiteraard. Tegenwoordig zetten zelfs de doden psychologische middelen in. Maar in wezen maakt het niets uit. U moet zich toch tegen uw doden verweren.'

'Hou toch op,' zei Mihály enigszins geïrriteerd. 'Zeg maar dat ik hersenanemie heb en schrijf een recept uit voor Chinese bloedwijn en broom voor mijn zenuwen. Dat is uw taak.'

'Natuurlijk. Meer kan ik ook niet doen. De medische wetenschap heeft geen antwoord op uw doden. Maar er bestaan wel andere, bovennatuurlijke middelen...'

'U weet toch dat ik niet bijgelovig ben. Bijgeloof helpt alleen degene die erin gelooft.'

'Uw standpunt is allang achterhaald. Bovendien, waarom zou u het niet gewoon proberen? U riskeert toch niets?'

'Jawel. Mijn zelfrespect, mijn waardigheid, mijn bewustzijn als rationeel wezen staan op het spel.'

'Dat zijn hoogdravende en nietszeggende woorden. U moet het er toch maar eens op wagen. Ga naar Gubbio. In het klooster boven de stad, in Sant'Ubaldo, woont een monnik die wonderen verricht.'

'Gubbio? Daar hebt u het al eerder over gehad. Als ik me dat goed herinner, was u daar iets zeer spookachtigs overkomen.'

'Ja. En nu ga ik u dat verhaal ook vertellen, wellicht overtuigt het u. Het gaat juist over die ene monnik.'

'Laat maar horen.'

'Het was dus als volgt: voor ik naar dit ziekenhuis kwam, was ik stadsarts in Gubbio. Op een dag werd ik naar een patiënte geroepen die kennelijk zwaar zenuwziek was. Ik moest naar een donker, oud huis op de Via dei Consoli, een middeleeuws straatje. Het ging om een jonge vrouw, een vreemdelinge, niet uit Gubbio en zelfs niet uit Italië; waar ze vandaan kwam, weet ik niet, maar ze sprak goed Engels. Het was een beeldschone vrouw. Het gastgezin vertelde dat de vrouw – die als betalende gast bij hen logeerde – sinds een tijd aan hallucinaties leed. Haar obsessie was dat de dodenpoort 's nachts niet op slot zat.'

'De wat?'

'De dodenpoort. In Gubbio hebben die middeleeuwse huizen namelijk twee poorten. Eén gewone voor de levenden, met daarnaast een smallere voor de doden. Die smallere poort wordt alleen opengehakt als er een kist met een overledene uit het huis moet worden gedragen. Daarna wordt hij onmiddellijk weer dichtgemetseld om te beletten dat de doden terugkomen. Want ze geloven dat een dode alleen terug kan keren via de opening waardoor hij het huis heeft verlaten. De dodenpoort is niet eens op straathoogte, maar ongeveer een meter hoger, zodat de kist doorgegeven kan worden aan de dragers die buiten staan te wachten. De dame over wie ik het heb, woonde dus in zo'n huis. Op een nacht wordt ze wakker, want de dodenpoort ging open en er stapte iemand binnen, iemand van wie ze veel gehouden had en die al geruime tijd dood was. Vanaf die tijd kwam de dode haar elke nacht opzoeken.'

'De oplossing lag toch voor de hand? Die dame had moeten verhuizen.'

'Dat zeiden wij ook, maar ze wilde juist niet verhuizen. Ze was erg blij dat die dode haar kwam opzoeken. Ze lag de hele dag op bed, net als u, en wachtte tot het nacht werd. Ondertussen vermagerde ze in snel tempo en het gastgezin maakte zich zorgen om haar. En ze waren ook niet blij dat er elke nacht een dode man op bezoek kwam in huis. Het was een patriciërsfamilie met zeer strikte morele opvattingen. Ik werd erbij geroepen om de vrouw met mijn gezag als arts over te halen om te verhuizen.'

'En wat hebt u gedaan?'

'Ik probeerde de dame uit te leggen dat ze hallucinaties had en dat ze zich moest laten behandelen, maar ze lachte me uit. "Hallucinaties, ach kom," zei ze, "hij is er gewoon elke nacht, net zo onmiskenbaar als u nu voor me staat. Blijft u vannacht maar hier als u me niet gelooft.'"

'Het experiment was niet zo geschikt voor mij aangezien ik wat te ontvankelijk ben voor dergelijke zaken, maar vanuit mijn medische verantwoordelijkheid moest ik toch blijven. Bovendien was het wachten helemaal niet onaangenaam: de dame was niet verschrikt of extatisch, maar wonderlijk nuchter, en zonder te willen pochen kan ik zeggen dat ze zich nogal verleidelijk gedroeg... Ik was zowaar vergeten waarom ik daar zat en dat het al tegen middernacht liep. Iets vóór middernacht nam ze me plotseling bij de hand, pakte een olielampje en bracht me naar beneden, naar de zaal waar de dodenpoort op uitkwam.

Ik geef toe dat ik de dode niet heb gezien. Maar dat lag alleen aan mij: ik durfde er niet op te wachten. Ik voelde alleen dat het ineens erg koud werd en zag de vlam van het olielampje flakkeren door de tocht. Ik voelde in mijn hele lichaam dat er nog iemand in de zaal aanwezig was. Ik moet u eerlijk bekennen dat het me te veel werd. Ik rende de zaal uit, naar huis, deed de deur op slot en verborg me onder mijn deken. Nu zult u natuurlijk zeggen dat die vrouw me beïnvloed had. Misschien...'

'Wat is er met die dame gebeurd?'

'Dat wilde ik net vertellen. Toen die mensen zagen dat een arts – tenminste een arts als ik – hier niets aan kon doen, lieten ze pater Severinus uit het Sant'Ubaldo-klooster komen. Deze pater Severinus moet een heel bijzonder en heilig man zijn. Hij is vanuit een ver land naar Gubbio gekomen, niemand weet waarvandaan. Hij laat zich maar zelden in de stad zien, alleen op grote feesten of begrafenissen, anders komt hij de berg niet af. Hij zit daar in het klooster, waar hij in strikte ascese leeft. Maar nu was het op een of andere manier gelukt om pater Severinus over te halen die zieke dame te bezoeken. De ontmoeting schijnt erg aangrijpend en dramatisch te zijn geweest. Toen de dame pater Severinus zag, gilde ze het uit en zakte in elkaar. Ook de pater werd bleek en wankelde. Kennelijk voelde ook hij dat het om iets zeer ernstigs ging. Uiteindelijk lukte het hem wel.'

'Hoe?'

'Dat weet ik niet. Kennelijk heeft hij het spook uitgedreven. Nadat hij een uur met de dame had gepraat in een onbekende taal, ging hij de berg weer op. De dame was gerustgesteld en verliet Gubbio en sindsdien heeft men haar noch het spook ooit weer gezien.'

'Interessant. Maar zeg eens,' zei Mihály, bevangen door een plotseling vermoeden, 'deze pater Severinus komt dus uit een vreemd land? U weet zeker niet welk land dat is?'

'Helaas, ik weet het niet. Niemand weet het.'

'Wat is het voor een man, uiterlijk, bedoel ik?'

'Hij is vrij lang en mager ... zoals de meeste monniken zijn.'

'En hij zit nog steeds in dat klooster?'

'Ja. U zou hem moeten opzoeken. Hij is de enige die u kan helpen.'

Mihály dacht diep na. Het leven zat vol onverklaarbare toevalligheden. Die pater Severinus, dat was Ervin misschien wel, en de dame was Éva geweest, een door herinneringen aan Tamás bezochte Éva...

'Weet u wat, dokter, morgen ga ik een kijkje nemen in Gubbio. Omdat u het me aanraadt en u zo'n aardige man bent. Bovendien ben ik als amateurkunsthistoricus benieuwd naar die dodenpoorten.'

Ellesley was zeer blij met dit resultaat.

De volgende dag pakte Mihály zijn spullen. Tegen Millicent, die hem kwam bezoeken, zei hij: 'Ik moet naar Gubbio. De dokter zei dat ik alleen daar beter kan worden.'

'Echt waar? Dan moeten we nu afscheid nemen, ben ik bang. Ik blijf nog een tijdje in Foligno. Ik ben erg gesteld geraakt op dit stadje. Terwijl ik eerst zo boos was op die Fransman die me hierheen had gestuurd, weet u nog? Maar ik heb er nu geen spijt meer van. Ook de dokter is erg aardig.'

'Millicent, ik ben u nog geld schuldig. Het spijt me verschrikkelijk, maar u moet weten dat bij ons de Nationale Bank overboekingen naar het buitenland doet, en dat is een zeer logge organisatie. Ik moet u dus vragen geduld te hebben. Het geld moet nu echt binnen een paar dagen aankomen.'

'O, het is geen punt. Mocht u een mooi schilderij zien, schrijf dan even een kaartje.'

5.

Naar Gubbio gaat een smalspoortreintje dat heen en weer rijdt tussen Fossato di Vico en Arezzo. Hoewel het niet ver was duurde de reis lang, en het was warm, dus Mihály kwam erg moe aan. Maar zodra hij vanaf het station naar boven klom en het stadje zag, werd hij erdoor betoverd.

Het lag verborgen op de berghelling, alsof het tijdens de vlucht omhoog uit angst in elkaar was gezakt. Dat de meeste huizen die er stonden vele honderden jaren oud waren, was meteen te zien.

Ergens midden in de wirwar van straatjes stond een ongelooflijk hoog gebouw waarvan niemand wist door wie en waarom het in dit godvergeten plaatsje had moeten verrijzen. Een monsterlijke en tegelijk droefgeestige middeleeuwse wolkenkrabber. Het was het Palazzo dei Consoli, van waaruit de kleine stadsrepubliek Gubbio tot in de vijftiende eeuw bestuurd werd door consuls. Daarna was de stad in het bezit gekomen van de hertogen van Urbino, de Montefeltres. Boven de stad, bijna op de top van de Monte Ingino, lag het omvangrijke, witte gebouwencomplex van het Sant'Ubaldoklooster.

Vrij laag op de helling, langs de weg van het station naar de stad, lag een sfeervolle albergo. Mihály nam hier een kamer. Hij at wat, rustte uit en ging daarna Gubbio verkennen. Hij bekeek het Palazzo dei Consoli, dat met zijn grote, gapende ruimte van binnen op een atelier leek, en waar zich de bronzen tafelen van Iguvium bevonden met sacrale teksten van een Umbrisch volk van vóór de Romeinse tijden. Hij bezocht ook de oude kathedraal. Verder was er eigenlijk niets bijzonders te bekijken, maar de stad zelf was een bezienswaardigheid.

De meeste Italiaanse steden in deze streek zien er vervallen uit, nog een paar jaar, lijkt het, en ze worden opgeslokt door de vergankelijkheid, zoals veel oude steden. Dit komt doordat de Italianen hun huizen, daar waar ze van natuursteen zijn gebouwd, niet bepleisteren. Hierdoor denkt de reiziger uit Midden-Europa dat het pleisterwerk heeft losgelaten en dat de bewoners het geheel verwaarlozen en de natuur haar gang laten gaan. En Gubbio is nog minder bepleisterd en nog bouwvalliger dan andere steden; Gubbio is werkelijk een desolate stad. Die ligt niet aan een toeristische route, er is geen industrie of handel, het is een raadsel waar de paar duizend mensen die binnen haar muren wonen van kunnen bestaan.

Uit de kathedraal gekomen nam Mihály de Via de Consoli. Dit is de straat waar Ellesley het over had, dacht hij. Van deze straat kon je inderdaad alles geloven. De bewoners van de onherbergzaam oude, zwarte huizen met hun armoedige en toch statige uitstraling stelde hij zich voor als mensen die al eeuwenlang de herinneringen aan een glorieus verleden koesteren en hun dagen slijten op water en brood.

En inderdaad, het derde huis had al een dodenpoort. Naast de gewone ingang was op een meter vanaf straatniveau de gotische lijn van een smalle, dichtgemetselde opening zichtbaar. Bijna elk huis aan de Via dei Consoli had er een; verder was er niets in deze straat, en ook mensen waren er opvallend afwezig.

Via een klein steegje liep hij naar de lager gelegen parallelle straat die er net zo oud uitzag als de eerste, maar een iets minder donkere voornaamheid uitstraalde en de indruk gaf wel door levende wezens bevolkt te zijn. En zo te zien ook door doden. Want voor een van de huizen stuitte Mihály op een vreemd, verbijsterend gezelschap. Als hij niet had geweten wat er aan de hand was, had hij zeker gedacht dat hij een visioen had. Er stonden mensen met een kap voor hun gezicht en kaarsen in de hand. Er was een begrafenis aan de gang, waarbij de dode volgens oude Italiaanse tradities door de kapdragende leden van de *confraternitas* naar buiten gedragen werd.

Mihály nam zijn hoed af en trad naderbij om de plechtigheid beter te kunnen gadeslaan. De dodenpoort was open. Hij kon het huis inkijken en zag een donkere zaal waar de dode lag opgebaard. Priesters en misdienaren stonden zwaaiend met hun wierookscheepjes te zingen rond de kist. Na een tijdje tilden ze hem op en gaven hem via de dodenpoort door aan de mannen met kappen, die op straat stonden en de kist op hun schouder namen.

Toen verscheen de priester in de gotische opening, in koorhemd gehuld. Hij wendde zijn bleke, ivoorkleurige gezicht met een nietsziende blik naar de hemel en vouwde zijn handen samen in een onuitsprekelijk vertederende beweging die Mihály aan vroeger deed denken.

Hij rende niet op hem af. Hij was nu immers een priester, een ernstige, serieuze monnik die zijn kerkelijke taak aan het uitoefenen was... nee, hij kon niet zomaar op hem afrennen als een scholier, als een kleine jongen...

De stoet zette zich in beweging. Voorop liepen de dragers met de kist, gevolgd door de priester en de rouwenden. Mihály sloot zich bij de stoet aan en liep met zijn hoed in de hand langzaam de heuvel op, naar de ver weg gelegen *camposanto*. Zijn hart bonsde zo hevig dat hij af en toe halt moest houden. Hadden mensen die zulke verschillende wegen waren ingeslagen, elkaar na zoveel jaren nog iets te vertellen?

Mihály vroeg aan een man die meeliep in de rouwstoet hoe de priester heette.

'Dat is pater Severinus,' antwoordde de Italiaan, 'een heel vrome man.'

De stoet bereikte de camposanto waar de kist in het graf werd neergelaten. De begrafenis was afgelopen en ieder ging zijns weegs. Pater Severinus liep samen met zijn metgezel in de richting van de stad.

Mihály weifelde nog steeds of hij naar hem toe zou stappen. Zo'n godvruchtige man als Ervin geworden was, zou zich allicht schamen voor zijn wereldse jeugd, hij zou er met edelmoedige weerzin aan terugdenken, net als de heilige Augustinus. Hij was andere wegen ingeslagen en had Mihály vast uit zijn hart en zijn herinneringen verbannen. Zou het niet verstandiger zijn genoegen te nemen met het wonder dat hij Ervin gezien had en te vertrekken?

Op dat ogenblik verliet pater Severinus zijn begeleider en keerde zich om. Hij liep rechtstreeks op Mihály af. Mihály liet ineens alle volwassenheid varen en rende naar Ervin toe.

'Misi!' riep Ervin, en omhelsde hem. Daarna hield hij met priesterlijke tederheid eerst zijn rechter- en daarna zijn linkerwang tegen die van Mihály.

'Ik had je bij het graf al gezien,' zei hij zacht. 'Hoe raak je hier verzeild?'

Deze vraag stelde hij alleen maar uit beleefdheid; aan zijn stem kon Mihály horen dat hij allesbehalve verbaasd was. Het was meer alsof hij deze ontmoeting allang had verwacht.

Mihály kon geen woord uitbrengen. Hij kon zijn blik maar niet afhouden van Ervins bleke en mager geworden gezicht, van zijn ogen waarin het vuur van zijn jonge jaren was gedoofd en waarin zelfs op dit moment van blijdschap dezelfde immense triestheid doorschemerde als die in de huizen van Gubbio verborgen lag. Tot nu toe was 'monnik' slechts een woord zonder betekenis geweest, maar nu begreep Mihály dat Ervin een monnik was. Zijn ogen schoten vol. Hij wendde zijn gezicht af.

'Huil niet,' zei Ervin. 'Jij bent ook veranderd. O, wat heb ik veel aan je gedacht, Misi!'

Mihály werd ineens ongeduldig. In een opwelling wilde hij Ervin alles vertellen, al die dingen die zelfs Erzsi niet mocht weten … Ervin zou overal een remedie voor hebben, zijn aureool was immers vanuit een andere wereld op hem neergedaald…

'Ik wist dat je in Gubbio moest zijn, daarom ben ik hierheen gekomen. Zeg me, waar kunnen we elkaar spreken en wanneer? Kom je met me mee naar mijn albergo? Kunnen we samen eten?'

Ervin glimlachte om Mihálys naïviteit.

'Nee, dat kan niet. En nu heb ik helemaal geen tijd, het spijt me, beste Mihály. Ik ben tot vanavond bezet, ik moet weg.'

'Hebben jullie zoveel te doen dan?'

'Ja, ongelooflijk veel. Dat kunnen jullie je niet voorstellen. Vandaag heb ik al een grote achterstand met mijn gebeden.'

'Wanneer heb je dan tijd, en waar kunnen we elkaar treffen?'

'Dat is maar op één manier mogelijk, maar die is voor jou vrij oncomfortabel, vrees ik.'

'Ervin! Je denkt toch niet dat ik ook maar iets oncomfortabel vind als ik jou kan spreken?'

'Dan moet je naar het klooster komen. Wij mogen het klooster niet verlaten, behalve voor gewijde taken, zoals nu deze begrafenis. En in het klooster zijn er vaste taken op ieder uur. Er is maar één manier om elkaar ongestoord te spreken. Rond middernacht gaan we naar de kerk voor de koorgebeden. Gewoonlijk gaan we om negen uur naar bed en slapen dan tot middernacht. Maar dat is geen voorschrift. Voor die periode zijn er geen regels, ook zwijgen is niet verplicht. Dan zouden we kunnen praten. Het zou het handigst zijn als je na het avondeten naar het klooster komt. Zeg maar dat je een pelgrim bent, want pelgrims worden altijd gastvrij ontvangen. Breng iets mee voor Sint Ubaldo, en ook voor de andere broeders. Een paar kaarsen bijvoorbeeld, dat is gebruikelijk. En vraag de broeder aan de poort om je in de pelgrimszaal een plaats voor de nacht te geven. Dat is niet echt comfortabel, in jouw omstandigheden dan, maar ik kan niets beters bedenken. Ik wil namelijk niet dat je om middernacht nog naar beneden loopt, naar de stad, daarvoor zou je de berg moeten kennen. Het is een heel onherbergzaam gebied voor een vreemdeling. Neem een jongetje mee als gids om naar boven te komen. Gaat het zo?'

'Ja, Ervin, het zal wel lukken.'

'Goed dan. God zij met je, ook tot die tijd. Ik moet me haasten, ik ben al laat. We zien elkaar vanavond. God zij met je.'

Met zeer snelle pas liep hij weg.

Mihály daalde af naar de stad. Naast de kathedraal vond hij een winkel waar hij een paar mooie kaarsen kocht voor Sint Ubaldo; hij ging naar zijn hotel, at wat en dacht na over wat hij mee moest nemen als pelgrim. Ten slotte wikkelde hij de kaarsen en zijn tandenborstel in zijn pyjama zodat men het handeltje met een beetje goede wil voor de buidel van een pelgrim aan kon zien. Toen vroeg hij de ober om een gids voor hem te regelen. Even later kwam de ober terug met een jonge knaap en ging Mihály op weg.

Onderweg informeerde hij naar lokale wetenswaardigheden. Hij vroeg wat er gebeurd was met de wolf die door de heilige Franciscus van Assisi was getemd en die een verbond had gesloten met de stad.

'Dat moet dan heel lang geleden gebeurd zijn,' zei de jongen peinzend. 'Zeker vóór Mussolini nog. Want sinds hij Duce is, zijn er hier geen wolven meer.' Maar hij voegde eraan toe ooit gehoord te hebben dat de kop van die wolf ergens in een ver weg gelegen kerk begraven was.

'Gaan er vaak pelgrims naar het klooster?'

'Jazeker, heel vaak. Sint Ubaldo helpt uitstekend bij aanhoudende knie- en rugpijnen. Heeft meneer ook last van zijn rug?'

'Nee, het is niet echt mijn rug...'

'Hij is ook goed tegen bloedarmoede en zenuwkwalen. Op 15 mei, de dag voor Sint Ubaldo, komen er hele hordes mensen om te zien hoe de *ceri*, de houten beelden, uit de kathedraal naar het klooster gebracht worden. Het is een soort processie, maar u moet het zich niet voorstellen als die van Palmzondag of Sacramentsdag. De ceri worden in looppas de berg op gebracht...'

'Wie zijn er afgebeeld op de ceri?'

'Dat weet niemand. Die beelden zijn heel oud.'

In Mihály werd de godsdiensthistoricus weer wakker. Hij zou die ceri eens moeten opzoeken. Interessant, dat ze in looppas naar het klooster werden gebracht ... het deed hem denken aan de bacchantes in Thracië die ook de berg opgingen, rennend, op de feestdag van Dionysus. Hoe dan ook, Gubbio was wonderbaarlijk antiek: de Umbrische bronzen tafelen, de dodenpoorten... Wellicht was ook de door de heilige Franciscus van Assisi getemde wolf een antieke, Romeinse godheid, verwant aan de wolfmoeder van Romulus en Remus, die op deze manier in de legende voortleefde. Merkwaardig dat Ervin juist hier terecht was gekomen...

Na een stevige klim van een uur kwamen ze aan bij het klooster. Er lag een zware stenen muur om de gebouwen heen; de kleine toegangsdeur die in het steen was uitgehakt, zat op slot. Ze belden aan. Na lang wachten ging er een raampje open en keek een gebaarde monnik naar buiten. Het hulpvaardige jongetje legde uit dat de heer een pelgrim was die een bezoek wilde brengen aan Sint Ubaldo. De deur ging open. Mihály betaalde het knaapje en liep door naar de binnenplaats van het klooster.

De broeder die portiersdienst had, keek verwonderd naar Mihálys kleren.

'Komt meneer uit het buitenland?'

'Ja.'
'Het geeft niet, er is hier een pater die ook uit het buitenland komt en die de taal van buitenlanders verstaat. Ik zal hem op de hoogte brengen van uw komst.'

Hij bracht Mihály naar een van de gebouwen waar nog licht brandde. Een paar minuten later kwam Ervin binnen, deze keer niet in koorhemd, maar in de bruine pij van de franciscanen. Mihály merkte nu pas op hoe franciscaans Ervin geworden was. De tonsuur gaf een volstrekt andere uitdrukking aan zijn gezicht en doodde elk werelds spoor, vaagde alles weg wat van deze wereld was en tilde hem in de sfeer van de Fra Angelico's en de Giotto's; en toch voelde Mihály dat dit het echte gezicht van Ervin was, dat hij zich vanaf het begin hierop had voorbereid, dat hij altijd die tonsuur had gehad, alleen was die vroeger bedekt geweest door zijn stugge, zwarte haar... Het stond buiten kijf dat Ervin zichzelf had gevonden, hoe verschrikkelijk dat ook was. Vóór hij het zelf in de gaten had, groette hij Ervin op de traditionele manier, zoals hij die op school had geleerd.

'Laudeatur Jesus Christus.'

'In Aeternum,' zei Ervin. 'Zo, je hebt het gevonden, deze plek aan het eind van de wereld? Kom, ik neem je mee naar mijn werkkamer. In mijn cel mag ik geen bezoek ontvangen. Wij zijn heel strikt met de clausuur.'

Hij stak een olielamp aan en nam Mihály mee door immens grote, witgekalkte en volledig lege zalen, door gangen en kleine vertrekjes; nergens was een mens te bekennen, alleen hun voetstappen galmden door het gebouw.

'Met hoeveel zijn jullie in dit klooster?' vroeg Mihály.

'Met zijn zessen. We hebben ruimte genoeg, zoals je ziet.'

Wat spookachtig: zes mensen in een huis waar zonder moeite tweehonderd in zouden passen. En waar ze ongetwijfeld ooit met zoveel waren geweest.

'Ben je hier nooit bang?'

Ervin glimlachte, maar gaf geen antwoord op de kinderachtige vraag.

Ze kwamen aan in de werkkamer, een gewelfde zaal van

enorme afmetingen die eveneens leeg was, op een tafel en een paar gammele stoelen in een van de hoeken na. Op de tafel stond een karaf met rode wijn en een glas.

'Door de goedheid van de pater prior bevind ik me in de gelukkige positie dat ik je een glas wijn kan presenteren,' zei Ervin. Nu pas viel Mihály Ervins vreemde taalgebruik op. Hij had natuurlijk al jarenlang geen Hongaars meer gesproken... 'Ik schenk je meteen in. Het zal je goed doen na je lange reis.'

'En jij?'

'O, ik drink niet. Sinds ik ben ingetreden...'

'Ervin ... en roken dan, is het mogelijk dat je ook niet meer rookt?'

'Inderdaad.'

Mihálys ogen schoten weer vol. Nee, dit had hij zich nooit kunnen voorstellen. Van Ervin wilde hij alles geloven: dat hij een boetekleed met spijkers onder zijn kleren droeg, dat hij vóór zijn dood de stigmata zou ontvangen ... maar dat hij niet meer rookte, dat was Mihály te veel.

'Ik heb van veel belangrijker dingen moeten afzien,' zei Ervin, 'dit offer heb ik niet eens gemerkt. Drink jij maar, en neem rustig een sigaret.'

Mihály dronk een glas rode wijn. Hij had hoge verwachtingen van de wijnen van de paters, die in stoffige, met spinnenwebben begroeide flessen voor de zeldzame gasten worden bewaard. Deze wijn voldeed absoluut niet aan zijn verwachting. Het was een gewone, maar zeer zuivere dorpswijn die in smaak uitstekend paste bij de witte en lege eenvoud van de grote zalen.

'Ik weet niet of het een goede wijn is of niet,' zei Ervin. 'Wij hebben zelf geen kelder. We zijn een bedelorde, wat je letterlijk moet opvatten. Zo, vertel eens.'

'Kijk, Ervin, van ons tweeën heb jij het wonderlijkste leven achter je. Mijn nieuwsgierigheid is veel groter dan die van jou. Jij moet eerst vertellen...'

'Wat zou ik je kunnen vertellen, Misi? Wij hebben geen biografie. Het leven van de ene monnik is precies gelijk aan dat van de andere, en met zijn allen gaan die levens op in de kerkgeschiedenis.'

'Maar hoe ben je in Gubbio terechtgekomen?'

'Eerst was ik thuis, in Hongarije. Ik begon in Gyöngyös als novice, later zat ik lange tijd in het klooster in Eger. Op een gegeven moment moest de Hongaarse provincie van onze orde voor een bepaalde zaak een pater naar Rome sturen en omdat ik toen al Italiaans had geleerd, werd ik uitgezonden. Toen de zaak was afgehandeld, werd ik nogmaals naar Rome geroepen, omdat men me daar was gaan waarderen, hoewel ik dat eigenlijk niet had verdiend, en ze wilden me bij de generaal-overste houden. Maar ik was bang dat ik daar met de tijd... carrière zou maken, in de franciscaner zin van het woord, natuurlijk, wat betekent dat ik ergens overste zou worden of een post zou krijgen naast de generalis, en dat wilde ik niet. Ik heb de generaal-overste gevraagd me naar Gubbio over te plaatsen.'

'Waarom juist hier?'

'Dat kan ik niet zeggen. Misschien om die oude legende, over de wolf van Gubbio: als jongens waren we dol op dat verhaal, weet je nog? Vanwege die legende ben ik een keer vanuit Assisi hiernaartoe gereisd en ik vond het klooster erg mooi. Het ligt echt aan het einde van de wereld...'

'Voel je je hier op je gemak?'

'Ja. Naarmate de jaren verstrijken groeit de vrede in mij... maar ik wil geen preek afsteken,' nuanceerde Ervin zijn woorden met een vreemde, smalle glimlach, 'omdat ik weet dat je niet bij pater Severinus op bezoek bent, maar bij degene die ooit Ervin is geweest, nietwaar?'

'Ik weet het zelf niet eens ... zeg ... het is zo moeilijk om dit soort vragen te stellen ... is het hier niet eentonig?'

'Eentonig? Helemaal niet. Ook ons leven kent vreugde en verdriet, net als het leven buiten de kloostermuren, alleen de maten zijn verschillend en de accenten liggen elders.'

'Waarom wil je geen kerkelijke carrière maken? Uit nederigheid niet?'

'Nee, daar heeft het niets mee te maken. De rangen die ik zou bereiken zijn verenigbaar met ootmoed, te meer omdat ze je in staat stellen je hoogmoed te overwinnen. Ik wilde het niet omdat ik in dat geval mijn loopbaan niet te danken had gehad aan het feit dat ik een goede monnik was, maar aan de eigenschappen die ik nog vanuit mijn wereldse leven, of liever, van mijn voorouders had meegekregen. Aan mijn taalgevoel en mijn begaafdheid om dingen soms sneller en beter te formuleren dan enkele van mijn ordebroeders. Kortom, aan mijn joodse eigenschappen. Dat wilde ik niet.'

'Ervin, wat vinden je ordebroeders er eigenlijk van dat je joods bent geweest? Werkt het niet in je nadeel?'

'Nee, integendeel, ik heb er alleen maar baat bij gehad. Want sommige van mijn broeders lieten me voelen dat ze een afkeer hadden van mijn ras, wat me in de gelegenheid stelde me in zachtmoedigheid en zelfverloochening te oefenen. Toen ik nog priester was in een klein dorp in Hongarije, verspreidde het gerucht zich, waardoor de brave dorpelingen me zo'n interessante rare snuiter vonden dat ze met nog grotere toewijding naar me luisterden. Hier in Italië let niemand erop. Zelf denk ik er ook maar heel af en toe nog aan dat ik een jood ben geweest.'

'En ... wat doe je de hele dag? Wat is je werk?'

'Ik heb heel veel te doen. Gebeden en retraites – die zijn het belangrijkst.'

'Schrijf je nog wel eens?'

Ervin glimlachte weer.

'O nee, allang niet meer. Zie je, toen ik lid werd van de orde dacht ik nog dat ik met de pen de kerk zou dienen, dat ik een katholieke dichter zou worden ... maar later...'

'Wat gebeurde er later? Raakte je je inspiratie kwijt?'

'Nee, hoor. Ik heb de inspiratie losgelaten. Ik kwam erachter dat die volstrekt overbodig was.'

Mihály dacht na. Nu pas drong het tot hem door hoe ver hij verwijderd was van pater Severinus, die ooit Ervin was geweest.

'Hoe lang ben je al in Gubbio?' vroeg hij eindelijk.

'Hoe lang ook alweer ... zes jaar, denk ik. Misschien zeven.'

'Ervin, waar ik al vaker over heb nagedacht: voelen jullie ook dat de tijd blijft doorgaan en dat elk deeltje ervan uit een aparte werkelijkheid bestaat? Hebben jullie een geschiedenis? Als je aan een gebeurtenis denkt, kun je dan ook zeggen of die in 1932 plaatsvond of in 1933?'

'Nee. Het hoort bij de genade die voortvloeit uit onze toestand dat wij door God boven de tijd zijn uitgetild.'

Op dat moment begon Ervin hevig te hoesten. Mihály herinnerde zich nu dat hij al eerder hoestte, droog en schor.

'Ervin, heb je het soms aan je longen?'

'Ik geef toe, mijn longen zijn niet helemaal in orde ... om eerlijk te zijn zijn ze er heel slecht aan toe. Weet je, wij Hongaren worden thuis erg verwend. In Hongarije wordt 's winters hard gestookt. De Italiaanse winters matten me af in mijn onverwarmde cel en de koude kerk ... op sandalen op de tegels ... en de pij is ook niet echt warm te noemen...'

'Ervin, je bent ziek ... word je niet behandeld?'

'Je bent erg aardig, Mihály, maar je hoeft geen medelijden met me te hebben,' zei Ervin hoestend. 'Zie je, mijn ziekte is ook mijn zegening. Daarom hebben ze ermee ingestemd dat ik naar Gubbio kwam, omdat de lucht hier zo gezond is. Misschien kan ik hier helemaal genezen. Bovendien hoort lichamelijk lijden bij ons leven. Anderen moeten zichzelf kastijden, bij mij zorgt mijn lichaam al voor kastijding... Maar laten we het ergens anders over hebben. Jij bent hierheen gekomen om over jezelf te praten, we moeten de schaarse tijd niet verspillen aan zaken waar jij noch ik iets aan kan doen.'

'Maar Ervin, dat kan zo niet ... je zou anders moeten leven, je moet ergens heen waar je verzorgd wordt, waar je melk te drinken krijgt en in de zon kunt liggen.'

'Maak je geen zorgen om mij, Mihály. Misschien gebeurt dat nog wel. Wij moeten ons ook tegen de dood verdedigen, want als je zomaar toelaat dat de ziekte de overhand krijgt, is dat een vorm van zelfmoord. Als mijn toestand ernstig wordt, dan komt er een dokter ... maar zover zijn we nog lang niet, geloof me. Nu ben jij aan de beurt. Vertel alles wat er met je gebeurd is sinds ik je voor het laatst heb gezien. En allereerst hoe je me op het spoor bent gekomen.'

'Door János Szepetneki, hij zei dat je ergens in Umbrië zat, waar precies wist hij ook niet. Door een reeks toevalligheden, werkelijk curieuze gebeurtenissen die ik als tekens zag, kreeg ik het vermoeden dat je in Gubbio zat en dat jij de beroemde pater Severinus was.'

'Ja, ik ben pater Severinus. Maar vertel over jezelf. Ik luister.'

Ervin liet zijn hoofd in zijn handpalmen zakken en zat in de klassieke pose van de biechtvader te luisteren. Mihály begon. Hij vertelde in het begin langzaam en hortend, maar Ervins vragen hielpen hem wonderbaarlijk goed op weg. Dat is de ervaring van zijn lange praktijk als biechtvader, dacht hij. Hij kon zijn stortvloed van woorden niet inhouden. Ineens werd hij zich bewust van alles wat er sinds zijn vlucht instinctief in hem leefde: dat zijn volwassen, ofwel schijnvolwassen leven en zijn huwelijk als een mislukking aanvoelden, dat hij absoluut niet wist wat hem nu te doen stond, wat hij nog van het leven te verwachten had en hoe hij nog terug kon keren naar zijn echte zelf. En vooral begreep hij dat hij leed aan nostalgie naar zijn jeugd en de vrienden uit die jeugd.

Op dit punt brachten de sterke emoties hem in verwarring en zijn stem stokte. Hij had medelijden met zichzelf en schaamde zich tegelijkertijd voor zijn sentimentele uitbarsting in Ervins serene bijzijn. En ineens vroeg hij verbijsterd: 'En jij? Hoe hou jij het vol? Doet het jou geen pijn? Mis jij het niet? Hoe heb je dat voor elkaar gekregen?'

Opnieuw verscheen de smalle glimlach op Ervins gezicht; hij boog zijn hoofd en zweeg.

'Zeg me iets, Ervin, ik smeek je, geef me antwoord: mis jij het niet?'

'Nee,' zei Ervin toonloos en met betrokken gezicht, 'ik voel geen gemis meer.'

Ze zwegen heel lang. Mihály trachtte Ervin te begrijpen. Het kon niet anders dan dat hij alles uit zijn hart had verbannen. Omdat hij iedereen had moeten achterlaten, had hij zelfs de wortels waaruit gevoelens voor een ander konden ontspruiten uit zijn ziel getrokken. Het deed hem geen pijn meer, maar hij was alleen achtergebleven, zonder zaad, op deze onherbergzame berg ... Mihály huiverde.

Ineens schoot hem iets te binnen: 'Ik hoorde een legende over jou ... hoe je de duivel had uitgedreven bij een vrouw die door haar doden werd bezocht, hier ergens, in een huis aan de Via dei Consoli. Ervin, die vrouw, dat was toch Éva?'

Ervin knikte.

Mihály sprong opgewonden op en sloeg met gulzige teugen de rest van zijn wijn achterover.

'O, Ervin, vertel ... hoe was het ... hoe was Éva?'

Hoe Éva was? Ervin dacht na. 'Hoe wil je dat ze was? Ze was erg mooi. Ze was zoals altijd.'

'Hoezo? Was ze niet veranderd?'

'Nee. Ik heb tenminste geen verandering gemerkt.'

'En wat doet ze?'

'Dat weet ik ook niet echt. Ze zei niet meer dan dat ze het goed had en dat ze veel gereisd had, in het westen.'

Had er in Ervin nog iets vlamgevat bij die ontmoeting? Maar hier durfde Mihály niet naar te vragen.

'Waar is ze nu, weet je dat?'

'Hoe zou ik dat weten? Het is al jaren geleden dat ze in Gubbio is geweest. Hoewel, ik heb je verteld dat ik een slecht gevoel voor tijd heb.'

'En vertel eens ... als je het tenminste mag vertellen ... hoe is het gebeurd ... hoe heb je de dode Tamás weggestuurd?'

Mihálys stem verried de angst die hem beving wanneer hij hieraan dacht. Ervin glimlachte weer met die inmiddels bekende, smalle glimlach.

'Dat was niet moeilijk. Het kwam door het huis dat Éva spoken begon te zien. Dat is niets bijzonders, die dodenpoorten brengen mensen wel vaker in verwarring. Het enige dat ik hoefde te doen, was haar ervan te overtuigen dat ze moest vertrekken. Bovendien, even tussen ons, denk ik dat ze het ook een beetje had gespeeld ... je kent haar toch... Ik denk dat ze Tamás misschien nooit heeft gezien, dat ze geen visioenen had, maar misschien heb ik het verkeerd. Ik weet het niet. Weet je, ik heb al in de loop der jaren met zo veel visioenen te maken gehad, voornamelijk hier in Gubbio, de stad van de dodenpoorten, dat ik op dit gebied tamelijk sceptisch ben geworden ...'

'Maar toch ... hoe heb je Éva genezen?'

'Ik heb niets gedaan. Niets meer tenminste dan wat je in dergelijke situaties doet. Ik heb een serieus gesprek met haar gevoerd, wat gebeden gezegd en dat heeft haar gekalmeerd. Ze zag in dat haar plaats tussen de levenden was.'

'Weet je dat zeker, Ervin?'

'Heel zeker,' zei Ervin ernstig. 'Tenzij ze mijn weg kiest. Anders hoort ze bij de levenden. Maar wat zit ik tegen jou te prediken? Dat weet jij toch ook.'

'Heeft ze niets gezegd over hoe Tamás was overleden?'

Ervin gaf geen antwoord.

'Zou je bij mij ook de herinnering aan Tamás en aan Éva en aan jullie allemaal willen uitdrijven, kun je dat?'

Ervin dacht na.

'Dat is erg moeilijk. Heel moeilijk. Ik weet ook niet of het goed zou zijn, want wat houd je dan over? Ik vind het heel moeilijk om jou aanbevelingen te doen, Mihály. Er komt maar zelden een pelgrim naar Sant'Ubaldo die zo radeloos is als jij en die ik zo weinig raad kan geven. Als ik je het advies geef dat ik zou moeten geven, zou je het toch in de wind slaan. De bron van de genade gaat alleen open voor wie bereid is genade te ontvangen.'

'Maar wat gaat er dan met mij gebeuren? Wat moet ik morgen met mezelf en overmorgen? Ik had van jou een wonder verwacht. Ik had er een rotsvast vertrouwen in dat je me raad zou geven. Moet ik terug naar Boedapest als de verloren zoon of moet ik een nieuw leven beginnen? Moet ik als arbeider aan de slag? Ik heb een beroep, ik zou met mijn handen kunnen werken... Laat me niet alleen, ik ben toch al zo eenzaam. Wat moet ik nu?'

Ervin haalde uit de diepe plooi van zijn pij een groot boerenuurwerk te voorschijn.

'Ga nu slapen. Het is bijna middernacht, ik moet naar de kerk. Ga slapen, ik breng je naar je bed. Ik zal tijdens het *matutinum* over jouw geval nadenken. Misschien krijg ik een ingeving ... dat is al vaker gebeurd. Morgenochtend kan ik je misschien iets zeggen. Ga nu slapen. Kom maar mee.'

Hij bracht Mihály naar het *ospizio*. Mihály werd overvallen door een diepe treurnis, en de halfdonkere zaal die door de eeuwen heen het lijden, de verlangens en de hoopvolle dromen over een miraculeuze genezing van ontelbare pelgrims had opgevangen, sloot goed aan bij zijn verslagenheid. Het grootste deel van de slaapplaatsen was onbezet, alleen verderop in de zaal lagen twee of drie pelgrims te slapen.

'Ga liggen, Mihály, probeer goed te slapen. Welterusten,' zei Ervin.

Hij sloeg een kruis over Mihály en snelde weg.

Mihály bleef nog lange tijd op de rand van zijn harde bed zitten, zijn handen in elkaar gevouwen op zijn schoot. Hij had geen slaap en voelde zich diep bedroefd. Ben ik niet meer te redden? Heb ik nog een weg te gaan?

Hij knielde en voor het eerst na jaren bad hij weer.

Daarna ging hij liggen. Hij kon de slaap vanwege het harde bed en de vreemde omgeving maar moeilijk vatten. De pelgrims lagen te woelen, ze zuchtten en kreunden in hun dromen. Er was er een die Sint Jozef, Sint Catharina en Sint Agatha te hulp riep. Het liep al tegen de ochtend toen Mihály eindelijk in slaap viel.

Hij werd wakker met het zoete gevoel dat hij van Éva had gedroomd. Hij herinnerde zich zijn droom niet meer, maar voelde in elke cel de zijdezachte euforie die doorgaans alleen een droom, en maar heel zelden de wakkere liefde vermag op te roepen. Het was een merkwaardig, ziekelijk zoet en zacht gevoel, dat paradoxaal aandeed op die harde, ascetische slaapplaats.

Mihály stond op, waste zich na enige zelfoverwinning in een niet al te modern washokje, en liep naar de binnenplaats. Het was een schitterende, koele, winderige ochtend, de klokken luidden net de ochtendmis; van alle kanten haastten zich monniken, ongewijde bedienden, kloosterhulpen en pelgrims naar de kerk. Ook Mihály liep naar binnen en luisterde met toewijding naar de woorden van de mis in eeuwig Latijn. Hij werd vervuld door een plechtig en blij gevoel. Misschien moest hij boeten. Ja, hij zou een eenvoudige arbeider worden en zijn brood verdienen met zijn blote handen... Hij voelde dat er iets nieuws in zijn binnenste begonnen was, dat hij degene was voor wie er gezongen werd, en het was ook ter wille van zijn ziel dat de plechtige, frisse voorjaarsklok in deze lentelucht luidde.

Na afloop van de mis ging hij naar de binnenplaats. Ervin kwam hem tegemoet met een glimlach op zijn gezicht.

'Heb je goed geslapen?' vroeg hij.

'Ja, heel erg goed. Ik voel me plotseling heel anders dan gisteravond, ik kan niet zeggen waarom.'

Hij keek vol verwachting naar Ervin en toen die bleef zwijgen, vroeg hij: 'Heb je over nagedacht over wat ik moet doen?'

'Ja, Mihály,' zei Ervin zacht. 'Ik denk dat je naar Rome moet gaan.'

'Naar Rome?' vroeg Mihály verwonderd. 'Waarom? Hoe kom je daarbij?'

'Gisternacht in het koor ... ik kan het je niet uitleggen, omdat je niet bekend bent met dit soort meditatie ... ik weet gewoon dat je naar Rome moet.'

'Maar waarom, Ervin, om welke reden?'

'Door de eeuwen heen zijn er zoveel pelgrims en vluchtelingen naar Rome getrokken en er is daar zoveel gebeurd ... eigenlijk heeft alles daar plaatsgevonden. Er wordt gezegd dat alle wegen naar Rome leiden. Ga naar Rome, Mihály, en daar zie je wel verder. Ik kan je nu niet meer zeggen.'

'En wat moet ik in Rome doen?'

'Dat maakt niets uit. Ga de vier grote basilieken van het christendom bezoeken. Of bezoek de catacomben. Wat je maar wilt. In Rome kun je je onmogelijk vervelen. Maar je moet niet ergens naar op zoek zijn. Vertrouw op het toeval. Probeer je er volledig aan over te geven, maak geen plannen... Doe je dat?'

'Ja, Ervin, als jij het zegt.'

'Dan moet je meteen vertrekken. Je ziet er vandaag niet zo gejaagd uit als gisteren. Gebruik deze gelukkige dag voor je vertrek. Ga heen. God zij met je.'

En zonder een antwoord af te wachten omhelsde hij Mihály, drukte op priesterlijke wijze eerst zijn rechter- en daarna zijn linkerwang tegen die van hem en liep met snelle pas weg. Mihály bleef een tijdje verbluft staan waar hij stond, pakte toen zijn pelgrimsbuidel en liep de berg af.

6.

Toen Erzsi het telegram had ontvangen dat Mihály haar met hulp van de jonge fascist had gestuurd, bleef ze niet lang meer in Rome. Ze wilde niet terug naar huis omdat ze niet goed wist hoe ze het verhaal van haar huwelijk in Boedapest moest vertellen. Een zekere geografische zwaartekracht volgend reisde ze door naar Parijs, zoals men dat pleegt te doen als men zonder hoop of verwachting een nieuw leven probeert te beginnen.

In Parijs bezocht ze haar jeugdvriendin, Sári Tolnai. Sári was in haar jonge jaren al vermaard vanwege haar mannelijke persoonlijkheid en haar universele inzetbaarheid. Zij was nooit getrouwd: ze had er geen tijd voor, aangezien ze bij de onderneming of de krant waar ze werkte altijd even onmisbaar was. Haar liefdes wikkelde ze af met de doeltreffende oppervlakkigheid van een handelsreiziger. Toen ze overal van begon te walgen, emigreerde ze naar Parijs om daar opnieuw te beginnen, en zette ze haar oude leven gewoon voort, maar nu verbonden aan Franse ondernemingen en kranten. Toen Erzsi in Parijs aankwam, was Sári directiesecretaresse bij een groot filmbedrijf. Zij was de spreekwoordelijke lelijke vrouw in de tent, de rots in de branding die onbewogen bleef onder de bij het vak behorende erotische atmosfeer, op wier nuchterheid en onpartijdigheid altijd gerekend werd en die veel meer werkte en tegelijk veel minder verdiende dan de anderen. Inmiddels was ze grijs geworden en haar kortgeknipte kapsel gaf haar hoofd boven haar breekbare, meisjesachtige lichaam de nobele uitstraling van een legerbisschop. Ze werd door iedereen nagekeken, waar ze gepast trots op was.

'Waar ga je van leven?' vroeg ze, nadat Erzsi kort en bondig en verluchtigd met een paar uit Boedapest meegebrachte bon-mots het verhaal van haar huwelijk had geschetst. 'Waar ga je van leven? Heb je nog steeds zoveel geld?'

'Weet je, met dat geld zit het zo: na de scheiding heeft Zoltán me mijn bruidsschat en de erfenis van mijn vader teruggegeven – wat alles bij elkaar overigens veel en veel minder is dan de mensen denken. Het grootste deel hiervan heb ik in de vennootschap van de familie van Mihály belegd, en een kleiner deel heb ik voor de zekerheid op een bankrekening gestort. Ik heb dus wel geld om van rond te komen, ik kan er alleen erg moeilijk bij. Het geld dat op de rekening staat, krijg ik langs legale weg niet hierheen. Dus ben ik afhankelijk van de toelage van mijn ex-schoonvader. Wat ook niet zo gemakkelijk gaat. Als het om geld uitgeven gaat, is hij namelijk een nogal moeilijk iemand. En we hebben hier geen overeenkomst over.'

'Hm. Je moet je geld terugtrekken uit de vennootschap. Dat is het eerste.'

'Ja, maar daarvoor moet ik van Mihály scheiden.'

'Natuurlijk moet je van Mihály scheiden.'

'Dat is helemaal niet zo natuurlijk.'

'Kom nou, na alles wat er gebeurd is?'

'Ja, maar Mihály is niet zo als iedereen. Daarom ben ik met hem getrouwd.'

'Nou, het heeft je veel opgeleverd, zeg. Ik hou niet van mensen die niet zijn zo als iedereen. Iedereen is al walgelijk. Laat staan degenen die niet zijn zo als iedereen.'

'Sári, laat maar. Bovendien ga ik Mihály toch niet het plezier doen zomaar van hem te scheiden?'

'Waarom ga je dan niet terug naar Boedapest, als je geld toch daar is?'

'Ik wil pas naar huis als dit soort zaken zijn opgehelderd. Wat moet ik de mensen thuis vertellen? Stel je voor wat voor roddels mijn nichtje, Juliska, zou verzinnen.'

'Die roddelt toch wel, wees maar gerust.'

'Ja, maar hier hoor ik het tenminste niet. Bovendien ... nee, ook vanwege Zoltán kan ik niet naar huis.'

'Vanwege je ex-man?'

'Ja. Hij zou me op het station opwachten met een grote bos bloemen.'

'Je meent het? Neemt hij het je dan niet kwalijk dat je hem op zo'n onbehoorlijke manier hebt laten zitten?'

'Nee, hoor. Hij geeft me volkomen gelijk en wacht in oprechte nederigheid af of ik misschien toch op een gegeven moment bij hem terugkom. In zijn grote droefenis heeft hij vast allang met al zijn typistes gebroken om een onberispelijk leven te leiden. Als ik nu naar huis zou gaan, dan zou hij me geen minuut met rust laten. En dat is niet uit te houden. Ik kan overal tegen, behalve tegen goedaardigheid en vergevensgezindheid. En zeker niet tegen die van Zoltán.'

'Daar geef ik je gelijk in. Ik hou er ook niet van als mannen goed en vergevensgezind zijn.'

Erzsi nam een kamer in hetzelfde moderne, smaak- en geurloze hotel als waarin Sári verbleef, achter de Jardin des Plantes, van waaruit ze uitzicht had op de grote Libanese ceder die zijn forse, gevulde takken met vreemde, oosterse zwierigheid uitstak naar de opgewonden Parijse lente. De ceder deed Erzsi geen goed. De vreemde vormen ervan deden haar denken aan een ander, haar onbekend, majestueus leven waarnaar ze vergeefs verlangde.

Aanvankelijk had ze een aparte kamer, maar later trok ze bij Sári in, want zo was het goedkoper. 's Avonds aten ze samen op de kamer, ondanks het verbod van de hotelhouder. Sári bleek in het klaarmaken van het eten net zo handig te zijn als ze in alle andere zaken was. Voor het middageten moest Erzsi zelf zorgen, want Sári nam ergens in de stad vlug een sandwich en een kop koffie, waarna ze meteen terugging naar kantoor. Erzsi probeerde eerst allerlei betere restaurants, maar ze kwam erachter dat de betere restaurants de vreemdeling alleen maar uitknepen, en daarom ging ze later naar kleine crêperies, waar je 'hetzelfde krijgt, alleen goedkoper'. In het begin dronk ze na het eten een espresso, want ze was dol op de lekkere, zwarte koffie die in Parijs werd geschonken, maar later zag ze in dat ook koffie geen levensbehoefte is, dus liet ze die weg. Ze ging daarna maar één keer in de week, op maandag, naar het Maison de Café op de Grand Boulevard om van de beroemde, heerlijke koffie te genieten.

De dag na haar aankomst kocht Erzsi een prachtige handtas in een elegante winkel in de buurt van de Madeleine, maar dit was haar enige luxe-aankoop. Ze ontdekte dat dezelfde dingen die in de voorname wijken voor veel geld aan buitenlanders werden aangeboden, veel goedkoper waren in de kleinere straatjes, in eenvoudige winkels of in de bazaarwijken, op de rue de Rivoli of de rue de Rennes. Aanvankelijk kocht ze veel spullen, alleen omdat ze zoveel minder kostten dan elders. Maar uiteindelijk begreep ze dat het nog goedkoper was om helemaal niets te kopen, en in het vervolg beleefde ze veel vreugde aan het bekijken van spullen die ze graag had willen kopen, maar niettemin liet liggen. Ze ontdekte twee straten verderop een hotel dat weliswaar niet zo modern was als het hotel waarin ze een kamer hadden, maar dat in ieder geval warm en koud stromend water op de kamers had en waarin je uiteindelijk net zo goed kon verblijven als in het andere, alleen veel goedkoper: het scheelde een derde van de prijs. Ze haalde Sári over, en ze verhuisden naar dit hotel.

Langzaam aan werd spaarzaam zijn Erzsi's voornaamste bezigheid. Ze bedacht dat ze eigenlijk altijd een neiging tot zuinigheid had gehad. Als kind spaarde ze de bonbons die ze kreeg net zo lang op tot ze beschimmeld raakten, en ook haar mooiste kleren borg ze veilig op, zodat haar kindermeisjes tot hun grote ontzetting uit de meest onwaarschijnlijke, stoffige hoeken een stukgescheurde zijden sjaal of een paar fijne kousen of dure handschoenen te voorschijn haalden. Later gaf het leven Erzsi geen gelegenheid meer om haar behoefte aan zuinigheid uit te leven. Als jong meisje hoorde ze aan de zijde van haar vader representatief en dus verkwistend door het leven te gaan, om daarmee het vertrouwen in haar vaders bedrijf te verstevigen. En als de vrouw van Zoltán durfde ze niet eens te denken aan spaarzaamheid. Zag ze op een dag af van een paar dure schoenen, dan kreeg ze de volgende dag van Zoltán drie paar nog veel duurdere, als verrassing. Zoltán was 'genereus' als beschermheer van de kunsten en vooral van kunstenaressen, en wist niet van ophouden als het erom ging zijn vrouw met alle mogelijke presentjes te verwennen, al was het alleen al om zijn eigen geweten te sussen; terwijl Erzsi's verlangen naar zuinigheid intussen onbevredigd bleef.

Nu, in Parijs, barstte deze ingehouden passie als een oerkracht los. Ook de omgeving droeg eraan bij: de Franse sfeer, de uiterlijkheden van het Franse leven, die zelfs in de meest kwistig ingestelde mens een hang naar zuinigheid opwekken, en ook verborgener factoren, zoals het stranden van haar huwelijk en de doelloosheid van haar bestaan – voor dit alles zocht Erzsi compensatie in zuinigheid. Toen ze zelfs haar dagelijkse bad afschafte omdat de hotelbaas er naar haar gevoel te veel voor rekende, greep Sári in.

'Zeg nou, vanwaar die vrekkigheid? Ik leen je graag wat als je geld nodig hebt, tegen een wissel uiteraard, voor de vorm...'

'Het is erg lief aangeboden, maar ik heb wel geld. Mihálys vader heeft me gisteren drieduizend frank gestuurd.'

'Drieduizend frank, zeg, dat is een heel bedrag. Ik vind het niet goed als een vrouw zo zuinig is. Dat geeft aan dat er iets mis is. Het is net zoiets als een vrouw die de hele dag op dooie zonnestofjes jaagt of die de hele dag door haar handen staat te wassen en als ze ergens is uitgenodigd, een apart doekje meeneemt om haar handen aan af te drogen. Vrouwelijke gekte kent duizenden verschijningsvormen. Ik vraag me ineens af: Wat doe jij eigenlijk de hele dag terwijl ik op kantoor ben?'

Erzsi kon het niet vertellen. Het enige dat ze wist was dat ze bezig was geld uit te sparen. Ze ging niet hierheen of daarheen, deed dit niet en dat niet om maar geen geld te hoeven uitgeven. Maar wat ze wel deed, bleef in het duister...

'Dat is toch waanzin!' riep Sári. 'Ik dacht steeds dat je iemand had met wie je de dag doorbracht, en nu blijkt dat je de hele tijd maar zit te mijmeren en te dagdromen zoals die halfgare vrouwen die hard op weg zijn om helemaal door te draaien. En ondertussen word je alleen maar dik, want hoe weinig je ook eet, je komt natuurlijk toch aan, nou, je moest je schamen... Goed, zo kan het niet verder. Je moet je onder de mensen begeven zodat je weer interesses ontwikkelt. Als ik verdomme maar een keertje tijd had...'

'Vanavond gaan we doorzakken,' zei ze een paar dagen later stralend. 'Er is een Hongaarse man die met een of andere louche zaak bezig is voor ons bedrijf en die mij daarom op allerlei manieren wil bewerken omdat hij weet dat de *patron* naar me luistert. Hij heeft me uitgenodigd om vanavond met hem te gaan eten en hij wil me voorstellen aan de geldschieter, zegt hij, namens wie hij onderhandelt. Ik zeg dat ik niet geïnteresseerd ben in geldschieters, dat zijn toch *moche* figuren, en dat ik op kantoor al genoeg lelijkerds meemaak elke dag. Hij zegt nee, deze is helemaal niet *moche*, het is een schoonheid van een man, een Pers. Nou goed, zeg ik, dan wil ik wel komen, maar ik neem mijn vriendin mee. Waarop hij zegt dat dat een prima idee is en dat hij dat al had willen voorstellen zodat ik niet als enige dame in het gezelschap zou zitten.'

'Sári, schat, je weet toch dat ik niet kan! Wat een idee! Ik heb geen zin, bovendien heb ik niets om aan te trekken. Ik heb alleen die vale spullen uit Boedapest nog.'

'Maak je geen zorgen, ook in die vale spullen ben je heel elegant. Vergeleken met die skeletten van Parijse dametjes is dat ook niet zo moeilijk... en de Hongaar zal er vast blij mee zijn dat je een landgenote bent.'

'Geen sprake van dat ik meega. Hoe heet die Hongaar?'

'János Szepetneki, of dat zegt hij tenminste.'

'János Szepetneki ... maar die ken ik! Dat is een zakkenroller!'

'Een zakkenroller? Zou best kunnen, hoewel ik hem voor een inbreker aanzag. Maar ja, in de filmindustrie begint iedereen zo. Maar afgezien daarvan is hij heel innemend. Nou, ga je mee of niet?'

'Ja, ik ga wel mee...'

De *auberge* waar ze gingen eten, was in oud-Franse stijl ingericht, met geblokte gordijnen en geblokte tafellakens; er waren maar weinig tafels en het eten was er heel duur en heel goed. Erzsi had, toen ze een keer met Zoltán in Parijs was, wel vaker in dergelijke, vaak nog betere restaurants gegeten, maar nu, net opgedoken uit de diepten van de spaarzaamheid, werd ze overspoeld door een gevoel van ontroering door de intimiteit en de welvoorziene atmosfeer ervan. Haar ontroering was echter maar van korte duur, want er kwam hun een nog grotere sensatie tegemoet, in de gestalte van János Szepetneki. Uiterst beleefd volgens de beste gentry-gebruiken en zonder een teken van herkenning kuste hij Erzsi de hand en maakte hij Sári een compliment over haar talent om vriendinnen uit te zoeken. Daarna bracht hij de dames naar een tafel waar zijn vriend al wachtte.

'Monsieur Lutphali Suratgar,' stelde hij hem voor. De genadeloos intensieve blik van achter een markante arendsneus boorde zich in Erzsi's ogen. Ze huiverde. Ook Sári was zichtbaar van slag. Hun eerste indruk was dat ze bij een nauwelijks getemde tijger aan tafel gingen zitten.

Erzsi wist niet voor wie van de twee ze meer moest uitkijken: was Szepetneki gevaarlijker, de zakkenroller, die met zijn veel te gladde Parijse praat het menu samenstelde met die perfecte mengeling van deskundigheid en nonchalance die alleen zware criminelen eigen is (ze herinnerde zich ineens dat zelfs Zoltán bang was voor de obers van elegante Franse restaurants en hoe hij hen in zijn angst schoffeerde), of was het de Pers, die zwijgend zat te wachten, met op zijn gezicht een vriendelijke, Europese glimlach die net zo volmaakt en niet-passend was als een van tevoren geknoopte stropdas. Maar het eerste glas wijn na de hors-d'oeuvre maakte ook de tong van de Pers los, en vanaf dat moment leidde hij de conversatie in zijn vreemde, vanuit de borst gesproken staccato-Frans.

Zijn verhaal was heel boeiend. Hij straalde een soort romantisch enthousiasme uit, iets van een middeleeuws aandoende, rauwe en oprechte menselijkheid die nog geen automatisme geworden was. Deze man dacht niet in franken of dollars, zijn valutastelsel bestond uit rozen, rotsen en adelaars. Toch hielden de dames het gevoel bij een nauwelijks getemde tijger aan tafel te zitten. Dit werd hen ingegeven door de blik van de Pers.

Hij vertelde dat hij thuis in Perzië rozentuinen en ijzerertsmijnen, maar vooral papaverplantages bezat, en dat zijn voornaamste activiteit het distilleren van opium was. Hij was zeer kritisch over de Volkerenbond, die de internationale handel in opium belette en hem daarmee zware materiële schade toebracht. Hij zag zich gedwongen een roversbende in stand te houden aan de Turkmeense grens om zijn opium naar China te kunnen smokkelen.

'Maar meneer,' zei Sári, 'in dat geval bent u een vijand van de mensheid. U verspreidt het witte vergif. U ruïneert het leven van honderdduizenden Chinezen! En dan bent u verbaasd dat de hele wereld zijn krachten tegen u bundelt!'

'Ma chère,' sprak de Pers plotseling nijdig, 'klets geen onzin over iets waar u niets van weet. U bent misleid door de achterlijke humanitaire slogans van de Europese kranten. Hoe kan opium nu schade toebrengen aan "arme" Chinezen? Denkt u echt dat die stakkers het geld hebben voor mijn opium? Ze zijn al blij als ze rijst kunnen kopen. Opium is duur en wordt in China alleen door de allerrijksten gebruikt. Snuiven is, zoals alle goede dingen op aarde, het privilege van de uitverkorenen. Het zou hetzelfde zijn als ik me zorgen zou maken over of de arbeiders in Parijs niet te veel champagne drinken. En als het de rijken in Parijs niet verboden wordt champagne te drinken wanneer het hun maar uitkomt, waarom wordt het de Chinezen dan wel verboden opium te gebruiken?'

'Uw vergelijking gaat mank. Opium is veel schadelijker dan champagne.'

'Dat is ook weer zo'n Europese gedachte. Ik geef toe: als een Europeaan aan de opium raakt, kan hij niet meer stoppen. Dat komt doordat Europeanen hun grenzen niet kennen: ze zijn even mateloos in hun gulzigheid en hun huizenbouw als in bloedvergieten. Maar wij kunnen wel maat houden. Of hebt u de indruk dat ik onder de opium lijd? Ik rook het regelmatig en ik eet het zelfs.'

Hij rechtte zijn rug om de spieren van zijn enorme borst te laten rollen, en liet met een circusachtige beweging zijn biceps zien. Toen hij ook nog zijn benen wilde optrekken, zei Sári: 'Zo is het wel genoeg. Anders blijft er voor de volgende keer niets over.'

'Zoals u wilt ... Europeanen zijn ook mateloos met alcohol, terwijl het walgelijk voelt om met te veel wijn in je maag te moeten afwachten wanneer je er misselijk van wordt. De werking van de wijn wordt eerst steeds sterker, maar na een bepaald punt zak je plotseling in elkaar. Wijn kan niet zoals opium die gelijkmatige roes vasthouden die de enige echte verrukking is op de wereld ... hoe dan ook, wat weten Europeanen wel? Voor ze zich mengen in de zaken van de wereld, zouden ze tenminste moeten weten waar ze het over hebben.'

'Daarom willen we nu die voorlichtings- en propagandafilm met uw firma draaien,' zei Szepetneki tegen Sári.

'Wat? Een propagandafilm voor opium roken?' vroeg Erzsi, die tot nu toe sympathie voelde voor het standpunt van de Pers, maar nu opeens schrok.

'Nee, niet voor het roken van opium, maar voor vrij transport ervan, en in het algemeen voor alle vrijheden van de mens. De bedoeling is dat die film een groot pleidooi voor het individualisme wordt, een oproep tegen alle vormen van tirannie.'

'Hoe gaat het verhaal?' vroeg Erzsi.

'In het begin laten we een eenvoudige, joviale, conservatieve Perzische opiumproducent in familiekring zien,' begon Szepetneki te vertellen. 'Hij kan zijn dochter, de heldin van de film, alleen maar volgens haar stand laten huwen met de jongeman van wie ze houdt als het hem lukt de jaarlijkse opiumproductie op de markt af te zetten. Dan doet de intrigant, een laaghartige communist die tot alles bereid is en die ook verliefd is op het meisje, aangifte bij de autoriteiten, waarna de hele voorraad van de man bij een nachtelijke inval in beslag wordt genomen. Deze scène wordt erg spannend, met auto's en sirenes. Maar de onschuld van het meisje en haar edele ziel verzachten later het hart van de norse kolonel, die vervolgens de in beslag genomen opium teruggeeft, waarna die dan op karren met vrolijk klingelende belletjes op weg gaat naar China. Dat is in grote lijnen het verhaal...'

Erzsi kon niet besluiten of Szepetneki een grap maakte of niet. De Pers zat serieus te luisteren, met naïeve trots zelfs. Misschien had hij het verhaal bedacht.

Na het eten gingen ze naar een sjieke dancing. Nog meer kennissen voegden zich bij het gezelschap. Ze zaten aan een grote tafel en voerden allerlei oppervlakkige gesprekken, voor zover het rumoer dat mogelijk maakte. Erzsi zat steeds verder van de Pers verwijderd. János Szepetneki vroeg haar ten dans, en ze ging mee.

'Wat vindt u van de Pers?' vroeg Szepetneki tijdens de dans. 'Het is een bijzonder interessante man, vindt u niet? Vol romantiek.'

'Als ik hem zie moet ik denken aan een gedicht van een oude, gekke Engelse dichter,' zei Erzsi wier vroegere, intellectuele zelf zich voor een ogenblik liet gelden. '*Tiger, tiger, burning bright, in de forest of the night...*'

Szepetneki keek haar verwonderd aan en Erzsi begon te blozen.

'Een tijger ja,' zei hij, 'maar wel een verschrikkelijk moeilijke. Hoe naïef hij ook is in bepaalde dingen, in zaken is hij erg wantrouwig en voorzichtig. Zelfs de makers van deze film lukt het niet om hem af te zetten. Terwijl hij die film niet om zakelijke redenen maar als propagandamiddel wil laten maken en vooral, denk ik, om een harem bij elkaar te zoeken van figurantenmeisjes. En wanneer bent u uit Italië weggegaan?'

'Hebt u me herkend?'

'Uiteraard. Niet nu, al dagen geleden, toen u met Mademoiselle Sári op straat liep. Ik heb namelijk arendsogen. Deze avond heb ik ook georganiseerd om u te kunnen spreken... Maar vertel, waar hebt u mijn goede vriend Mihály gelaten?'

'Uw goede vriend verblijft waarschijnlijk nog in Italië. We corresponderen niet.'

'Fantastisch. Bent u tijdens uw huwelijksreis uit elkaar gegaan?'

Erzsi knikte.

'Geweldig! Dat is me wat! Echt iets voor Mihály. Die ouwe makker is niets veranderd. Zijn hele leven doet hij niets anders dan ergens mee ophouden. Hij heeft nergens geduld voor. Hij was bijvoorbeeld de beste mid-voor van onze school, en ik durf te wedden van het hele land. Op een mooie dag...'

'Waarom denkt u dat hij mij heeft verlaten en niet andersom?'

'O, neem me niet kwalijk ... dat ben ik vergeten te vragen. Natuurlijk. U hebt hem verlaten. Ik begrijp het wel. 't Is niet uit te houden met zo'n figuur. Wat een kwelling om met iemand met zo'n stalen gezicht te moeten leven, ik kan het me voorstellen ... iemand die nooit boos wordt, die...'

'Ja. Hij heeft mij verlaten.'

'Dus toch. Dat dacht ik meteen al. In Ravenna al, trouwens. Ik ben serieus: Mihály is gewoon niet geschikt als echtgenoot. Hij is... hoe moet ik het zeggen ... hij is zoekende... Zijn hele leven is hij al ergens naar op zoek, naar iets wat anders is. Iets waar deze Pers veel meer van weet dan wij. Misschien zou Mihály opium moeten roken. Ja, dat zou hij beslist moeten doen. Om eerlijk te zijn heb ik hem nooit begrepen.'

Hij wuifde gelaten.

Erzsi voelde dat dit luchthartige gebaar maar een pose was en dat Szepetneki nieuwsgierig was naar wat zich tussen haar en Mihály had afgespeeld. Hij bleef de hele avond aan Erzsi's zijde.

Ze gingen naast elkaar zitten; Szepetneki hield iedereen bij Erzsi uit de buurt. Sári werd het hof gemaakt door een wat oudere, respectabel uitziende Fransman en de Pers met de gloed in de ogen zat tussen twee dames die zo van het witte doek gestapt leken.

'Merkwaardig,' dacht Erzsi, 'hoe anders en oninteressant alles is van dichtbij.' Toen ze voor het eerst in Parijs kwam, zat ze nog vol vooroordelen uit haar jeugd. Ze dacht dat Parijs een perverse en zondige wereldstad was en de twee onschuldige artiesten- en emigrantencafés tegenover elkaar op Montparnasse, de Dôme en de Rotonde, waren in haar ogen de gloeiende kaken van de hel. En nu ze hier te midden van waarschijnlijk werkelijk zondige en perverse mensen zat, was alles zo vanzelfsprekend.

Maar veel tijd om erover na te denken had ze niet, want ze was met haar aandacht bij Szepetneki. Ze hoopte iets belangrijks over Mihály van hem te leren. Szepetneki vertelde graag over hun jaren samen; vanuit zijn perspectief werd alles verdraaid en leek alles wezenlijk anders dan in Mihálys versie. Alleen Tamás bleef onveranderd groots: hij was de prins die bereid was te sterven omdat het leven hem niets waard was; hij was dan ook vroeg gestorven, nog voordat hij gedwongen was compromissen te sluiten. Volgens Szepetneki was Tamás zo gevoelig dat een zucht drie kamers verderop hem al uit de slaap hield en een penetrante geur hem al te veel kon zijn. Het probleem was dat hij verliefd was op zijn zuster. Ze hadden een relatie en toen Éva zwanger werd, kreeg Tamás zo'n wroeging dat hij een einde aan zijn leven maakte. Iedereen was overigens verliefd op Éva. Ervin werd monnik omdat zijn liefde niet beantwoord werd. Ook Mihály was in de ban van Éva. Hij liep haar achterna als een schoothondje, belachelijk. En Éva buitte hem uit. Ze maakte hem al zijn geld afhandig. En stal zijn gouden horloge. Want het horloge was natuurlijk door Éva gestolen en niet door hem, Szepetneki, alleen omdat hij tactvol wilde zijn had hij dat Mihály niet verteld.

Maar Éva hield van geen van hen allen. Alleen van hem, János Szepetneki.

'Wat is er van Éva geworden? Hebt u haar ooit nog gezien?'

'Ik? Natuurlijk! We zijn nog steeds de beste vrienden. Éva heeft met succes carrière gemaakt, en niet zonder mijn hulp. Ze is een grote vrouw geworden.'

'Hoe bedoelt u?'

'Zoals ik het zeg. Ze heeft altijd de meest vooraanstaande beschermheren gehad. Krantenmagnaten, oliebaronnen, echte prinsen, om maar te zwijgen over de kunstenaars, de grote schrijvers en schilders die ze voornamelijk uit propaganda-overwegingen nodig had.'

'En waar is ze nu?'

'Ze zit in Italië. Zodra ze kan, gaat ze naar Italië, het is haar passie. Ze verzamelt antiek, net als haar vader.'

'Waarom hebt u Mihály niet verteld dat Éva in Italië was? En trouwens, wat bracht u toen naar Ravenna?'

'Ik? Ik was even terug geweest in Boedapest en hoorde dat Mihály was getrouwd en zijn wittebroodsweken in Venetië doorbracht. Ik kon de verleiding niet weerstaan om mijn ouwe makker en zijn echtgenote vanwege deze heuglijke gebeurtenis op te zoeken en reisde dus via Venetië terug naar Parijs. En vanuit Venetië ging ik even door naar Ravenna toen ik hoorde dat u daar verbleef.'

'En waarom hebt u niets over Éva verteld?'

'Ik peinsde er niet over. Waarom had ik dat moeten doen? Opdat Mihály naar haar op zoek zou gaan?'

'Dat zou hij niet hebben gedaan want hij was met zijn vrouw, met mij, op huwelijksreis.'

'Neem me niet kwalijk, maar ik denk niet dat zoiets hem had tegengehouden.'

'Kom nou. Twintig jaar lang kwam het niet in hem op om haar te zoeken.'

'Omdat hij niet wist waar ze was, bovendien is Mihály veel te passief. Maar als hij het een keer te weten komt…'

'Wat kan het u schelen als Mihály Éva Ulpius vindt? Bent u jaloers? Nog steeds verliefd op Éva?'

'Ik? Nee, hoor. Ik ben nooit verliefd geweest. Éva was verliefd op mij. Ik wilde alleen geen gerotzooi rondom Mihálys huwelijk.'
'U bent een heuse engel, nietwaar?'
'Nee. Maar ik vond u meteen erg sympathiek.'
'Mooi is dat. In Ravenna zei u precies het tegenovergestelde. U hebt me toen behoorlijk gekwetst.'
'O ja. Dat zei ik alleen om te kijken of Mihály me een klap zou geven. Maar Mihály geeft niemand een klap. Dat is zijn probleem. Een klap kan erg bevrijdend werken ... maar om even op het eerdere onderwerp terug te keren: vanaf het ogenblik dat ik u zag, had u grote invloed op mij.'
'Geweldig. Moet ik me nu gevleid voelen? Zou u me niet op een wat geestiger manier het hof kunnen maken?'
'Nee, daar geef ik niet om. Dat laat ik aan de impotenten over. Als ik een vrouw aantrekkelijk vind, dan wil ik haar daar zo snel mogelijk van op de hoogte stellen. Ze kan erop reageren, of niet. Meestal reageert ze.'
'Maar ik val niet onder meestal.'

Ondertussen was Erzsi zich ervan bewust dat János Szepetneki haar inderdaad aantrekkelijk vond, dat hij trek had in haar lichaam op een puberale, hongerige manier, zonder mannenwijsheid, eenvoudig en platvloers. Deze gedachte vond ze zo aangenaam dat haar bloed onder haar huid sneller begon te lopen, alsof ze gedronken had. Ze was niet gewend aan dit soort rauwe instincten. Mannen benaderden haar meestal met liefde en met zorgvuldig gekozen woorden. Hun liefde betrof de uit een goed gezin afkomstige, ontwikkelde dame. En toen kwam Szepetneki en tastte haar met zijn grove opmerking in haar vrouwelijke ijdelheid aan. Wellicht was dit het begin van de ineenstorting van haar huwelijk, en droeg Erzsi Szepetneki's woorden vanaf dat moment als een pijnlijke last met zich mee. Dit was het moment van genezing, genoegdoening. Ze gedroeg zich zo uitdagend tegenover Szepetneki dat ze er zelf verbaasd van stond – ze wist niet dat ze tot dergelijk gedrag in staat was – om hem uiteindelijk ijskoud af te wijzen. Wraak voor Ravenna.

Maar bovenal reageerde ze op Szepetneki's avances omdat ze met haar vrouwelijke instinct aanvoelde dat deze in de eerste plaats bedoeld waren voor Mihálys vrouw. Zij wist dat Szepetneki een eigenaardige relatie met Mihály had en dat hij altijd en met alle middelen wilde bewijzen dat hij, Szepetneki, in alle opzichten Mihálys meerdere was. Daarom wilde hij nu Mihálys vrouw versieren. Erzsi baadde zich met de ziekelijke troost van een weduwe in Szepetneki's begeerte en had het gevoel dat ze nu, door het verlangen van deze vreemdeling op te zwepen, pas echt Mihálys vrouw werd, dat ze hiermee de magische cirkel, de oude Ulpiuskring binnenstapte, die voor Mihály de enige werkelijkheid was.

'Laten we het over iets anders hebben,' zei ze terwijl hun knieën zich onder de tafel stevig tegen elkaar aan drukten. 'Wat doet u eigenlijk in Parijs?'

'Ik organiseer transacties. Alleen heel grote,' zei Szepetneki, en begon onder de tafel Erzsi's knie te strelen. 'Ik heb uitstekende contacten met het Derde Rijk. Je zou kunnen zeggen dat ik in bepaalde opzichten de handelsvertegenwoordiger van het Derde Rijk in Parijs ben. Daarnaast wil ik graag dat er een overeenkomst tussen Lutphali en de Martini-Alvaert-filmstudio wordt gesloten, want ik heb contanten nodig. Maar waarom praten we zoveel? Wilt u dansen?'

Ze bleven tot drie uur in de nacht; toen bestelde de Pers een taxi voor de twee filmsterachtige dames met wie hij de tijd had doorgebracht, nodigde de rest van het gezelschap voor die zondagmiddag uit in zijn villa in Auteuil te komen en nam afscheid. Iedereen ging naar huis. Sári werd vergezeld door de Franse heer, Erzsi door Szepetneki.

'Ik kom mee naar boven,' verklaarde Szepetneki voor de ingang.

'Bent u gek geworden? Bovendien, ik woon samen met Sári.'

'Verdorie. Kom dan met mij mee.'

'Het is aan u te merken, Szepetneki, dat u Boedapest al lang geleden verlaten hebt. Ik kan anders niet verklaren dat u een vrouw als ik zo verkeerd inschat. Hiermee hebt u alles kapotgemaakt.' En ze liep zonder afscheid te nemen triomfantelijk weg.

'Wat heb je zitten flirten met die Szepetneki?' vroeg Sári toen ze beiden al in bed lagen. 'Kijk maar uit.'

'Het is al uit. Stel je voor, hij wilde dat ik met hem meeging.'
'Nou en? Je doet alsof je nog steeds in Boedapest leeft. Vergeet niet dat Pest de meest kuise stad van Europa is. Hier gaat men anders met zulk soort zaken om.'

'Maar Sári, meteen de eerste avond ... een vrouw moet toch de waardigheid hebben om...'

'Jawel. Maar dan moet ze zich niet met mannen inlaten ... hier is dat voor een vrouw de enige manier om haar waardigheid te behouden. Zoals ik dat doe. Maar waarvoor zou je je waardigheid behouden, kun je me dat uitleggen? Denk je dat ik niet met die Pers was meegegaan als hij mij had gevraagd? Maar het kwam niet bij hem op om mij te vragen. Wat een prachtige kerel! Overigens is het maar goed dat je niet met die Szepetneki bent meegegaan. Hij is best knap en erg viriel, daar niet van, maar ik bedoel... nou, zoals ik al zei, je weet toch dat het een boef is. Straks pakt hij je je geld af. Je moet goed uitkijken, meid. Ik ben bij zo'n gelegenheid een keer vijfhonderd franken lichter gemaakt. Nou, welterusten.'

Een boef, dacht Erzsi, slapeloos woelend in haar bed. Dat was het precies. Zij was haar leven lang een voorbeeldig meisje geweest, het schatje van haar kindermeisjes en Fräuleins, de dochter op wie haar vader trots kon zijn, de beste leerling van haar klas – ze werd zelfs naar schoolwedstrijden gestuurd. Haar leven verliep beschermd en geordend, en steeds werden haar de heilige regels van het burgerlijk bestaan voorgehouden. Toen het tijd werd, ging ze trouwen met een rijke man, ze kleedde zich elegant en leidde een voornaam huishouden; ze was representatief, de ideale huisvrouw. Ze droeg de hoeden die de andere dames van haar klasse ook droegen en ging naar betamelijke oorden op vakantie; ze hield er fatsoenlijke meningen op na over toneelstukken en in haar conversatie verlevendigde ze haar verhalen met gepaste kwinkslagen. In alles was ze aangepast, zoals Mihály het had uitgedrukt. Maar ze begon zich te vervelen en wel zo hevig dat ze nerveuze hartklachten kreeg, en toen koos ze Mihály omdat ze voelde dat hij niet helemaal aangepast was, dat hij iets in zich meedroeg dat totaal vreemd was aan het burgerlijk leven. Ze dacht dat ze via Mihály ook ergens uit kon breken, dat ze zich weldra ook op de weelderig, met bosschages begroeide rivieroever zou bevinden die zich buiten de poorten naar onbekende verten uitstrekte. Maar Mihály wilde zich juist via haar aanpassen, hij gebruikte haar als instrument om een keurige burgerman te worden; hij gluurde slechts even deze wereld in, stiekem, totdat hij genoeg kreeg van het conformisme en in zijn eentje weer wegvluchtte. Wat moest ze nu denken van János Szepetneki, die zich helemaal niet wenste te conformeren en zich beroepsmatig buiten de poorten bewoog, ongebroken en veel gezonder dan Mihály, hoe zou hij... *Tiger, tiger, burning bright, in de forest of the night...*

De zondagmiddag in Auteuil was aangenaam en saai; deze keer waren er geen filmsterachtige figuren aanwezig, het was een mondain en deftig gebeuren waarbij de Franse hoge bourgeoisie vertegenwoordigd was, die Erzsi niet interesseerde omdat hun wereld nog aangepaster en tijgerlozer was dan die van Boedapest. Ze haalde pas opgelucht adem toen János Szepetneki haar terug in Parijs mee uit eten nam, waarna ze naar een danslokaal gingen. János was een duivel, hij voerde Erzsi dronken, hij pochte, declameerde, stortte tranen en was zeer viriel – maar eigenlijk was alles nogal overbodig. Zoals altijd zette János ook nu zijn rol te zwaar aan. Al had hij geen woord gezegd, dan nog had Erzsi naar alle waarschijnlijkheid de nacht bij hem doorgebracht, de innerlijke logica der dingen volgend en op zoek naar vurige tijgers.

DEEL III

Rome

Go thou to Rome – at once the Paradise,
The Grave, the City, and the Wilderness

P.B. SHELLEY: ADONAÏS

1.

Mihály was al dagen in Rome, maar nog steeds was er niets met hem gebeurd. Er kwam geen romantisch briefje uit de hemel dwarrelen om hem op weg te helpen, iets wat hij op grond van Ervins woorden heimelijk verwachtte. Alleen Rome overkwam hem, als je dat tenminste zo mag uitdrukken.

Bij Rome vielen alle andere Italiaanse steden in het niet. Vergeleken met Rome was Venetië, waar hij – officieel – met Erzsi was geweest, te klein, en dat gold ook voor Siena, waar hij – per ongeluk – met Millicent was geweest. Dat kwam doordat hij in Rome alleen was en van hogerhand gestuurd, zo voelde het althans. Alles wat hij in Rome zag, stond in het teken van het noodlot. Hij had dit gevoel al eerder meegemaakt, als een ochtendwandeling of een bijzondere laatzomerse namiddag ineens een zeldzame, niet in woorden uit te drukken betekenis kreeg, maar hier verliet dit gevoel hem geen moment. Straten en huizen maakten al eerder sluimerende sentimenten in hem wakker, maar nooit zo sterk als de straten, de paleizen, de ruïnes en de tuinen van Rome. Zijn dagen gingen voorbij met slenteren: tussen de enorme muren van het Teatro Marcello, of op het Forum waar hij zich vergaapte aan de kleine barokke kerkjes die tussen de antieke zuilen omhoogschoten, of over een van de heuvels die uitzicht bieden op het stervormige gebouw van de Regina Coeli-gevangenis, of zomaar door de steegjes in het getto of vanaf de Santa Maria sopra Minerva door de merkwaardige stadstuinen naar het Pantheon, waar de donkerblauwe hemel van de laatzomernacht hem begroette door de opening in het dak, die zo groot was als een molensteen. 's Avonds zakte hij dodelijk vermoeid op zijn bed in de afschuwelijke, kleine hotelkamer met tegelvloer, in de buurt van de spoorweg, die hij tijdens zijn eerste schrik bij aankomst in Rome had gevonden en sindsdien bij gebrek aan energie nog niet had verruild voor een aangenamer onderkomen.

Hij werd uit zijn mijmeringen opgeschrikt door een brief van Tivadar, die Ellesley hem had doorgestuurd vanuit Foligno.

Beste Misi, schreef Tivadar, *dat je ziek bent geweest, vervult ons met grote zorgen. Met de van jou bekende achteloosheid ben je vergeten ons op de hoogte te stellen van de aard van je kwaal, terwijl je je voor kunt stellen dat we dat graag zouden willen weten; ik verzoek je dit verzuim te herstellen. Ben je nu weer helemaal gezond? Moeder maakt zich ernstige zorgen. Neem me niet kwalijk dat ik je nu pas geld stuur, je weet hoe problematisch het is met vreemde valuta. Ik hoop dat de vertraging je geen vervelende situaties heeft bezorgd. Je vraagt me om veel geld te sturen; opnieuw ben je te weinig nauwkeurig – 'veel geld' is een relatief begrip. Wellicht zul je het bedrag dat ik stuur te weinig vinden, aangezien het maar iets meer is dan wat je volgens je schrijven aan iemand schuldig bent. Maar voor ons is het wel veel geld, zeker als we de tegenwoordige toestand van de zaak in overweging nemen, maar daar kunnen we het nu beter niet over hebben, en ook gezien de grote investeringen die we recentelijk hebben gedaan en die we pas over een aantal jaren kunnen afschrijven. Maar dit geld zal in ieder geval voldoende zijn om je kamer af te rekenen en naar huis terug te keren. Gelukkig heb je een retourticket voor de trein. Want – ik hoef je verder niets uit te leggen – ik zie geen andere oplossing voor je situatie. Je kunt je voorstellen dat de firma onder de huidige omstandigheden niet belast kan worden met de financiering van een duur buitenlands verblijf van een van zijn vennoten om redenen die zowel onverklaarbaar als onbegrijpelijk zijn.*

Dit geldt des te meer omdat – ook dit kun je je voorstellen – onder de gegeven omstandigheden ook je vrouw haar, overigens geheel rechtmatige eisen bij ons heeft neergelegd, waaraan we in eerste instantie verplicht zijn te voldoen. Je vrouw verblijft op het ogenblik in Parijs en neemt er voorlopig genoegen mee dat wij haar verblijfskosten dragen; de eindafrekening zal pas na haar terugkomst plaatsvinden. Ik hoef je niet in detail uit te leggen in wat voor een onaangename situatie de firma kan geraken door zo'n eventuele eindafrekening. Je weet heel goed dat we alle contanten die je vrouw in het bedrijf heeft ingebracht, gebruikt hebben voor investeringen in het machinepark, voor reclame en voor allerlei andere mogelijkheden om de firma verder te ontwikkelen, met als gevolg dat het vrijmaken van liquide middelen niet alleen tot grote moeilijkheden zou leiden, maar het bedrijf zelfs op zijn grondvesten zou doen wankelen. Andere mensen zouden ook deze omstandigheden in ogenschouw hebben genomen alvorens ze hun huwelijksreis als gelegenheid hadden aangegrepen om hun vrouw te verlaten. Nog afgezien van het feit dat je handelwijze op zich, buiten alle economische overwegingen om, in de categorie infaam en absoluut 'ungentlemanlike' valt, waarbij het dan ook nog om zo'n onberispelijke, correcte dame als je echtgenote gaat.

Dit is de stand van zaken. Vader kan zich er niet toe zetten je te schrijven. Je kunt je voorstellen dat hij door deze gebeurtenissen helemaal van streek is geraakt en dat hij zeer verontrust is bij de gedachte dat hij je vrouw vroeg of laat zal moeten uitbetalen. Al deze zorgen hebben zo veel van hem gevergd dat we hem graag met vakantie zouden sturen zodat hij enigszins kan ontspannen, het liefst naar Gastein, maar hij wil er niet van weten, gezien de extra kosten die zo'n vakantie met zich mee zou brengen.

Dus, beste Misi, ik verzoek je om na het lezen van mijn brief je spullen te pakken en naar huis te komen, hoe eerder, hoe beter.

Met de vriendelijke groeten van ons allen.

Tivadar moest deze brief met veel plezier geschreven hebben, blij dat hij, de lichtzinnige bon-vivant van de familie, zich deze keer in de positie bevond om de solide en serieuze Mihály de les te lezen op moreel gebied. Mihály raakte alleen door de hooghartige toon van zijn minst sympathieke broer al van streek. De terugreis zag hij daardoor als niet anders dan een afschuwelijk, weerzinwekkend bevel.

Toch leek er geen andere mogelijkheid. Als hij zijn schuld aan Millicent afbetaalde, hield hij geen geld meer over om in Rome te blijven. Mihály maakte zich ook ernstige zorgen om wat Tivadar over hun vader schreef. Hij wist dat Tivadar niet overdreef; hun vader neigde naar depressie en deze zaak met zijn mengeling van materiële, sociale en emotionele elementen zou zijn gemoedsrust danig kunnen verstoren. Dat zijn lievelingszoon zich zo onbehoorlijk had gedragen, was – nog afgezien van de rest – al voldoende reden. Hij moest inderdaad naar huis om tenminste dit goed te maken, om zijn vader uit te leggen dat hem, ook in Erzsi's belang, niets anders restte. Hij moest laten zien dat hij zich niet aan de gevolgen onttrok, dat hij instond voor zijn daden zoals dat een gentleman betaamt.

En thuis zou hij aan het werk moeten. Tegenwoordig was werk ongeveer alles: een beloning voor het harde studeren van de jongere die zijn loopbaan begon en tegelijkertijd een straf en boetedoening voor de mislukkelingen. Als hij nu naar huis ging, zou zijn vader hem vroeg of laat vergeven.

Maar toen hij aan de details van zijn 'werk' dacht, aan zijn bureau, aan de mensen met wie hij moest onderhandelen, en vooral aan de zaken waarmee hij zijn tijd buiten het werk moest doorbrengen – bridge, roeien, dames – overviel hem een zo hevige golf van afkeer dat hij ervan moest huilen.

Wat zegt de schim van Achilles? peinsde hij. 'Liever ben ik boerenknecht in mijn vaders huis dan vorst in het rijk der doden...' Voor mij is het juist andersom: liever knecht hier, te midden van de doden, dan koning thuis, in mijn vaders huis. Ik zou alleen wat beter willen weten wat het inhoudt om boerenknecht te zijn...

Hier, te midden van de doden... Mihály was inmiddels buiten de stadsmuren, achter de piramide van Cestius, op de kleine protestantse begraafplaats. Hier lagen zijn collega's, al die overleden noorderlingen die door een onzegbare nostalgie naar deze streek waren getrokken en die hier door de dood waren ingehaald. Deze mooie begraafplaats met zijn schaduwrijke bomen oefende altijd al grote aantrekkingskracht uit op noordelijke zielen, die de illusie hadden dat vergankelijkheid in deze streek zoeter aanvoelde. Besluit Goethe niet een van zijn Romeinse elegieën met de volgende woorden als memento: *Cestius' Mal vorbei, leise zum Orcus hinab?* En Shelley verwoordde zijn wens om hier te rusten in een prachtige brief en inderdaad, hier ligt hij, of tenminste zijn hart, onder het opschrift *Cor cordium*.

Mihály stond al op het punt te vertrekken toen hij in een hoek van de begraafplaats een geïsoleerde groep grafstenen opmerkte. Hij liep erheen en las het opschrift op de eenvoudige empire-tombes. Op een ervan stond: *Here lies one whose name was writ in water*. In de steen ernaast was een langere tekst te lezen over Severn, de schilder, beste vriend en verzorger aan het sterfbed van John Keats, de grote Engelse dichter, die geen toestemming had gegeven om zijn naam te houwen in de steen ernaast, waaronder hij rust.

Mihálys ogen schoten vol. Hier rustte Keats, de grootste der dichters sinds de wereld bestaat ... en wat was het overbodig om daar sentimenteel over te doen, zijn lichaam lag er immers allang niet meer, maar zijn verzen hadden, beter dan welke graftombe ook, zijn geest bewaard. Hoe magnifiek, hoe typisch Engels, hoe onschuldig hypocriet was de manier waarop zijn laatste wens in ere werd gehouden, terwijl tegelijk toch wereldkundig werd gemaakt dat het Keats was die onder die steen lag.

Toen hij opkeek, stond er een uitzonderlijke groep mensen om hem heen. Een bloedmooie en zonder twijfel Engelse vrouw, een stijve gouvernante, en twee bijzonder mooie Engelse kinderen, een jongetje en een meisje. Ze stonden bewegingloos en met enige gêne te kijken naar het graf, naar elkaar en naar Mihály. Mihály bleef ook staan, wachtend tot ze toch iets zouden zeggen, maar er gebeurde niets. Even later sloot zich er een zeer elegant geklede heer bij hen aan met net zo'n uitdrukkingsloos gezicht als de anderen. Hij leek heel erg op de vrouw, ze konden tweelingbroer en -zus zijn, maar waren in ieder geval broer en zuster. Hij hield stil voor het graf en de vrouw wees naar het opschrift. De Engelsman zweeg, knikte en keek ernstig en verlegen eerst naar het graf en vervolgens naar het gezin en Mihály. Mihály ging een paar stappen verderop staan omdat hij dacht dat zij zich wellicht schaamden in het bijzijn van een vreemde, maar ze bleven maar staan, zo af en toe knikkend en elkaar aankijkend; van de gezichten van de kinderen straalde dezelfde verlegen en uitdrukkingsloze schoonheid als van die van de twee volwassenen.

Mihály keerde zich om en staarde openlijk en met verbijsterde blik naar het gezelschap; hij kreeg ineens het gevoel dat het geen mensen waren, maar spookachtige poppen, wanhopige automaten, onverklaarbare wezens, hier bij het graf van de dichter. Waren ze minder mooi geweest, dan zouden ze wellicht ook minder verbijsterend zijn, maar hun schoonheid was, net als in reclames het geval is, van niet-menselijke aard en Mihály werd door paniek bevangen.

Toen liep het Engelse gezin langzaam en knikkend weg, en kwam Mihály weer tot zichzelf. Hij schrok pas echt toen hij zich ontnuchterd de voorbije minuten voor de geest haalde.

Wat is er toch met me aan de hand? Ben ik soms weer teruggevallen in de schandelijke geestestoestand die doet denken aan de donkerste periode van mijn puberteit? Deze mensen zijn op geen enkele wijze bijzonder, het zijn timide en domme Engelsen die plotseling voor het graf van Keats stonden en daar niets mee konden, misschien omdat ze niet wisten wie Keats was, of omdat ze, al wisten ze wie hij was, niet wisten hoe ze zich bij zijn graf als wellevende Engelsen hoorden te gedragen, en zich daarvoor schaamden tegenover elkaar en tegenover mij. Je kunt je geen nietszeggender en alledaagser vertoning voorstellen, maar toch roept die alle afschuw van de wereld in mijn hart op. O ja, de afschuw slaat niet het hardst toe in angstige nachten, maar juist wanneer hij je op klaarlichte dag aanstaart vanuit de meest alledaagse dingen: vanuit een etalage of een onbekend gezicht, tussen de takken van een boom vandaan...'

Hij stopte zijn handen in de zakken en haastte zich terug naar de stad.

Hij besloot de volgende dag naar huis terug te reizen. Die dag zelf was het al niet meer mogelijk, hij had de brief van Tivadar pas rond het middaguur gekregen en nu moest hij tot de volgende ochtend wachten om de cheque die zijn broer gestuurd had te kunnen innen en het geld dat hij Millicent schuldig was aan haar op te sturen. Dit was dus zijn laatste avond in Rome; hij slenterde er met nog meer overgave rond dan anders en vond alles nog betekenisvoller.

Afscheid van Rome. Het waren niet de afzonderlijke gebouwen die hij in zijn hart had gesloten, het was de stad Rome als geheel die zo'n diepe indruk op hem gemaakt had. Hij doolde doelloos en wanhopig rond in het besef dat er nog duizenden wonderen schuil gingen die hij nooit meer zou ontdekken, en alweer bekroop hem het gevoel dat werkelijk belangrijke zaken zich elders afspeelden, en nooit waar hij was; hij had geen geheime aanwijzingen gekregen, zijn reis had nergens toe geleid, zijn nostalgie zou voortaan eeuwig onbevredigd blijven, tot op het moment dat ook hij deze wereld verlaten zou, *Cestius' Mal vorbei, leise zum Orcus hinab...*

Het werd donker. Mihály zwierf rond met gebogen hoofd en had nauwelijks meer oog voor de straten, tot hij in een donkere steeg plotseling tegen iemand opbotste die 'sorry' zei. Mihály keek op van het Engelse woord en zag de jonge Engelsman over wie hij zich zo verwonderd had bij het graf van Keats. Er moet iets vreemds aan het gezicht van Mihály te zien zijn geweest toen hij naar de Engelsman staarde, want deze nam zijn hoed af, murmelde wat en snelde weg. Mihály draaide zich om en staarde hem na.

Hij bleef maar een paar seconden kijken en liep daarna met vastberaden passen achter de Engelsman aan zonder erover na te denken waarom hij dat deed. Als jong kind was het een van zijn favoriete bezigheden om, zoals dat gebeurde in de detectiveverhalen die hij las, plotseling onbekende mensen te volgen zonder dat die het in de gaten hadden, soms wel urenlang. Ook toen liep hij niet zomaar achter iemand aan. De persoon moest op een bepaalde, misschien kabbalistische manier een betekenis hebben, zoals deze jongeman veelbetekenend was; het kon immers niet louter toeval zijn dat hij hem in een grote stad als deze twee keer op één dag had ontmoet en nog wel op zo'n betekenisvolle dag, en dat de ontmoeting beide keren zo'n onverklaarbare verbijstering in hem teweeg had gebracht. Hier moest iets achterzitten en wat dat was moest hij zien te achterhalen.

Met de opwinding van een detective volgde hij de Engelsman door kleine steegjes naar de Corso Umberto. Hij was nog net zo handig als toen hij een kind was, onopvallend als een schaduw. De man liep een tijd op de Corso heen en weer en nam toen plaats op het terras van een café. Ook Mihály ging zitten en dronk een glas vermout terwijl hij de Engelsman gespannen in de gaten hield. Hij wist dat er iets ging gebeuren. Nu leek de Engelsman niet meer zo kalm en uitdrukkingsloos als bij het graf van Keats. Onder zijn regelmatige trekken en zijn schrikbarend gave huid zag Mihály het kloppende leven pulseren. Op het gezicht van de Engelsman was van die ongedurigheid niet meer te zien dan van een rakelings langsvliegende vogel op het oppervlak van een meer te zien is, maar toch was het een soort onrust. Mihály wist nu zeker dat de Engelsman op iemand zat te wachten en diens spanning was op hem overgeslagen en werd in zijn binnenste versterkt, als geluid in een megafoon.

De Engelsman begon op zijn horloge te kijken en Mihály kon maar met moeite op zijn stoel blijven zitten, hij bestelde nog een vermout en daarna een maraschino; hij hoefde niet zuinig meer te doen, de volgende dag ging hij immers naar huis.

Eindelijk stopte er voor het café een elegante auto, het portier ging open en er keek een vrouw naar buiten. De Engelsman sprong op en zat in een mum van tijd in de auto, die meteen wegreed, zacht en zonder geluid.

Alles bij elkaar duurde het maar één ogenblik, de vrouw was maar heel even door het openstaande portier te zien, en toch had Mihály in haar – eerder met zijn intuïtie dan met zijn ogen – Éva Ulpius herkend. Ook hij sprong op en zag Éva's blik langs hem scheren en misschien zelfs een vage glimlach op haar gezicht, maar dit alles gebeurde in een flits en Éva was met de auto alweer verdwenen in de nacht.

Mihály rekende af en liep wankelend weg uit het café. De signalen hadden hem niet misleid, hij had naar Rome gemoeten omdat Éva hier was. Nu wist hij ineens dat zij het voorwerp van zijn nostalgie was: Éva, Éva...

Hij wist ook dat hij niet naar huis zou reizen. Ook al zou hij met zakken moeten sjouwen en vijftig jaar van zijn leven moeten wachten, dan nog niet. Nu was er eindelijk een plek in de wereld waar hij hoorde te zijn, waar het leven zin had. Dit had hij al die dagen in Rome onbewust gevoeld, slenterend door de straten, tussen de ruïnes, in de kerken. Je kon niet zeggen dat hij met verwachtingsvolle blijdschap vervuld was. Geluk was onverenigbaar met Rome en de duizenden jaren geschiedenis van Rome; wat Mihály van de toekomst verwachtte, was geenszins als gelukzaligheid te omschrijven. Hij wachtte op zijn lotsbestemming, een rationeel noodlot, Rome waardig.

Zonder aarzeling schreef hij een brief terug aan Tivadar, waarin hij uitlegde dat zijn gezondheidstoestand het niet toeliet de lange reis aan te vangen. Het geld zou hij niet teruggeven aan Millicent. Zij was zo welgesteld dat het haar niet veel kon uitmaken; als ze al zo lang geduldig was geweest, kon ze nog wel iets langer wachten. Bovendien was Tivadar verantwoordelijk voor de vertraging, had hij maar meer geld moeten sturen.

Opgetogen en vol nerveuze verwachting bedronk hij zich die avond in zijn eentje, en toen hij 's nachts wakker werd door zijn bonkende hart, had hij weer het gevoel van vergankelijkheid dat in zijn jonge jaren het voornaamste bijverschijnsel van zijn liefde voor Éva was geweest. Hij wist heel goed, en nu nog duidelijker dan de dag tevoren, dat hij duizendenéén redenen had om naar huis terug te keren; als hij vanwege Éva in Rome zou blijven – het was op zich al twijfelachtig of hij haar ooit nog zou zien – zou hij onnoemelijk veel op het spel zetten, hij zou zijn familie en zijn eigen burgerbestaan misschien onherstelbaar beschadigen en een zeer onzekere tijd tegemoet gaan. Maar het kwam geen moment in hem op om anders te handelen. Ook het risico en het gevoel van ondergang hoorden bij het spel. Ze zouden elkaar treffen, misschien niet de volgende dag of de dag erop al, maar wel ooit, en tot die tijd zou hij in ieder geval leven, opnieuw tot leven komen, en anders dan hij in de afgelopen jaren gedaan had. *Incipit vita nova.*

2.

Hij las elke dag, met gemengde gevoelens, de Italiaanse kranten. Hij genoot enerzijds van de paradoxale gedachte dat de Italiaanse kranten in het Italiaans geschreven waren, deze geweldige, krachtig stromende Italiaanse taal, die, verbrokkeld tot korte berichten, overkwam als een rivier. Maar de inhoud van de bladen deprimeerde hem zeer. De Italiaanse kranten schreeuwden voortdurend in blijde extase, alsof ze niet door mensen waren geschreven, maar door triomfantelijke heiligen die zojuist uit een schilderij van Fra Angelico waren gestapt om de perfecte staatsinrichting te bejubelen. Er was altijd wel een reden tot blijdschap: nu eens bestond er een instituut precies elf jaar, dan weer was er een weg die twaalf jaar geleden geopend was – elke keer aanleiding voor een huldiging door een hooggeplaatste Italiaan en voor uitbundig feestvieren door het volk, tenminste, daarvan getuigde de pers.

Net als alle buitenlanders was ook Mihály benieuwd of het volk echt zo intens van dit alles genoot, of het werkelijk zo permanent, zonder verpozing en onvermoeibaar gelukkig was als de kranten suggereerden. Hij was zich er uiteraard van bewust dat een buitenstaander maar moeilijk de temperatuur en de oprechtheid van het Italiaanse geluk kon meten, zeker als die persoon niet met de Italianen praatte en op geen enkele manier contact had met het Italiaanse leven. Maar voor zover hij het van een afstand en met een oppervlakkige blik kon beoordelen, waren de Italianen inderdaad onvermoeibaar gelukkig en enthousiast sinds dat in zwang was geraakt. Tegelijk wist hij ook met hoe weinig men – als individu en als massa – genoegen nam, hoe eenvoudig vermaak kon verblijden.

Hij hield zich echter niet lang met dit vraagstuk bezig. Zijn instincten zeiden dat het eigenlijk niet veel uitmaakte wie er in Italië de baas was en in naam van welke ideologieën het land werd bestuurd. De politiek raakte slechts het oppervlak, terwijl het volk, de vegeterende, golvende Italiaanse massa de immer veranderlijke tijden met verbluffende passiviteit op de rug droeg en zich niet verbonden leek te voelen met zijn eigen glorieuze verleden. Mihály had het vermoeden dat dit in antieke tijden al het geval was geweest, dat zowel de grootse gebaren en de heldendaden als de laaghartigheden van Rome ten tijde van de republiek en het keizerrijk slechts hoorden bij een stoer toneelstuk voor een publiek van buitenstaanders; dat het hele Romeinenspel een privé-aangelegenheid was van een handvol geniale acteurs, terwijl de Italianen ongestoord genoten van de pasta, de liefde bezongen en talloze nakomelingen verwekten.

Op een dag trok een bekende naam in de *Popolo d'Italia*. 'La Conferenza Waldheim', zijn aandacht. Hij bekeek het artikel en las dat de wereldberoemde Hongaarse klassieke filoloog en godsdiensthistoricus Rodolfo Waldheim aan de Accademia Reale een lezing had gehouden onder de titel *Aspetti della morte nelle religioni antiche*. De Italiaanse journalist was zeer enthousiast over het evenement, dat niet alleen de doodsopvattingen van de antieke religies en de essentie van de dood zelf in een volkomen nieuw licht plaatste, maar tegelijk een belangrijke uiting was van de Hongaars-Italiaanse vriendschap; het publiek had de grote professor, wiens jeugdige uitstraling een verrassende en aangename invloed had, uitbundig toegejuicht.

Die Waldheim kon niemand anders zijn dan Rudi Waldheim, stelde Mihály vast, en hij kreeg er een prettig gevoel bij, want ooit was hij erg op hem gesteld geweest. Ze hadden samen op de universiteit gezeten. Ze stonden geen van beiden erg open voor vriendschap – Mihály niet omdat hij neerkeek op de onbekenden die geen toegang hadden tot huize Ulpius, en Waldheim niet omdat hij het gevoel had dat vergeleken met hem iedereen onwetend, platvloers en goedkoop was –, en toch ontstond er iets van een band tussen hen vanwege hun gedeelde passie voor godsdienstgeschiedenis. De vriendschap bleek echter niet duurzaam. Waldheim had toen al een enorme kennis, las in alle talen alles wat gelezen diende te worden. In zijn uitstekende stijl legde hij graag van alles uit aan de aandachtig luisterende Mihály –, tot hij ontdekte dat Mihálys belangstelling voor godsdienstgeschiedenis niet zo diepgaand was; vanaf het moment dat hij de dilettant in hem had bespeurd, kroop hij argwanend weer in zijn schulp. Terwijl Mihály juist ontzag had voor Waldheims buitengewone eruditie – als een beginnend godsdiensthistoricus al zoveel in zijn mars had, hoeveel kennis moest een gebaarde, praktiserende godsdiensthistoricus dan wel niet paraat hebben? – en nu de moed verloor om door te gaan. Iets later hield hij helemaal met de studie op. Waldheim ging naar Duitsland om zich aan de voeten van de grote meesters te vervolmaken en zo verloren de twee elkaar helemaal uit het oog. Jaren later las Mihály in de kranten over de verschillende stadia van Waldheims wetenschappelijke bliksemcarrière. Toen Waldheim universitair docent werd, had Mihály op het punt gestaan hem een felicitatie te sturen, maar uiteindelijk zag hij ervan af. Hij kwam hem nooit persoonlijk tegen.

    Nu Mihály zijn naam las, herinnerde hij zich ineens hoe bijzonder innemend Waldheim eigenlijk was, de jaren leken dit uit zijn herinnering te hebben gewist: de foxterriërachtige levendigheid van zijn kaalgeschoren, glimmende, bolle hoofd, zijn wonderbaarlijke woordenrijkheid – want Waldheim gaf voortdurend uitleg in luidruchtige, perfect gebouwde, lange zinnen en meestal erg onderhoudend; men kreeg haast de indruk dat hij er zelfs in zijn slaap mee doorging. Zijn vitaliteit was niet te verslaan en hij scharrelde met onophoudelijke honger naar vrouwen tussen zijn niet altijd even aantrekkelijke damescollega's. Maar Mihály was vooral onder de indruk van de eigenschap die Waldheim zelf, in navolging van Goethe en eigenlijk tegen zijn zin in, 'vervoering' noemde: hij verkeerde in constante opwinding over zowel ieder onderdeel apart als over het abstracte geheel van de wetenschap; niets liet hem onverschillig, steeds was hij koortsachtig bezig – nu eens uitte hij zijn grote liefde voor een antieke openbaring van de Geest, dan weer verwierp hij met evenveel hartstocht een 'platvloerse', 'goedkope' of 'verachtelijke' domheid. Hij raakte keer op keer in trance door het woord 'Geest', dat voor hem kennelijk een bijzondere betekenis had.

De herinnering aan Waldheims vitaliteit had een onverwacht verkwikkend effect op Mihály. Uit het plotseling opkomende verlangen om Waldheim te ontmoeten besefte hij hoe afgezonderd hij al die weken had geleefd. Eenzaamheid hoorde weliswaar onvermijdelijk bij het afwachten van zijn noodlot – zijn enige bezigheid in Rome, die hij met niemand hoefde te delen –, maar nu merkte hij pas hoe diep hij in deze geduldige en dromerige houding van afwachten weggezonken was en dat het vergankelijkheidsbesef hem als zeewier naar de diepte trok, naar de vreemde, wonderlijke wezens van de diepzee; plotseling stak hij zijn hoofd boven water en haalde diep adem.

Hij moest Waldheim ontmoeten en hij bedacht zelfs een manier om dit mogelijk te maken. In het artikel over Waldheims lezing stond ook iets over een receptie die had plaatsgevonden in het Palazzo Falconieri, de zetel van het Collegium Hungaricum. Het schoot Mihály weer te binnen dat er in Rome een Collegium Hungaricum bestond, waar jonge kunstenaars en wetenschappers in wording met een beurs konden verblijven; hier zou men zeker het adres van Waldheim weten, als hij er al niet logeerde.

Het was niet moeilijk het adres van het Palazzo Falconieri te achterhalen, het stond aan de Via Giulia, niet ver van het Teatro Marcello, in de wijk waar Mihály het liefst rondliep. Ook nu slenterde hij door de steegjes van het getto en stond algauw voor het mooie, oude palazzo.

De portier beantwoordde Mihálys vragen op vriendelijke toon, hij zei dat de professor inderdaad in het Collegium verbleef, maar dat hij op dit uur nog lag te slapen. Mihály keek verwonderd op zijn horloge: het was al half elf.

'Ja,' zei de portier. 'De professor slaapt elke dag tot twaalf uur en we mogen hem niet wekken. Het zou trouwens ook niet lukken, want hij slaapt erg vast.'

'Misschien kan ik beter na het eten terugkomen,' zei Mihály.

'Het spijt me, maar de professor gaat na het eten weer slapen en ook dan mag hij niet gestoord worden.'

'Wanneer is hij dan wakker?'

'De hele nacht,' zei de portier vol toewijding.

'Dan lijkt het me het beste om een kaartje achter te laten met mijn naam en adres, zodat de professor me kan laten weten wanneer hij mij wil ontmoeten.'

Dezelfde avond nog lag er een telegram op Mihály te wachten waarin Waldheim hem vroeg met hem te dineren. Hij nam meteen de tram en reed naar het Palazzo Falconieri. Hij hield van lijn C, die fantastische tramlijn die daar vanaf het station naartoe rijdt via een omweg door de halve stad: door bossen heen, langs het Colosseum en de ruïnes op de Palatijn, om dan aan de Tiber-oever op volle snelheid langs de eeuwen te razen, en dat alles in niet minder dan een kwartier.

'Kom erin,' riep Waldheim toen Mihály aanklopte, maar de deur ging maar half open en bleef toen steken.

'Wacht even, een ogenblikje...' riep Waldheim van binnenuit, en even later ging de deur helemaal open.

'Hij was een beetje gebarricadeerd,' zei Waldheim en wees naar de bergen boeken en manuscripten op de grond. 'Kom rustig verder.'

Verder naar binnen gaan was echter niet eenvoudig, aangezien er overal op de grond allerlei voorwerpen lagen. Behalve de boeken en manuscripten ook ondergoed van Waldheim en zijn zomerkleding in schreeuwerig lichte kleuren, verbazingwekkend veel paren schoenen, zwem- en andere sportkleding, kranten, conservenblikken, repen chocola, brieven, reproducties en foto's van vrouwen.

Mihály keek met enige gêne rond.

'Ik hou er namelijk niet van als er tijdens mijn verblijf wordt schoongemaakt,' legde Waldheim uit. 'Schoonmaaksters maken zo'n rommel dat ik niets meer terug kan vinden. Ga toch zitten, alsjeblieft. Wacht even, ik maak zo plaats...'

Hij nam een paar boeken weg van een grote hoop die toen een stoel bleek te zijn. Mihály ging bedeesd zitten. Hij werd altijd in verlegenheid gebracht door wanorde, en deze chaos had bovendien het eerbiedwaardige aura van heilige wetenschap.

Waldheim ging ook zitten en begon meteen te oreren. Hij legde uit waarom hij zo'n sloddervos was. Zijn wanordelijkheid had verschillende abstracte, cerebrale redenen, maar ook erfelijke factoren speelden een rol.

'Mijn vader – ik heb je weleens over hem verteld – was schilder, misschien herinner je je zijn naam nog. Hij stond ook niemand toe om de steeds groeiende stapels spullen in zijn atelier aan te raken. Na verloop van tijd was hij de enige die nog door zijn atelier kon lopen, omdat alleen hij wist waar de eilanden waren waar hij veilig zijn voeten neer kon zetten zonder ergens in te vallen. Maar uiteindelijk zonken zelfs die eilanden weg in de onstuitbaar groeiende troep. Toen vond hij het tijd om het atelier af te sluiten, een nieuwe te huren en daarmee een nieuw leven te beginnen. Na zijn dood bleek dat hij vijf ateliers had gehad, ze stonden alle vijf propvol.'

Daarna vertelde hij zijn hele levensverhaal, vanaf het moment dat hij Mihály voor het laatst had gezien – zijn carrière aan de universiteit, zijn wereldfaam als filoloog, waar hij zo aandoenlijk en naïef als een klein jongetje over opschepte. Hij had 'toevallig een paar krantenknipsels' bij zich, in verschillende talen, die stuk voor stuk op eerbiedige toon zijn lezingen loofden. Ook het artikel dat Mihály in *Popolo d'Italia* had gelezen, zat ertussen. Toen kwamen de brieven: vriendelijke woorden van gerenommeerde buitenlandse wetenschappers en schrijvers, en ook een uitnodiging naar Doorn te komen, waar de archeologische werkgroep van de ex-keizer elke zomer een bijeenkomst hield. Hij toverde zelfs een zilveren beker met de initialen van de ex-keizer tevoorschijn.

'Kijk, deze heb ik van hem gekregen, nadat het gezelschap met echte tokaj op mijn gezondheid had geklonken.'

Daarna liet hij foto's zien, heel veel foto's, in een zeer hoog tempo, waarop hij voor een deel in het gezelschap van erg wetenschappelijke heren, maar voor een ander gedeelte samen met minder wetenschappelijke dames stond afgebeeld.

'Mijne majesteit in pyjama,' legde hij uit. 'En mijne majesteit zonder pyjama … de dame bedekt haar gezicht omdat ze zich schaamt…'

Op een van de foto's stond hij met een heel lelijke vrouw en een klein jongetje.

'Wie is dit, die lelijke vrouw met dat kind?' vroeg Mihály tactvol.

'O, dat is mijn gezin,' zei Waldheim en barstte in lachen uit. 'Mijn vrouw en mijn zoontje.'

'Heb jij die ook?' vroeg Mihály verbijsterd. 'Waar laat je die?'

De kamer van Waldheim, zijn stijl en zijn hele voorkomen wekten namelijk de indruk dat hij de spreekwoordelijke eeuwige student was, de typische alfa die nooit volwassen wordt, en Mihály kon zich bij zijn vriend geen vrouw en kind voorstellen.

'O, ik ben al eeuwen getrouwd,' zei Waldheim. 'Dit is een heel oude foto. Mijn zoon is inmiddels veel groter en mijn vrouw veel lelijker. Ik heb ze in Heidelberg aangeschaft, toen ik derdejaars was. Ze heet Kätzchen, vind je dat niet geweldig? En ze is zesenveertig. Maar we vallen elkaar niet vaak lastig, zij wonen in Duitsland, bij mijn zeer geachte schoonvader, en verachten me. De laatste tijd niet alleen om mijn moraal, maar ook omdat ik geen Duitser ben.'

'Maar je bent toch wel Duitser, uit rassenoogpunt gezien tenminste.'

'Ja, dat klopt, maar zo'n *Auslanddeutsche* als ik, uit Pozsony, een voorpost in het Donaubekken, is niet gelijkwaardig. Mijn zoon zegt zich tenminste erg voor mij te schamen tegenover zijn collega's. Tja, wat kan ik eraan doen? Niets. Maar neem toch wat. O, heb ik het eten nog niet opgediend? Wacht even dan, het komt eraan... Het water voor de thee heeft ook al gekookt. Maar je hoeft geen thee te drinken, ik heb ook rode wijn.'

Ergens uit de geheimzinnige stapels op de grond haalde hij een grote zak, nam wat manuscripten en andere voorwerpen van het bureau en legde ze onder de tafel, waarna hij de zak op het bureau zette en deze opende. Er kwam een enorme hoeveelheid Italiaanse rauwe ham, salami en brood uit tevoorschijn.

'Ik eet namelijk alleen maar koud vlees, verder niets,' zei Waldheim. 'Maar omdat dat voor jou wellicht te saai zou zijn, heb ik voor variatie gezorgd, wacht even...'

Na lang zoeken toverde hij een banaan tevoorschijn, en de glimlach waarmee hij die aan Mihály overhandigde, betekende: 'Heb je ooit zo'n zorgzame gastheer meegemaakt?'

Mihály was heel gecharmeerd van het studentikoos gemak en de slordigheid van Waldheim.

Dit is nu iemand die het onmogelijke heeft bereikt, dacht hij jaloers, terwijl Waldheim zich volpropte met de rauwe ham en oreerde. Iemand wie het gelukt is te blijven vasthouden aan de leeftijd die het beste bij hem past. Iedereen heeft een leeftijd die bij zijn of haar karakter past, daarvan ben ik overtuigd. Er zijn er die hun leven lang kind blijven, anderen blijven maar schuchter en tegendraads tot ze ineens in wijze oude vrouwen of mannen veranderen: dan zijn ze thuisgekomen in hun leeftijd. Het verbazingwekkende aan Waldheim is dat hij in zijn geest een student is gebleven zonder af te moeten zien van de wereld, het succes of het intellectuele leven. Hij koos een vak waar die geestelijke achterstand kennelijk niet opvalt of misschien zelfs een voordeel betekent, en van de realiteit laat hij maar niet meer tot zich doordringen dan nog te rijmen valt met zijn obsessie. Dat is me toch wat! Had ik mijn leven maar zo kunnen inrichten...

Kort na het eten keek Waldheim op zijn horloge en zei opgewonden: 'Lieve hemel, ik heb een zeer dringende affaire, hier in de buurt. Als je niets beters te doen hebt, zou ik het erg op prijs stellen als je met me meeloopt en wacht tot ik klaar ben. Het duurt niet lang, dat beloof ik je. Dan kunnen we ergens nog wat gaan drinken en ons werkelijk boeiende gesprek voortzetten.'

Hij heeft zeker niet gemerkt dat ik nog geen woord gezegd heb, dacht Mihály.

'Ik loop graag met je mee,' zei hij.

'Ik ben gek op vrouwen,' vertrouwde Waldheim hem op straat toe. 'Misschien zelfs te gek. Weet je, als jonge jongen kon ik ze niet in de gewenste, of nodige, aantallen krijgen, dat kwam deels doordat je als jonge man nog dom bent en deels doordat mijn strenge opvoeding me zulk soort genot verbood. Ik ben opgevoed door mijn moeder, een domineesdochter, haar vader was zo'n echte Pfarrer uit het Reich; ik ben als kind een keer bij mijn grootouders geweest en toen vroeg ik aan de ouwe man – hoe het in me opkwam, weet ik niet meer – ik vroeg dus wie Mozart was. "Der war ein Scheunepurzler," zei hij, waarmee hij bedoelde dat Mozart het publiek in een stal met koprollen vermaakte; zo vatte mijn grootvader dus het wezen van de kunsten voor me samen. Dus wat ik wilde zeggen: tegenwoordig heb ik het gevoel dat ik nooit zal kunnen inhalen wat ik tot mijn vijfentwintigste aan vrouwen heb gemist. Maar we zijn er. Wacht hier even, ik ben zo terug.'

Hij verdween in een donkere ingang. Mihály was in gedachten verzonken, maar bleef vrolijk op en neer lopen. Na een tijdje hoorde hij een raar, lachwekkend gekuch; hij keek omhoog en zag Waldheims bolle hoofd uit een raam steken.

'Hm. Ik kom al.'

'Een bijzonder aardige vrouw,' zei hij toen hij weer beneden was. 'Haar tieten hangen een beetje, maar dat geeft niet, daar wen je aan. Ik heb haar op het Forum leren kennen en haar hart gestolen met het verhaal over de Zwarte Steen: ik heb haar verteld dat die wellicht een fallische betekenis had. Je kunt je niet voorstellen hoe gemakkelijk je met godsdienstgeschiedenis de vrouwen om je vinger windt! Ze eten de godsdienstgeschiedenis uit je hand. Hoewel, ik ben bang dat je ze met differentiaalrekening en dubbele boekhouding even gemakkelijk inpalmt, als je het maar met voldoende vuur brengt. Ze letten toch niet op de inhoud. En als ze opletten, dan begrijpen ze het niet. En toch zetten ze je weleens op het verkeerde been. Soms is het net of het niet eens mensen zijn. Maar het geeft niet. Ik hou van ze. En zij ook van mij, en daar gaat het om. Zo, hier kunnen we gaan zitten.'

Mihály trok spontaan een vies gezicht toen hij de kroeg zag waar Waldheim naar binnen wilde gaan.

'Niet erg uitnodigend, dat geef ik toe, maar wel goedkoop,' zei Waldheim. 'Maar ik zie aan je dat je nog steeds dezelfde deftige jongen bent als op de universiteit. Goed dan, laten we een fatsoenlijker plek uitzoeken, als je dat graag wilt.'

Hij zei dit weer met een glimlach die zijn eigen groothartigheid betrof: hij was bereid zijn consumptie in een duurder etablissement te betalen om Mihály een plezier te doen.

Ze liepen naar een iets beter lokaal. Waldheim ging nog een tijd door met ratelen, maar eindelijk raakte hij vermoeid. Hij staarde een ogenblik voor zich uit en wendde zich toen met plotselinge verbijstering tot Mihály: 'En wat heb jij al die tijd gedaan?'

Mihály glimlachte. 'Ik heb een vak geleerd en bij de vennootschap van mijn vader gewerkt.'

'Hoezo "heb gewerkt"? Doe je dat niet meer? Wat doe je nu?'

'Ik doe nu niets. Ik ben van huis gevlucht en dool hier wat rond om uit te vinden wat ik moet gaan doen.'

'Wat je moet gaan doen? Wat een vraag! Ga je met godsdienstgeschiedenis bezighouden. Dat is de meest actuele wetenschap tegenwoordig, geloof me.'

'Waarom denk je dat ik me met wetenschap moet bezighouden? Wat heb ik met wetenschap?'

'Iedereen die niet volkomen debiel is, hoort zich met wetenschap bezig te houden, voor zijn eigen zielenheil. Het is de enige menswaardige bezigheid. Samen met de schone kunsten en de muziek misschien... Maar alle andere arbeid, bijvoorbeeld een baan bij een exportfirma, voor iemand die niet helemaal achterlijk is... ik zal je zeggen wat dat is: een affectatie!'

'Affectatie? Hoe bedoel je?'

'Nou, kijk: ik kan me herinneren dat je begon als redelijk keurige godsdiensthistoricus. Goed, je was dan niet zo snel van begrip, maar met ijver kom je een heel eind – veel minder begaafde mensen dan jij zijn tot uitmuntende wetenschappers uitgegroeid, en nog hoger... Toen gebeurde er iets, wat precies, dat weet ik niet, maar ik kan me voorstellen wat er zich in je burgerlijke ziel heeft afgespeeld: je realiseerde je dat je van de wetenschap niet zou kunnen rondkomen, dat je geen zin had in een saai routinebaantje als docent op een middelbare school, en dit en dat, kortom, dat je een praktisch vak moest kiezen, rekening houdend met de economische noodzaak. Dit noem ik affectatie. Jij weet toch ook wel dat zoiets als economische noodzaak helemaal niet bestaat. Het praktische leven is maar een mythe, bluf, uitgevonden door degenen die niet in staat zijn zich met intellectuele zaken bezig te houden. Maar jij hebt te veel in je mars om er zomaar in te trappen. Jij affecteerde gewoon. En nu is de tijd gekomen dat je die pose van je afschudt en terugkeert naar waar je hoort, het wetenschappelijke leven.'

'En waarmee moet ik mijn brood verdienen?'

'Kom, dat is toch geen probleem? Ik leef ook ergens van.'

'Ja, van je salaris als hoogleraar.'

'Dat klopt. Maar als ik dat niet had, zou ik nog wel rondkomen. Je hoeft geen bakken met geld uit te geven. Ik zal je leren hoe je op salami en thee overleeft. Het is heel gezond. Jullie zijn niet gewend zuinig te leven, dat is het.'

'Maar Rudi, er zijn ook nog andere problemen. Ik ben er niet zo zeker van dat de wetenschap mij evenveel voldoening schenkt als jou ... ik mis het enthousiasme ... ik geloof niet zo in het belang van al die dingen...'

'Waar heb je het over?'

'Nou, bijvoorbeeld de inzichten van de godsdienstgeschiedenis. Ik denk weleens dat het er toch eigenlijk niets toe doet dat Romulus en Remus door een wolvin zijn opgevoed...'

'Hoe kom je er in Godsnaam bij dat dat er niets toe doet! Je lijkt wel niet goed bij je hoofd. Nee, je bent weer aan het affecteren. Maar nu hebben we genoeg gepraat. Ik ga naar huis, ik moet nog aan het werk.'

'Nu nog? Het is al middernacht geweest!'

'Ja. Om deze tijd kan ik eindelijk ongestoord werken, zelfs vrouwen leiden mijn gedachten niet af. Ik ga door tot een uur of vier, en dan ga ik een uurtje hardlopen.'

'Wat doe je?'

'Hardlopen. Anders kom ik niet in slaap. Ik ga naar de Tiber en loop een uurtje heen en weer langs de oever. De politie kent me al en zegt niets. Net als thuis. Kom, we gaan. Dan kan ik je onderweg nog vertellen waar ik nu mee bezig ben. Het is werkelijk opzienbarend. Weet je nog dat Sophron-fragment dat onlangs is ontdekt...'

Tegen de tijd dat Waldheim zijn lezing afrondde, waren ze bij het Falconieri-paleis aangekomen.

'Om even terug te komen op wat je moet gaan doen,' zei hij plotseling, 'alleen het begin is moeilijk. Weet je wat? Morgen sta ik voor jou wat vroeger op. Kom me rond, laten we zeggen, halftwaalf, ophalen. Ik neem je mee naar de Villa Giulia. Ik wed dat je nog niet naar het Etruskisch Museum bent geweest, klopt dat?

Nou, als je daar geen zin krijgt om de draad weer op te pakken, ben je inderdaad een verloren mens. Dan moet je terug naar papa's bedrijf. Nou, welterusten.'

En hij liep snel het donkere gebouw binnen.

3.

De volgende dag gingen ze inderdaad naar de Villa Giulia. Ze bekeken de graven en de sarcofagen waarop de oude, dode Etrusken vrolijk leefden, aten, dronken, en hun vrouwen beminden, daarmee duidelijk een filosofie verkondigend – geschreven stond het nergens, want met al hun cultuur hadden ze geen literatuur ontwikkeld, zo wijs waren ze wel. De gezichtsuitdrukkingen op de beelden waren echter ondubbelzinnig: het moment is het enige dat telt, en de schoonheid van het moment gaat niet voorbij.

Waldheim wees naar de brede drinkschalen; daaruit dronken de oude Italianen hun wijn, zoals het opschrift dat verwoordde: *Foied vinom pipafo, cra carefo.*

'Vandaag drink ik wijn, morgen is er geen meer,' vertaalde Waldheim. 'Zeg nou zelf, kun je het nog bondiger en eerlijker onder woorden brengen? Deze zin is in al zijn archaïsche kracht zo definitief en staat zo vast als de veelhoekige vestingen of de bouwsels van de cyclopen. *Foied vinom pipafo, cra carefo.*

In een van de vitrines stonden enkele beeldengroepen: dromerige mannen, door vrouwen aan de hand geleid, dromerige vrouwen meegevoerd door saters.

'Wat is dit?' vroeg Mihály verwonderd.

'Dat is de dood,' zei Waldheim, en zijn stem werd plotseling scherp, zoals elke keer als hij iets gewichtigs en wetenschappelijks aan het uitleggen was. 'Dat is de dood, of misschien het sterven. Want die twee zijn niet hetzelfde. Deze vrouwen die de mannen lokken en de saters die de vrouwen ontvoeren, zijn de demonen van de dood. Is het je opgevallen dat de vrouwen door mannelijke demonen worden meegesleurd en de mannen door vrouwelijke demonen? Die Etrusken wisten al donders goed dat sterven een erotische daad is.'

Er ging een huivering door Mihály. Was het mogelijk dat nog meer mensen dit wisten, en niet alleen hij en Tamás Ulpius? Was het mogelijk dat het allesoverheersende gevoel van zijn eigen leven ooit een moeiteloos af te beelden, vanzelfsprekende spirituele waarheid was geweest en dat Waldheims geniale intuïtie voor godsdienstgeschiedenis deze waarheid met evenveel gemak kon doorgronden als alle andere afschuwwekkende mysteries van de Oudheid?

Deze gedachtegang bracht Mihály zozeer in verwarring dat hij er niets op kon zeggen, in het museum niet en in de tram op de terugweg ook niet; maar 's avonds, toen hij Waldheim weer opzocht en de rode wijn hem tot dapperheid had aangespoord, stelde hij voorzichtig, opdat de ander het trillen van zijn stem niet zou horen, toch de vraag: 'Zeg, wat bedoelde je toen je zei dat sterven een erotische daad is?'

'Ik bedoel alles zoals ik het zeg, ik ben geen symbolische dichter. Sterven is vol erotiek, met andere woorden, seksueel genot. Tenminste, dat was het voor de mens in de antieke cultuur: voor de Etrusken, de homerische Grieken, de Kelten.'

'Ik begrijp het niet,' wendde Mihály voor. 'Ik heb altijd gedacht dat de Grieken verschrikkelijk bang waren voor de dood, aangezien ze geen hiernamaals kenden dat hun troost kon bieden, als ik me het boek van Rohde goed herinner. En als de Etrusken in het moment leefden, zou de dood hun nog meer afschuw moeten inboezemen.'

'Dat is allemaal waar. Die volkeren leefden met een nog veel sterkere angst voor de dood dan wij. Door de civilisatie krijgen we zo'n uitgekiend psychisch instrumentarium aangereikt dat het ons het grootste deel van ons leven lukt te vergeten dat we ooit doodgaan. Langzaam aan zullen we de dood uit ons bewustzijn verbannen zoals we dat met het bestaan van God hebben gedaan. Dat heet civilisatie. Maar voor de antieke mens was er niets duidelijker aanwezig dan de dood en de dode, wiens geheimzinnige voortleven, lot en wraak de levenden constant bezighielden. Ze waren verschrikkelijk bang voor de dood en de doden, alleen waren hun voorstellingen nog ambivalenter dan die van ons en stonden de grote tegenstellingen dichter bij elkaar. Angst voor de dood en verlangen naar de dood waren in hun psyche naaste buren, de angst was vaak een verlangen en het verlangen vaak een angst.'

'Ach, het verlangen naar de dood heeft niets met de antieken te maken, het is eeuwig menselijk,' verdedigde Mihály zich tegen zijn eigen gedachten in. 'In alle tijden heb je mensen die van de dood de verlossing uit hun levensmoeheid verwachten.'

'Wat kraam je nu voor onzin uit, veins nu niet dat je me niet begrijpt. Ik heb het niet over het doodsverlangen van zieken en vermoeiden en van potentiële zelfmoordenaars, maar over degenen die in de bloei van hun leven, of juist omdat ze de volledigheid beleven, verlangen naar de dood als grootste extase, zoals er ook van dodelijke liefde wordt gesproken. Dit is iets wat je begrijpt of niet, het valt niet uit te leggen. Voor de antieke mens was dit een vanzelfsprekendheid. Daarom zeg ik dat het sterven een erotische daad is: omdat men ernaar verlangde, en uiteindelijk is alle verlangen erotisch, ofwel, we noemen iets erotisch wanneer Eros, dus het verlangen, erin verscholen ligt. De man zal altijd naar een vrouw verlangen, dachten onze vrienden de Etrusken, dus is de dood, het sterven, een vrouw. Voor de man is het een vrouw, maar voor de vrouw is het een man, een brutale sater. Dit leren de beelden die we vanochtend gezien hebben ons. Maar ik zou je nog andere dingen kunnen laten zien; het beeld van de dodenhetaeren op verschillende oude reliëfs. De dood als een hoer die kerels verleidt. Ze wordt afgebeeld met een reusachtig grote vagina. En die vagina staat waarschijnlijk voor nog meer. Daar komen we vandaan en daar gaan we heen, dachten die mensen. We zijn door een erotische daad via een vrouw geboren, we moeten dus eveneens door een erotische daad via een vrouw sterven, via de dodenhetaere, die als tegenvoeter tegelijk een aanvulling is op de Moeder ... door te sterven worden we teruggeboren ... begrijp je? Dat was trouwens het onderwerp van mijn laatste lezing op de Accademia Reale, die de titel *Aspetti della morte* had, de Italiaanse kranten schreven er vol lof over. Toevallig heb ik een stuk hier, wacht even...'

Mihály keek huiverig naar de vrolijke chaos in Waldheims kamer. Die leek enigszins op die oude kamer in huize Ulpius. Hij zocht naar een aanwijzing, iets wat heel concreet zou bewijzen... wat eigenlijk? De nabijheid van Tamás, van wie Waldheim in deze nachtelijke zomer met wetenschappelijke zuiverheid en objectiviteit de gedachten doceerde. Waldheims stem was weer snijdend scherp, zoals altijd wanneer zijn uiteenzetting in de buurt van 'de essentie' kwam. Mihály sloeg snel een glas wijn achterover en liep naar het raam om op adem te komen; er was iets wat erg zwaar op hem drukte.

'Het doodsverlangen is een van de sterkste mythevormende krachten,' zette Waldheim zijn exposé opgewonden voort, nu meer voor zichzelf. 'Als we de *Odyssee* goed lezen, dan gaat die ook eigenlijk nergens anders over. Alles zit erin: de dodenhetaeren, Circe en Calypso, die de reizigers op hun vreugdevolle dodeneilanden naar hun grotten lokken en hen nooit meer willen laten gaan; hele dodenrijken, het land van de Lotophagen en de Phaeaken, en wie weet of Ithaca zelf geen dodenrijk is?... Ver in het westen ... en de doden zeilen altijd met de ondergaande zon naar het westen ... wellicht betekenen de nostalgie van Odysseus en zijn terugkeer naar Ithaca een verlangen naar het niet-bestaan, het teruggeboren worden... De naam Penelope zou eend kunnen betekenen, in dat geval was ze oorspronkelijk een zielenvogel, maar daar heb ik nu nog geen bewijs voor. Zie je, hier ligt een onderwerp op tafel waar met spoed naar gekeken moet worden, ook door jou... Je zou een van de onderdelen kunnen uitwerken om de methoden van de godsdienstgeschiedenis weer in je vingers te krijgen. Het zou erg interessant zijn als je een artikel kon schrijven over Penelope als zieleneend.'

Mihály bedankte voor de opdracht. Op het ogenblik was hij hier minder in geïnteresseerd.

'Hoe komt het dat alleen de oude Grieken de aanwezigheid van de dood zo sterk voelden?' vroeg hij.

'Overal ter wereld – ook bij de Grieken – ligt in de aard van de beschaving besloten dat de aandacht van de mensen van de realiteit van de dood wordt afgeleid en dat er een tegenwicht wordt geboden aan zowel het doodsverlangen als de rauwe honger naar het leven. Ook in de christelijke beschaving is dit het geval. Terwijl de volkeren die door het christendom moesten worden getemd, een nog veel sterkere dodencultus kenden dan de Grieken. De Grieken waren eigenlijk niet eens zo gepreoccupeerd met de dood, ze waren alleen beter dan anderen in staat om alles onder woorden te brengen. Echt aan de dood gehecht waren de noordelijke volkeren, de Germanen in het oerdonker van hun bossen en de Kelten, vooral de Kelten. De Keltische legenden zitten vol met dodeneilanden; die werden later op typisch christelijke wijze opgetekend als eilanden van geluk, en die achterlijke folklore-onderzoekers trappen er elke keer in. Maar zeg eens eerlijk, is het een eiland van geluk dat zijn afgevaardigde, de elf, met zo'n overweldigende drang naar prins Bran stuurt? En is het aannemelijk dat iemand die uit het geluk terugkeert, plotsklaps in stof en as verandert als hij het eiland verlaat? En wat denk je, waarom lachen de mensen op het andere eiland? Van geluk? Schei toch uit, ze lachen omdat ze dood zijn, en hun gelach is niets anders dan de afschuwelijke lijkengrijns die je ook op de maskers van indianen ziet en op het gezicht van Peruaanse mummies. De Kelten horen helaas niet tot mijn vakgebied, maar jij zou je er wel mee kunnen bezighouden. Je zou snel Iers en Kymri kunnen leren, je hebt toch niets anders te doen. En je zou naar Dublin moeten.'

'Goed,' zei Mihály. 'Maar vertel eens door, ik vind het erg boeiend wat je vertelt. Hoe is de mensheid opgehouden te verlangen naar de dodeneilanden – of verlangen we er nog steeds naar? Wat is het einde van het verhaal?'

'Ik kan je alleen mijn eigen bedenksel vertellen. Dat de noordelijke volkeren zijn toegetreden tot de christelijke volkerenbond, tot de Europese civilisatie, had in eerste instantie tot gevolg dat er eeuwenlang over niets anders gebakkeleid werd dan over de dood: dat was in de tiende en elfde eeuw, in het tijdperk van de hervorming van Cluny. In de vroeg-Romaanse tijd bestond het gevaar dat het christendom tot een van de donkerste dodenreligies zou verworden, zoiets als die van de indianen in Mexico. Maar later kwam zijn oorspronkelijke, mediterrane, humane aard weer te voorschijn. Wat was er gebeurd? Het was de mediterrane volkeren gelukt het doodsverlangen te sublimeren en te rationaliseren, zeg maar, ze hebben het verlangen naar de dood verdund tot een verlangen naar het hiernamaals, en het verschrikkelijke sex-appeal van de dodensirenen veranderd in een lokroep van engelengezang door de hemelse koren. Voortaan mocht het gelovige volk rustig naar de dood verlangen; de dood behelsde immers niet meer het heidense genot van het sterven, maar de beschaafde vreugden van het paradijs. Het rauwe, heidense oerverlangen naar de dood werd verbannen naar de onderste regionen van de religie en werd geschaard onder bijgeloof, hekserij en satanisme. Hoe sterker de civilisatie, hoe dieper het beminnen van de dood werd weggedrongen.

Let maar eens op: in geciviliseerde maatschappijen is de dood volledig getaboeïseerd. Men hoort er niet over te praten, de dood wordt niet meer bij de naam genoemd, alsof het een of andere schunnigheid betrof, van de dode of het lijk wordt de overledene of ontslapene gemaakt, of de goede man zaliger, zoals ook over de stofwisseling alleen in bedekte termen wordt gesproken. En waar je niet over praat, daar hoor je ook niet aan te denken. Dit is de zelfbescherming van de civilisatie tegen het grote gevaar van de twee tegenstrijdige krachten die elkaar in de mens bevechten: tegenover het levensinstinct staat een zeer sterke en vernuftige aandrift die met zoete verleidingen naar de ondergang lokt. Deze aandrift vormt voor de geciviliseerde ziel een des te groter gevaar omdat de rauwe lust naar vitaliteit bij de beschaafde mens toch al afgenomen is. Daarom moet dit andere instinct te vuur en te zwaard worden bestreden. Toch lukt het niet altijd. In decadente tijdperken steekt het weer de kop op en overspoelt het met een haast onvoorstelbare intensiteit alle gebieden van de geest. Soms zijn hele klassen bijna bewust hun eigen graf aan het graven, zoals de Franse aristocraten voor de revolutie, en ik vrees dat de Hongaren in Transdanubië op dit ogenblik hiervan het beste voorbeeld vormen...

Begrijp je wat ik zeg? Over het algemeen wordt het verkeerd opgevat als ik over dit onderwerp vertel. Maar laat ik je op de proef stellen: ken je het gevoel dat je uitglijdt op een gladde stoep, dat je been al aan het wegglijden is en dat je begint te vallen? Op het moment dat ik mijn evenwicht verlies ben ik gelukkig. Het duurt natuurlijk maar een ogenblik, want ik krijg mijn voeten weer op de grond en dan sta ik weer en constateer ik dat ik toch niet gevallen ben. Maar dat ene ogenblik! Het ogenblik dat ik me heb losgemaakt van de verschrikkelijke wetten van het evenwicht, dat ik kon vliegen, vliegen naar een vernietigende vrijheid... Ken je dat gevoel?'

'Ik ken het veel beter dan je ooit zou denken,' zei Mihály zacht.

Waldheim keek onthutst naar hem op.

'Wat zeg je dat op een rare toon, makker! En wat zie je bleek! Wat is er aan de hand? Kom eens mee naar het terras.'

Op het terras kwam Mihály meteen weer tot zichzelf.

'Verduiveld nog aan toe,' zei Waldheim. 'Wat mankeert er? Heb je het te warm of ben je hysterisch? Ik waarschuw je: als je onder invloed van mijn woorden zelfmoord pleegt, zal ik ontkennen dat ik je ooit heb gekend. Wat ik zeg, is altijd strikt theoretisch. Ik heb een hekel aan mensen die uit wetenschappelijke waarheden praktische consequenties trekken, die "de leer doorvoeren tot in het leven", zoals ingenieurs die uit de koele formules van de scheikunde rattengif fabriceren. Het is niet zoals Goethe het zei, maar juist andersom: alle leven is grijs, en de gouden boom van de theorie is groen. Vooral als het om zo'n groene theorie als deze gaat. Zo, ik hoop dat ik je geestelijke evenwicht weer heb hersteld. Overigens ... je moet geen zielenleven hebben. Dat is er mis met jou. Intelligente mensen hebben geen zielenleven. En ga met me mee naar de *garden-party* van de American Archaeological Society. Je hebt wat ontspanning nodig. Zo, en nu naar huis, ik moet aan het werk.'

4.

De American Archaeological Society kwam bijeen in een prachtige villa midden in een grote tuin op de Gianicolo-heuvel. De jaarlijkse garden-party was een belangrijke gebeurtenis voor de hele Angelsaksische kolonie in Rome; de organisatoren waren niet alleen Amerikaanse archeologen, maar voornamelijk in Rome wonende Amerikaanse schilders en beeldhouwers en deze nodigden iedereen uit, zowel goede vrienden als vage kennissen. Zo kwam er elke keer een zeer gemêleerd en dus ook zeer interessant gezelschap bij elkaar.

Mihály nam echter nauwelijks iets van deze verkwikkende omgeving waar. Hij was weer in een soort trance waarin de buitenwereld – een mengsel van de kruidig riekende voldoening van de zomeravond, de dansmuziek, de drank en de vrouwen met wie hij een praatje maakte, waarover wist hij niet eens – hem als het ware door een sluier, een waas bereikte. Zijn kostuum had een vervreemdend effect: niet hij stond daar, maar iemand anders, een slaperige pierrot.

De uren gingen in een aangename roes voorbij, het was al erg laat. Hij stond boven op het groene heuveltje achter de villa onder een pijnboom en hoorde plotseling weer de merkwaardige en onverklaarbare geluiden die hem de hele avond al hadden verontrust.

De geluiden kwamen van achter een zeer hoge muur en hoe dieper de nacht werd, des te hoger de muur leek te groeien: hij reikte nu zowat tot in de hemel. De geluiden kwamen daarachter vandaan, nu eens wat luider, dan weer zwakker, soms met oorverdovende intensiteit en soms als een gejank in de verte, als jammerende mensen aan de oever van een meer of aan de kust van een zee, onder een asgrauwe hemel… Later verstilden ze en ze zwegen zo lang dat Mihály ze bijna vergat en zich weer voelde als iemand op een garden-party. Hij stond toe dat Waldheim, die helemaal in zijn element was, hem aan de zoveelste dame voorstelde, toen de geluiden weer begonnen.

De sfeer was net heel aangenaam geworden, iedereen was bevangen door een subtiele en sterke roes, wat niet meer door de alcohol maar door de nacht veroorzaakt werd. Het gevoel dat je krijgt wanneer je over je slaapgrens heen bent, wanneer de tijd om te gaan rusten onherroepelijk voorbij is en je je dus zonder wroeging mag overgeven aan de nacht, want het geeft dan toch niet meer. Waldheim zong aria's uit *Die Schöne Helena* en Mihály was in een gesprek gewikkeld met een Poolse – alles was dus erg genoeglijk –, toen hij ineens het gezang weer hoorde. Hij excuseerde zich en liep de heuvel op om, al zijn zintuigen gebruikend en afgezonderd van de rest te kunnen staan luisteren, alsof alles afhing van het oplossen van dit raadsel.

Nu hoorde hij heel duidelijk dat er achter de muur werd gezongen door meerdere mensen, waarschijnlijk mannen; het was een met niets te vergelijken klaaglied, waarin bepaalde duidelijk te onderscheiden maar onbegrijpelijke woorden ritmisch terugkeerden. Het lied was van een diepe, aangrijpende treurnis die niet menselijk meer leek, die nog stamde uit een tijd van vóór het menselijk bestaan, iets van het nachtelijke gehuil van dieren of nog ouder, een smart uit het tijdperk van de bomen, van de *pinea*, de pijnboom waaronder hij stond. Mihály ging zitten en sloot zijn ogen. Nee, het waren geen mannen die aan de andere kant zongen, maar vrouwen; voor zijn geestesoog zag hij het merkwaardige gezelschap, dat nog het meest deed denken aan inwoners van Naconxipan, de droomwereld die de krankzinnige Gulácsy schilderde: vrouwen gekleed in krachtig en bedwelmend violet gekleurde gewaden. En hij bedacht dat zo de goden werden beklaagd: Attis, Adonis ... en Tamás, Tamás die aan het begin van de tijd was gestorven en niet was beweend, die nu achter de muur lag opgebaard met op zijn gezicht de komende dageraad.

Toen hij zijn ogen opsloeg, stond er een vrouw voor hem, ze leunde met haar schouders tegen de pijnboom, in een klassiek kostuum, zoals Goethe en de zijnen zich de Grieken voorstelden, en had een masker voor haar gezicht. Mihály richtte zich beleefd op en vroeg de dame in het Engels: 'Weet u toevallig wie die heren of dames zijn die achter deze muur zingen?'

'Natuurlijk,' antwoordde de dame. 'Er is hiernaast een Syrisch klooster, de monniken hebben om de twee uur een koorgebed. Het klinkt erg spookachtig, vindt u niet?'

'Ja,' zei Mihály.

Ze zwegen. Eindelijk zei de vrouw: 'Ik moet u een boodschap doorgeven. Van een zeer oude kennis van u.'

Mihály sprong op.

'Éva Ulpius?'

'Ja, Éva Ulpius laat u weten dat u haar niet moet zoeken. Het is vergeefs. En te laat. Ze zei dat u dat had moeten doen in het huis in Londen, toen zij zich achter het kleed verborg. Maar toen riep u de naam van Tamás, zegt ze. En nu is het te laat.'

'Hoe kan ik Éva Ulpius spreken?'

'Dat is onmogelijk.'

Nu klonk, sterker dan voorheen, opnieuw het huilerige gezang, alsof de dageraad met tranen werd begroet, alsof de voorbijgaande nacht met verstikte stem werd beweend, schreeuwend, zichzelf verscheurend. De vrouw rilde.

'Kijk, de koepel van de Sint-Pieter,' zei ze.

De koepel zweefde zeer koud en wit boven de stad, als de onoverwinnelijke eeuwigheid zelf. De vrouw liep haastig de heuvel af.

Mihály voelde zich volledig uitgeput, alsof hij zijn lot tot nu toe krampachtig met beide handen had vastgehouden en het nu tussen zijn vingers liet wegglippen.

Hij wist het gevoel echter snel van zich af te schudden en rende achter de reeds verdwenen vrouw aan.

Beneden in de tuin was het een rommelige drukte, de meeste gasten waren bezig afscheid te nemen, maar Waldheim stond nog stukken uit het *Symposion* voor te lezen, die hij meteen van commentaar voorzag. Mihály speurde haastig de menigte af en liep uiteindelijk naar de poort in de hoop de vrouw te vinden tussen de mensen die daar in hun auto's stapten.

Hij kwam precies op het goede moment. De dame stapte in een mooie, ouderwetse open koets waarin al een andere vrouw plaats had genomen, en het rijtuig zette zich direct in beweging. Mihály herkende de andere vrouw onmiddellijk. Het was Éva.

5.

De onderhandelingen tussen de banken liepen erg uit. Het probleem had eenvoudig kunnen worden opgelost als er uitsluitend intelligente mensen aan tafel hadden gezeten – een situatie die zich in het leven maar zelden voordoet. De juristen verblindden elkaar met hun talent om op de steilste zinnen naar beneden te glijden zonder hun evenwicht te verliezen; de mannen van het grote geld hielden de kaken stijf op elkaar en luisterden wantrouwend toe, terwijl hun zwijgen duidelijker dan duizend woorden zei: 'Wij geven geen geld.'

Hier zit geen handel in, dacht Zoltán Pataki, Erzsi's eerste echtgenoot, gelaten.

Hij werd steeds nerveuzer en ongeduldiger. De laatste tijd had hij gemerkt dat hij tijdens dit soort bijeenkomsten zijn aandacht er niet bij kon houden, en sinds hij zich daarvan bewust was, was hij nog nerveuzer en ongeduldiger geworden.

Er klonk lang getoeter van een auto onder het raam. Vroeger stond Erzsi vaak met de auto op hem te wachten als een bespreking lang duurde.

'Erzsi ... niet aan haar denken, de pijn is nu nog te hevig. De tijd heelt alle wonden. Verder, verder. Leeg, als een auto die doorrijdt nadat iedereen is uitgestapt, maar toch doorgaan.'

Hij wuifde moedeloos, vertrok een mondhoek en voelde een immense vermoeidheid in zich opkomen. De laatste tijd waren deze elkaar automatisch opvolgende en op elkaar voortbouwende handelingen een steeds terugkerende gewoonte geworden: hij dacht aan Erzsi, wuifde met zijn hand, vertrok een mondhoek en werd overspoeld door vermoeidheid, wel dertig keer op een dag. Moest hij er misschien toch mee naar de dokter? Nee hoor, kom nou. We overleven het wel.

Toen hoorde hij plotseling iets wat zijn aandacht trok. Iemand stelde voor een collega naar Parijs te sturen om persoonlijk met het bewuste geldconglomeraat te onderhandelen. Iemand anders zei dat dat volkomen overbodig was en dat het probleem evengoed schriftelijk kon worden afgehandeld.

Erzsi was in Parijs ... Mihály zat in Italië ... Erzsi had hem geen woord geschreven, terwijl ze toch erg eenzaam moest zijn. Had ze wel genoeg geld? Misschien moest ze met de metro reizen, de arme schat; als ze vóór negenen vertrok en pas na tweeën terugging, kon ze een retourkaartje kopen, wat veel voordeliger was; arme ziel, dat zou ze zeker doen. Maar wie weet of ze nog alleen was? In Parijs blijft een vrouw niet zo gemakkelijk alleen, en Erzsi was bovendien erg aantrekkelijk...

Hierop volgde niet de moedeloze handbeweging, maar het bloed steeg hem naar het hoofd en hij dacht: Doodgaan, de enige oplossing is doodgaan...

Ondertussen vond de gedachte dat er iemand naar Parijs moest onder de aanwezigen steeds meer steun. Pataki vroeg het woord. Hij begon met veel verve zijn standpunt te verdedigen, namelijk dat het beslist noodzakelijk was om het overleg met de Franse partner persoonlijk voort te zetten; toen hij het woord nam, wist hij nog niet goed waar het precies om ging, maar al pratend kwam hij erachter en hij voerde onweerlegbare argumenten aan waarmee hij de deelnemers aan de bijeenkomst inderdaad overtuigde. Toen werd hij weer overmand door die verschrikkelijke vermoeidheid.

Natuurlijk moet er iemand naar Parijs. Maar ik kan niet. Ik kan nu niet weg bij de bank, bovendien, wat heb ik daar te zoeken? Erzsi heeft niet om mij gevraagd. Moet ik soms achter haar aan rennen en de kans lopen dat ze me afwijst, wat zeer aannemelijk is? Nee, dat kan niet... Je moet wel een beetje je zelfrespect bewaren...

Hij rondde zijn betoog abrupt af. Het gezelschap was overtuigd en besloot een jonge directeur naar Parijs te sturen, de schoonzoon van een van de grote geldschieters, die uitstekend Frans sprak. Een goede leerschool voor die knaap, dachten de oude bankiers met vaderlijke welwillendheid.

Na het werk volgde de moeilijkste tijd van de dag: de avond. Pataki had ergens gelezen dat het grootste verschil tussen een getrouwde en een ongetrouwde man was dat de getrouwde altijd wist met wie hij aan de avondmaaltijd zat. Dineren was inderdaad het grootste dagelijks terugkerende probleem voor Pataki sinds Erzsi hem had verlaten. Met wie moest hij aan tafel? Hij ging niet met mannen om, het instituut vriendschap was hem onbekend. En vrouwen? Dat was nog het merkwaardigst. Zolang hij Erzsi's echtgenoot was geweest, had hij verschrikkelijk veel vrouwen nodig gehad, steeds nieuwe, en alle vrouwen vond hij aantrekkelijk: de een omdat ze zo dun was, de ander juist om haar molligheid, de derde omdat ze de middelmaat vertegenwoordigde. Hij bracht al zijn vrije – en soms niet eens vrije – tijd met vrouwen door. Hij had zijn *maîtresse de titre* die een of andere, onnaspeurbare band met het theater onderhield en die hem bakken met geld kostte maar tegelijk een goede reclame was voor de bank, dan waren er van tijd tot tijd liefdes op stand, soms de vrouw van een collega, maar voornamelijk typistes en voor de afwisseling zo af en toe een dienstmeisje; al met al een misselijkmakende bende. Erzsi was met reden ongelukkig en Pataki dacht in zijn optimistische perioden dat Erzsi hem hierom had verlaten. Op andere, meer pessimistische momenten zag hij echter haarfijn in dat Erzsi om iets anders was weggegaan, namelijk om zijn gebreken, tekortkomingen waar hij niets aan kon doen, en dit besef krenkte hem tot in het diepst van zijn ziel. Toen Erzsi was weggegaan, nam hij met een gouden handdruk afscheid van zijn *maîtresse de titre* of beter gezegd, hij deed haar over aan een oudere collega die allang op deze eer had gewacht, voerde een reorganisatie door onder de secretaresses en trok de lelijkste werkneemster van de bank aan als zijn persoonlijk assistente, kortom, hij begon een voorbeeldig, kuis leven te leiden.

 We hadden een kind moeten hebben, dacht hij en hij voelde ineens dat hij erg veel van zijn kind, van Erzsi's kind, had kunnen houden, als ze er een hadden gehad. Hij belde in een opwelling een van zijn nichten, die twee heel lieve kleine kinderen had en ging bij haar dineren. Onderweg kocht hij een hele berg snoep en chocola. De twee lieve kinderen hebben waarschijnlijk nooit achterhaald aan wie ze de drie dagen buikpijn die volgden te danken hadden.

Na het eten ging hij naar een café om de krant te lezen en hij overdacht of hij een spelletje zou gaan kaarten in de club, maar hij kon het niet opbrengen. Hij ging naar huis.

Zonder Erzsi was de woning onuitsprekelijk deprimerend. Er moest nu echt iets met de meubels van Erzsi gebeuren. De spullen in haar kamer konden niet onaangeroerd blijven staan alsof ze elk moment terug kon komen, terwijl... Hij moest ze naar de zolder laten brengen, of laten opslaan. Hij zou de kamer anders moeten inrichten, als club, met grote armstoelen bijvoorbeeld.

Hij wuifde weer moedeloos, vertrok een mondhoek en voelde de vermoeidheid opkomen. Hij hield het gewoon niet uit in deze woning. Hij moest hier weg. Wonen in een hotel, zoals grote artiesten doen. En dan ook vaak van hotel wisselen. Of misschien naar een sanatorium verhuizen. Pataki was erg gesteld op de witte kalmte en de medische veiligheid van sanatoria. Ja, ik ga naar Sváb-heuvel. Dat is goed voor mijn zenuwen. Nog een vrouw die me verlaat en ik word helemaal gek.

Hij ging naar bed, maar stond weer op omdat hij voelde dat hij toch niet in slaap zou komen. Hij trok zijn kleren weer aan, maar kon niet bedenken waar hij heen zou gaan, besloot dus maar een slaappilletje in te nemen (hoewel hij wist dat het niet zou helpen) en kleedde zich weer uit.

Toen hij in bed lag, zag hij de mogelijkheid weer in kwellende hevigheid voor zich. Erzsi was in Parijs; ófwel ze was alleen en zo verschrikkelijk eenzaam dat ze niet eens goed at of wie weet wat voor smerige prix fixe-tenten bezocht – óf ze was niet alleen. Deze gedachte was ondraaglijk. Aan Mihály was hij al gewend. Om een of andere reden kon hij Mihály niet serieus nemen, ondanks het feit dat deze Erzsi had ontvoerd. Mihály telde niet. Mihály was niemand. Heel diep in zijn bewustzijn was Pataki ervan overtuigd dat dit feit ooit nog boven water zou komen... Erzsi en Mihály konden wel een relatie hebben gehad en zelfs een huwelijksleven, maar toch hoorden ze niet als man en vrouw bij elkaar. Dat kon hij zich van Mihály niet voorstellen. Maar nu, in Parijs... onbekende mannen ... een onbekende man was honderd keer erger dan een bekende verleider. Nee, dit was niet uit te houden.

Hij moest naar Parijs. Kijken hoe Erzsi leefde. Misschien leed ze honger. Maar zijn zelfrespect dan? Erzsi gaf geen zier om hem, zij hoefde hem niet te zien...

Nou en? Is het niet genoeg dat ik haar wil zien? De rest komt vanzelf. Zelfrespect? Sinds wanneer bent u zo zelfbewust, meneer Pataki? En waar zou u tegenwoordig zijn als u zich ook in de zaken zo parmantig had gedragen? Dan zou u wellicht een goedlopende kruidenierszaak bezitten in Szabadka, net als uw eerbiedwaardige papa. Waarom zou ik me juist tegenover Erzsi manhaftig opstellen? Manhaftig moet je zijn als dat risico's met zich meebrengt. Tegenover de president bijvoorbeeld, of tegenover die Krychlovác, de staatssecretaris. (Alhoewel, dat was ook weer overdreven.) Maar zelfbewust zijn tegenover een vrouw? Nee, dat is allerminst galant, het past niet bij een heer. Belachelijk.

De volgende dag legde hij een stormachtige activiteit aan de dag. Hij overtuigde de bank en alle belanghebbenden dat de jonge schoonzoon niet de juiste persoon was om uitgezonden te worden en dat er iemand met meer ervaring met de Franse partner moest gaan onderhandelen.

Het drong tot de belanghebbenden door dat de betreffende ervaren persoon Pataki zelf was.

'Maar meneer de directeur, spreekt u wel Frans?'

'Niet veel, maar ik red me wel. Bovendien kennen de mensen met wie we daar contact hebben net zo goed Duits als u en ik. Hebt u ooit een bankier gezien die geen Duits sprak? *Deutsch is ä Weltsprache.*'

De volgende ochtend zat hij al in de trein.

Het zakelijke deel van zijn reis had hij in een halfuur afgehandeld, de Fransman met wie hij een bespreking had – een zekere monsieur Loew – sprak inderdaad Duits en was bovendien een intelligent mens. Maar het snel geboekte resultaat had nog een andere reden. Pataki nam, in tegenstelling tot de onbekwamen en de buitenstaanders, de zaken niet geheel au sérieux, hij stelde zich op als een dokter tegenover zijn patiënt. Hij wist dat het op zijn vakgebied niet anders gesteld was dan op alle andere terreinen van het leven, dat talentlozen vaak veel betere resultaten boeken dan collega's met talent, dat prutsers dikwijls beter bevallen dan mensen met echt verstand van zaken en dat de belangrijkste posten over het algemeen door nepbankiers worden bezet, dat de economische wereld door beunhazen wordt bestuurd, terwijl de echte kenners achter dikke tralies mogen nadenken over hun lot. De strijd ging ook hier om een legendarische fictie, net als in de wetenschap, waar naarstig naar de niet-bestaande en niet eens gewenste Waarheid wordt gezocht. Op zijn gebied leidde de zoektocht naar het Vermogen, dat alleen al vanwege zijn omvang geen enkele betekenis heeft, en om dit vermogen werden de dingen in het leven die wel zin hadden, over het hoofd gezien. Uiteindelijk was deze klopjacht net zo weinig serieus als alle andere zaken op de wereld.

Pataki was er trots op dat hij dit wist en Mihály bijvoorbeeld niet. Mihály was een intellectueel en geloofde daarom nog in geld, terwijl hij met betrekking tot alle andere zaken twijfels had. Mihály kon dingen zeggen als: 'De psychologie is, zoals ze er tegenwoordig voor staat, een volstrekt onbetrouwbare en primitieve wetenschap...', of: 'Lyrische dichtkunst heeft tegenwoordig geen enkel nut...', of: 'Humanisme? Ach, het is toch vergeefs om je stem te verheffen tegen de oorlog, de oorlog die zwijgt en overspoelt...', maar de firma Váraljai & Zonen, Jute en Linnen, dat was ontegenzeglijk wel iets; daar ging het ergens om, namelijk om geld, en met geld viel niet te spotten. Pataki moest er wel om lachen. Váraljai & Zonen, mijn God... Als Mihály en de zijnen eens wisten... Zelfs de lyrische dichtkunst stelde meer voor.

En nu is het tijd voor het volgende onderdeel van ons bezoek, dacht hij. Het adres van Erzsi in Parijs had hij van de familie van Mihály gekregen; Pataki onderhield met hen, net als met iedereen, goede contacten (zij konden er immers ook niets aan doen) en had zelfs een klein cadeau voor haar bij zich van Mihálys getrouwde zuster. Hij stelde tevreden vast dat Erzsi's verblijf zich niet meer aan de Rive Gauche bevond, in die verdachte buurt vol bohémiens en emigranten, maar op de nuchtere Rive Droite, niet ver van de Etoile.

Het was twaalf uur. Hij liet een ober van een café voor hem bellen, want hij had onvoldoende vertrouwen in zijn kennis van het Frans om de moeilijkheden van een telefoongesprek te boven te komen. Madame was niet thuis. Hij ging dus op verkenning.

Hij stapte het hotelletje binnen en vroeg om een kamer. Het viel hem niet zwaar de idiote buitenlander te spelen, want zijn Frans was inderdaad erbarmelijk. Hij gebaarde dat hij de prijs te hoog vond en vertrok weer. Maar voor die tijd kon hij nog vaststellen dat het een redelijk deftig hotelletje was waar waarschijnlijk ook Engelse toeristen verbleven, hoewel hij ook enige lichtzinnigheid bespeurde, vooral op het gezicht van de kamermeisjes – er waren waarschijnlijk kamers die door vitale oude heren als pied-à-terre werden gehuurd en die voor de hele maand werden betaald, maar slechts een paar uur in de week werden gebruikt. Waarom was Erzsi hierheen verhuisd? Wilde ze meer op stand leven of had ze een elegantere minnaar?

Om vier uur belde hij weer. Nu was madame wel thuis.

'Hallo, Erzsi? Met Zoltán.'

'O, Zoltán...'

Pataki had de indruk dat Erzsi's stem werd gedempt door haar bonkende hart. Was dit een goed teken?

'Hoe gaat het met je, Erzsi? Is alles in orde?'

'Ja, Zoltán.'

'Ik ben op het ogenblik in Parijs, voor Váraljai & Zonen, je weet wel, er waren allerlei complicaties en ik moest de zaken persoonlijk komen regelen. Ik heb het erg druk, ik hol al drie dagen van hot naar her ... Ik heb zo genoeg van deze stad...'

'Ja, Zoltán.'

'Ik dacht, nu ik er toch ben en vandaag eindelijk op adem kan komen, kan ik wel even informeren hoe het met je gaat.'

'Ja ... erg aardig van je.'

'Gaat het goed?'

'Jawel.'

'Zeg ... hallo ... kunnen we elkaar zien?'

'Waarom?' vroeg Erzsi vanuit een heel verre verte. Pataki wankelde op zijn benen en zocht steun bij de muur. Maar hij ging op vrolijke toon verder: 'Hoezo waarom? Waarom zou ik je niet even kunnen zien, als ik toch in Parijs ben?'

'Je hebt gelijk.'
'Zal ik bij je langskomen?'
'Ja, Zoltán. Nee, kom maar niet hierheen. Laten we ergens in de stad afspreken.'
'Uitstekend. Ik weet een prima plekje met lekkere hapjes. Weet je Smith, de Engelse boekwinkel op de rue de Rivoli?'
'Ongeveer.'
'Daar dus, op de eerste verdieping, is een Engels theehuis. Je komt er via de winkel. Kom daar naartoe, ik wacht op je.'
'Goed.'

Pataki koos deze plek omdat hij in verband met Erzsi alles wat Frans was verdacht vond. Hij had de indruk dat Parijs en het Frans-zijn voor Erzsi de verwezenlijking waren van alles wat aan hem ontbrak, alles wat hij haar niet kon geven. In een Frans café (waar hij ook een aversie tegen had omdat de obers hem niet voldoende respecteerden en geen glaasje water bij de koffie serveerden) zou heel Frankrijk achter Erzsi staan in deze strijd, en zou ze vanzelf het overwicht hebben. Het koele neutrale niemandsland van het Engelse theehuis koos hij uit overwegingen van fairplay.

Erzsi kwam, ze bestelden, en Pataki probeerde zich te gedragen alsof er niets tussen hen was voorgevallen, geen huwelijk en geen scheiding. Het was niets anders dan een ontmoeting tussen twee verstandige mensen uit Boedapest, een man en een vrouw, als ze elkaar in Parijs tegenkomen. Breedsprakig en smeuïg deed hij verslag van de laatste roddels over gezamenlijke kennissen. Erzsi luisterde aandachtig.

Pataki dacht ondertussen: Dit is Erzsi. Ze is niet wezenlijk veranderd, het is immers nog niet zo lang geleden dat ze mijn vrouw was. Ze draagt Parijse kleren die haar wel staan, maar ik heb de indruk dat de kwaliteit niet bijster goed is. Ze lijkt enigszins bedroefd te zijn. Over haar stem ligt een sluier die mijn hart pijn doet. Arme schat. Die schoft van een Mihály! Was dat nou nodig geweest? Zo te zien is ze er nog niet helemaal overheen ... of heeft ze in Parijs opnieuw teleurstellingen meegemaakt? De onbekende man... Mijn God, ik zit hier over de schoonzus van Péter Bodrogi te vertellen terwijl ik het liefst dood zou willen.

Dit is Erzsi. Levensgroot. Hier is de vrouw zonder wie ik niet leven kan. Waarom is dat, wie kan me het zeggen? Waarom is zij de enige vrouw naar wie ik verlang, terwijl ik haar op dit moment niet eens begeer? Tussen de anderen waren er toch veel aantrekkelijker vrouwen, Gizi bijvoorbeeld, om over Mária maar te zwijgen... Ik voelde me meteen het haantje als ik haar zag. En er waren ook veel jongere vrouwen bij. Want Erzsi is niet eens zo jong meer ... Waarom is het dan toch zo dat ik hier en nu, met mijn koele verstand en zonder enige stormachtige passie, de helft van mijn vermogen zou geven om met haar naar bed te kunnen?

Erzsi keek Zoltán maar af en toe aan, maar luisterde met een glimlach naar de roddels en dacht: Wat weet hij veel van iedereen! Je voelt je helemaal thuis bij hem. Mihály wist van niemand iets. Hij was niet eens in staat te onthouden wie van wie de zwager was of de vriendin. Ik begrijp niet waar ik zo bang voor was, en zo nerveus. Zou het cliché van de verlaten man zo sterk in me leven? Ik had kunnen weten dat Zoltán onder geen beding maar enigszins tragisch over zou willen komen. Hij houdt altijd een glimlach in zijn ogen. Hij heeft een hekel aan alles wat groots is. Als hij ooit door het lot zou worden uitverkoren om martelaar te worden, zou hij onderweg naar de brandstapel nog een mop of een roddel vertellen om vooral maar de tragiek van de situatie weg te nemen. Terwijl hij veel te verduren moet hebben gehad, zijn haar is ook grijzer geworden. Maar hij heeft zijn lijden vast op zijn eigen manier verlicht, zodat hij bij tijd en wijle toch aangename uurtjes kon beleven. Je hoeft geen medelijden met hem te hebben.

'Zo, en hoe gaat het met jou?' vroeg Zoltán plotseling.

'Met mij? Hoe wil je dat het gaat? Je weet waarschijnlijk waarom ik naar Parijs ben gekomen...'

'Ja, in grote lijnen ken ik het verhaal, maar ik weet niet waarom alles zo is gelopen. Zou je me dat willen vertellen?'

'Nee, Zoltán. Neem me niet kwalijk. Ik kan geen reden bedenken waarom ik je verslag zou doen van wat er zich tussen mij en Mihály heeft afgespeeld. Ik heb Mihály ook niets over jou verteld. Zoiets spreekt toch voor zich.'

Dit is Erzsi, dacht Zoltán. Ze is gedistingeerd en correct. Geen catastrofe zal haar tot indiscretie verleiden. Ze is de wandelende zelfbeheersing. En zoals ze me aankijkt, met die koele veroordeling in haar beleefde blik! Ze bezit nog steeds de gave om me met één blik te vernietigen. Ze hoeft me maar aan te kijken en ik voel me als een knecht in een kruidenierswinkel. Maar deze keer laat ik me niet zo gemakkelijk van de wijs brengen.

'Maar je kunt me toch wel vertellen wat je plannen zijn?' zei hij.

'Voorlopig heb ik geen plannen. Ik blijf in Parijs.'

'Voel je je hier goed?'

'Redelijk.'

'Heb je het verzoek om scheiding al ingediend?'

'Nee.'

'Waarom niet?'

'Zoltán, wat stel je veel vragen! Ik heb het nog niet ingediend omdat de tijd nog niet is gekomen.'

'Denk je dan dat hij ... neem me niet kwalijk: dat hij nog bij je terugkomt?'

'Ik weet het niet. Het is niet uitgesloten. Ik weet niet eens of ik zou willen dat hij terugkomt. Misschien zou ik hem niet meer willen zien. We pasten immers helemaal niet bij elkaar. Maar ... Mihály is niet zoals andere mensen, ik wil eerst weten wat zijn plannen zijn. Weet ik veel, misschien wordt hij op een dag wakker en kijkt hij om zich heen en kan hij me niet vinden. En dan komt hij erachter dat hij me in de trein heeft achtergelaten. En dan haalt hij heel Italië ondersteboven om mij te vinden...'

'Denk je dat?'

Erzsi boog haar hoofd.

'Je hebt gelijk. Dat denk ik niet.'

Waarom ben ik zo eerlijk? bonsde het in haar hoofd. Waarom lever ik me aan hem uit zoals ik dat aan niemand anders doe? Kennelijk is er toch iets gebleven tussen Zoltán en mij; een soort intimiteit waar je niet op terug kunt komen. Vier jaar huwelijk kun je niet ongedaan maken. Er is niemand anders ter wereld met wie ik over Mihály zou hebben gesproken.

Mijn tijd is nog niet gekomen, dacht Zoltán. Ze houdt nog

steeds van die sukkel. Gelukkig maakt Mihály vroeg of laat alles kapot.

'Wat weet je van Mihály?' vroeg Pataki.

'Niets. Ik denk dat hij in Italië is. Ik ben hier een goede vriend van hem tegengekomen, ene Szepetneki, die ik ook ken. Hij zegt dat hij al een spoor heeft gevonden en binnenkort te weten komt waar Mihály is en wat hij uitspookt.'

'Op welke manier kan hij daar achter komen?'

'Ik weet het niet. Szepetneki is een heel bijzonder man.'

'O ja?' Zoltán hief zijn hoofd op en keek Erzsi met een doordringende blik aan. Die keek opstandig terug.

'O ja. Een heel bijzondere man. De eigenaardigste die ik van mijn leven heb gezien. En er is ook een Pers...'

Pataki boog zijn hoofd om van zijn thee te nippen. Welke van de twee was het? Of waren ze het allebei? Mijn God, doodgaan zou beter zijn...

Ze bleven niet lang meer. Erzsi had iets te doen. Wat, dat vertelde ze niet.

'Waar logeer je?' vroeg ze verstrooid.

'In het Edouard VII,' antwoordde Zoltán.

'Nou, tot ziens dan, Zoltán. Het was fijn je te zien. En ... wees gelukkig en denk niet aan mij,' zei ze zacht, met een droevige glimlach.

Die avond nam Pataki een Parijse lichtekooi mee naar zijn kamer. Je bent maar één keer in Parijs, dacht hij, en walgde verschrikkelijk van de welriekende vreemde die in zijn bed lag te soezen.

De volgende ochtend, toen de vrouw weg was en Pataki opstond om zich te scheren, werd er op de deur geklopt.

'Entrez!'

Een grote, overmatig elegant geklede man met een markant gezicht stapte zijn kamer binnen.

'Ik zoek monsieur le directeur Pataki in verband met een buitengewoon belangrijke zaak voor hem.'

'Dat ben ik. Met wie heb ik de eer?'

'Ik ben János Szepetneki.'

DEEL IV

De poorten van de hel

V. A porta inferi
R. erue, Domine, animam eius.

OFFICIUM DEFUNCTORUM

1.

Het werd donker. Mihály stak langzaam, met zijn been trekkend, de Tiber over.

Hij woonde al enige tijd op de Gianicolo, in een zeer aftands kamertje dat Waldheim voor hem had gevonden, bij een zeer aftands oud vrouwtje dat meestal ook voor hem kookte, *pasta asciutta*, waar Mihály wat kaas en soms een sinaasappel bij at, die hij in de stad kocht. De kamer was ondanks de aftandse uitstraling toch veel meer een echte kamer dan een hotelkamer; er stonden heuse, oude meubels, groot en nobel in hun verhoudingen, niet van dat nepmeubilair waarmee hotelkamers worden ingericht. Mihály was tevreden geweest met zijn kamer als de sanitaire omstandigheden hem niet voortdurend hadden herinnerd aan hoe diep hij gezonken was. Hij beklaagde zich bij Waldheim, maar die lachte hem uit en hield lange, niet al te appetijtelijke exposés over zijn ervaringen in Griekenland en Albanië.

Zo maakte Mihály kennis met de armoede. Nu moest hij echt elke *centesimo* tweemaal omkeren. Hij zag af van espresso en rookte zulke slechte sigaretten dat hij er niet eens meer zin in had, zijn keel was toch voortdurend geïrriteerd. Dat nam niet weg dat hij het steeds vaker bij hem opkwam dat ook het beetje geld dat hij nog had ooit op zou raken. Waldheim beloofde hem steeds dat hij voor een betrekking zou zorgen, er liepen in Rome zo veel oude, gekke Amerikaanse dames rond, één van hen zou Mihály best als secretaris kunnen gebruiken, of als babysitter bij de kleinkinderen of wellicht als conciërge, wat volgens Waldheim een riante positie was – alleen, die Amerikaanse vrouw bestond voorlopig slechts in Waldheims rijke verbeelding, en bovendien huiverde Mihály al bij de gedachte aan een baan, want die kon hij in Boedapest ook krijgen.

Hij had toch al twee bezigheden die hem volledig in beslag namen. De ene was dat hij zich op aanwijzing van Waldheim 'inlas' in de wetenschappelijke literatuur over de Etrusken, waarvoor hij bibliotheken en musea moest bezoeken, en in de avonduren moest luisteren naar Waldheim en af en toe naar Waldheims wetenschappelijke collega's. Niet dat hij ook maar één seconde de grote, Waldheimische vervoering voor het onderwerp ervoer, maar hij hield krampachtig vast aan het systematisch studeren, want dat verzachtte enigszins het burgerlijke schuldgevoel dat hij vanwege zijn inerte leven toch had. Mihály hield niet uitgesproken veel van werken, tijdens zijn burgerjaren had hij desondanks heel hard gewerkt om 's avonds te kunnen genieten van het genoeglijke idee die dag iets tot stand te hebben gebracht. Bovendien leidde het studeren zijn aandacht af van zijn andere, nog belangrijker bezigheid: wachten op een ontmoeting met Éva.

Hij kon er niet in berusten dat hij haar nooit meer zou zien. De dag na die bewuste nacht doolde hij in een roes door de stad en wist zelf niet wat hij wilde, maar later werd hem duidelijk dat hij maar één ding kon willen, als het woord willen in dit verband nog enige betekenis had. Scholastici beweren dat het bestaan verschillende gradaties kent en dat alleen het Volmaakte echt en waarlijk bestaat. De tijd die hij doorbracht met zoeken naar Éva, was veel echter en waarlijker dan de maanden en jaren zonder haar; of het goed of slecht was maakte niet uit, het deed er niet toe met wat voor angst en vergankelijkheidsgevoel het zoeken gepaard ging, Mihály wist dat dit het leven was en dat er zonder Éva geen andere realiteit bestond dan wachten op Éva en denken aan haar.

Hij was moe en voelde zich verkommerd, hij trok met zijn been alsof hij mank was. Toen hij bij de oever van de Tiber aankwam, realiseerde hij zich dat hij werd gevolgd. Maar hij verwierp de gedachte in de overtuiging dat hij weer last had van neurotische angstbeelden.

Toen hij door de steegjes van Trastevere liep, werd het gevoel sterker. Er stak een krachtige wind op en de steegjes waren ineens veel minder druk dan gewoonlijk. Als iemand mij volgt, dan moet ik hem kunnen zien, dacht hij en keerde zich van tijd tot tijd om. Maar er liepen verschillende mensen achter hem aan. Misschien word ik gevolgd, misschien ook niet.

Toen hij omhoogklom door de smalle straatjes, werd het gevoel zo sterk dat hij niet naar links afsloeg om rechtstreeks de heuvel op te lopen, maar bleef rondslenteren in de steegjes van Trastevere met het doel zijn belager op een geschikte plaats op te wachten. Hij stopte voor een kleine kroeg.

Als die persoon me wil aanvallen, dacht hij (wat in deze wijk niet ondenkbaar was), kan ik hier op hulp rekenen: mensen uit de kroeg zullen me wel te hulp schieten als ik ga roepen. Ik wacht hem hier op.

Hij bleef voor de kroeg staan en wachtte. Er kwamen meerdere mensen langs die in de steegjes achter hem hadden gelopen, maar ze hadden geen van allen belangstelling voor hem, ieder vervolgde zijn eigen weg. Hij liep zelf ook al bijna door, toen hij in het donker een gestalte zag naderen; Mihály wist onmiddellijk dat hij het was. Met bonkend hart zag hij de man rechtstreeks op hem afkomen.

Toen de schim genaderd was, herkende hij János Szepetneki. Het merkwaardigste – of misschien het enige merkwaardige – was dat Mihály zelfs geen verbazing voelde.

'Dag János,' zei hij zacht.

'Dag Mihály,' zei Szepetneki luidkeels en joviaal. 'Fijn dat je me hebt opgewacht. Ik wilde je juist meenemen naar deze kroeg. Zo, laten we naar binnen gaan.'

Ze gingen de kroeg in, waarvan het belangrijkste kenmerk, afgezien van de stank die er hing, de duisternis was. Mihály kon de stank goed verdragen, gek genoeg stoorden de Italiaanse luchtjes zijn anders zo delicate reukzin niet. Hier had zelfs de stank iets aangrijpends, iets romantisch. Maar het donker stond hem tegen. Szepetneki riep om een lamp, die meteen werd gebracht door een in vodden gehulde maar beeldschone jonge vrouw met grote oorbellen, fonkelende ogen en een verbijsterend mager lichaam. Blijkbaar kende Szepetneki haar al langer, want hij klopte haar vriendelijk op de schouder, waarop ze met al haar grote witte tanden glimlachte en een verhaal begon te vertellen in Trastevere-dialect, waarvan Mihály zo goed als niets verstond, maar waarop János – zoals elke oplichter een talenwonder – haar adequaat van repliek diende. Het meisje bracht wijn, ging bij hen aan tafel zitten en praatte door. János luisterde met groot genoegen, alsof hij Mihály volledig vergeten was. Hooguit gaf hij af en toe commentaar in het Hongaars, als: 'Wat een stuk van een vrouw, niet? Die Italianen, die weten van wanten!'

'Kijk eens hoe ze met haar ogen draait. Welke vrouw in Boedapest doet het haar na?'

'Ze zegt dat al haar verloofden in de cel zitten en dat ik dus ook zal worden ingerekend ... ze is nog pienter ook, vind je niet?'

Mihály sloeg ongedurig het ene glas wijn na het andere achterover. Hij kende János Szepetneki en wist dat hij niet snel met zijn verhaal op de proppen zou komen. Szepetneki had voor al zijn zaken een passend, romantisch kader nodig. Vandaar dit toneel met de Italiaanse – Mihály moest het einde afwachten. Misschien had Szepetneki in Trastevere een roversbende georganiseerd, waar het meisje en de kroeg als decor deel van uitmaakten, tenminste. Tegelijk wist Mihály dat Szepetneki hier niet was om een roversbende te organiseren, maar dat hij iets van hem wilde, en dat verontrustte hem mateloos.

'Laat die vrouw nu met rust en vertel eerst maar eens waarom je me gevolgd hebt en wat je van me wilt. Ik heb geen tijd en ook geen zin om je te assisteren bij je toneelstukje.'

'Hoezo?' vroeg Szepetneki met een onschuldig gezicht. 'Vind je haar dan niet aantrekkelijk? Of is er iets met de kroeg? Ik dacht: laten we eens lol hebben samen, we hebben elkaar al zo lang niet gezien...'

En hij ging weer door met de vrouw.

Mihály stond op om te vertrekken.

'Nee, doe dat niet, Mihály, ik ben naar Rome gekomen om met je te praten. Blijf nog even.' Hij wendde zich tot de vrouw. 'Even stil, schatje.'

'Hoe wist je dat ik in Rome was?' vroeg Mihály.

'O, ik weet toch altijd alles van je, beste Mihály. Al jaren. Maar tot nu toe was het niet de moeite waard om iets van je te weten. Je begint nu pas interessant te worden. Daarom komen we elkaar tegenwoordig vaker tegen.'

'Goed. Vertel dan nu maar wat je van me wilt.'
'Ik moet met je onderhandelen.'
'Onderhandelen nog wel. En waarover?'
'Niet lachen: over zaken.'
Mihálys gezicht betrok.
'Heb je misschien met mijn vader gesproken? Of met mijn broers?'
'Nee, voorlopig niet. Voorlopig heb ik niets met hen te maken, alleen met jou. Zeg nou eens eerlijk: is dit geen fantastisch meisje? Kijk eens wat een fijne handen, alleen jammer dat ze zo smerig zijn.'

Hij draaide zich weer naar het meisje om en begon in het Italiaans te ratelen.

Mihály sprong op en verliet de kroeg. Hij liep de heuvel op. Szepetneki rende hem achterna en haalde hem weldra in. Mihály draaide zijn hoofd niet om, hij liet Szepetneki als een geestverschijning van over zijn schouder tegen hem praten.

János sprak, buiten adem door de steile helling, snel en zacht.

'Luister, Mihály. Het zit zo: ik heb kennisgemaakt met een zekere heer Zoltán Pataki, die de ex-man van je vrouw bleek te zijn. Maar dat is nog niet alles. Wat bleek is dat deze Pataki nog steeds dodelijk verliefd is op je hooggeëerde vrouw, of je het gelooft of niet. Hij wil haar graag terug. Hij heeft zijn hoop op jou gevestigd, nu jij de dame hebt laten vallen hoopt hij dat zij zich zal bedenken en naar hem terugkeert. Wat voor alledrie de partijen de beste oplossing zou zijn. Heb je hier niets op te zeggen? Goed. Je begrijpt niet wat daar voor zakelijks aan is en wat ik ermee te maken heb. Maar ik heb alle tact allang afgeleerd, weet je. Op mijn vakgebied... Goed, luister. Je hooggeëerde vrouw wil niet alleen niet van je scheiden, maar hoopt nog steeds dat jullie ooit een gelukkig en vredig paar zullen worden en dat jullie huwelijk ooit nog eens met kinderen zal worden gezegend. Ze weet dat je anders bent, maar heeft geen benul van hoe het is wanneer iemand anders is. Ze denkt heel veel aan jou, irritant veel, en steeds op het verkeerde moment. Maar je hoeft geen medelijden met haar te hebben. Ze redt zich heel aardig, ik wil alleen niet roddelen. Ze redt zich heel aardig ook zonder jou...'

'Wat wil je?' schreeuwde Mihály en stond stil.

'Niets. Het gaat om een kleine transactie. De heer Pataki ziet het zo: als jij een definitieve stap zet, zal je vrouw inzien dat ze van jou niets meer te verwachten heeft en daarmee is de zaak afgesloten.'

'Over wat voor een definitieve stap heb je het?'

'Bijvoorbeeld dat je echtscheiding aanvraagt.'

'Hoe zou ik dat in vredesnaam kunnen doen? Ik heb haar toch verlaten? Bovendien, als zij mij had verlaten, zou ik het nog niet doen. Daar moet de vrouw over beslissen.'

'Jawel. Natuurlijk. Maar als de vrouw dat niet wil, dan moet jij het doen. Tenminste, dat is het standpunt van de heer Pataki.'

'Wat heb ik te maken met het standpunt van Pataki, en de hele zaak gaat me sowieso niet aan. Ga met Erzsi praten. Ik ga akkoord met wat zij wil.'

'Kijk, Mihály, hier ligt de mogelijkheid voor een transactie. Wees een beetje verstandig. Voor Pataki hoeft het niet gratis te gebeuren dat je scheiding aanvraagt. Hij is bereid er een aanzienlijke financiële vergoeding tegenover te stellen. Het is een schatrijke man die niet zonder Erzsi kan leven. Hij heeft me gemachtigd je alvast een klein voorschot uit te betalen, een aangenaam sommetje.'

'Wat een onzin. Op welke grond kan ik nu een scheiding aanvragen, wat heb ik tegen Erzsi in te brengen? Ik heb haar toch verlaten, als de rechter ons sommeert om de huwelijkse gemeenschap te herstellen komt ze misschien nog terug ook, en wat moet ik dan?'

'Ach, Mihály, dat zijn jouw zorgen niet. Je hoeft alleen het verzoek in te dienen, de rest is onze taak.'

'Maar op welke grond?'

'Echtbreuk.'

'Je bent gek geworden!'

'Helemaal niet. Laat dat maar aan mij over. Ik zal haar een echtbreuk aansmeren die klinkt als een klok. Ik heb er ervaring mee.'

Ze stonden al voor Mihálys huis. Mihály wilde niets liever dan naar binnen gaan.

'Dag János Szepetneki. Ik geef je geen hand deze keer. Wat je net zei, is van een vuile, laaghartige schofterigheid. Ik hoop je voorlopig niet meer te zien.'

Hij rende naar boven, naar zijn kamer.

2.

'Ik weet niet waar het over gaat, maar ik ben ervan overtuigd dat al je scrupules onzin zijn,' zei Waldheim met verve. 'Je bent nog steeds de gehoorzame zoon van je vader, die eerbiedwaardige grijsaard. Als iemand je geld wil geven, moet je dat aanvaarden, daar zijn alle gezaghebbende godsdiensthistorici het over eens. Maar jij hebt nog steeds niet geleerd dat geld... niet telt. Waar wezenlijke zaken gelden, telt het niet. Geld moet er altijd zijn, en als je je niet druk maakt, is het er ook altijd. Hoeveel en hoe lang en waar het vandaan komt, dat zijn bijzaken. Net zo irrelevant als alles wat met geld samenhangt. Voor geld krijg je niets wat wezenlijk is ... wat je voor geld kunt kopen, is misschien nodig om te leven, maar niet essentieel.

De dingen die geld kosten zijn nooit de dingen die het de moeite waard maken om te leven. Het kost je geen cent dat je geest de prachtige veelzijdigheid van de dingen, de wetenschap, in zich kan opnemen. Het kost je geen cent dat je in Italië bent en onder de Italiaanse hemel door Italiaanse straten loopt en onder Italiaanse bomen verkoeling zoekt en als het avond wordt de Italiaanse zon ziet ondergaan. Het kost je geen cent dat een vrouw je begeert en zich aan je geeft. Het kost je geen cent om zo af en toe gelukkig te zijn. Wat geld kost, zijn alleen de bijkomstigheden, de stomme en saaie rekwisieten van het geluk. Het kost geen geld om in Italië te zijn, maar wel om erheen te reizen en ergens te verblijven. Het kost geen geld dat een vrouw je minnares wordt, maar wel dat ze ondertussen moet eten en drinken en dat je haar eerst moet aankleden om haar te kunnen uitkleden. Maar de kleinburgers verdienen al zo lang hun brood door elkaar te voorzien van irrelevante dingen die geld kosten dat ze de dingen die geen geld kosten vergeten zijn; daarom vinden ze alleen die dingen belangrijk die veel geld kosten. Dat is de grootste waanzin. Nee, Mihály, van geld moet je je niets aantrekken. Neem het aan als de lucht die je inademt, waarvan je je ook niet afvraagt waar die vandaan komt, zolang hij niet stinkt.

En donder nu op. Ik moet mijn voordracht voor Oxford nog schrijven. Heb ik je de uitnodigingsbrief uit Oxford al laten zien? Wacht even, ik heb hem zo... Uitstekend toch, wat ze over mij schrijven? Als je het zo leest, zegt het eigenlijk niet zo veel, maar als je bedenkt dat de Engelsen zich graag van *understatements* bedienen, begrijp je wel wat ze bedoelen met *meritorious* als het om mijn werk gaat...'

Mihály vertrok, in gedachten verzonken. Hij liep in zuidelijke richting langs de Tiber, de stad uit, naar de grote, dode Maremma. Nog net binnen de grenzen van de stad staat een zeldzame heuvel, de Monte Testaccio, die hij beklom. Deze heuvel heet ook *monte dei cocci*, de heuvel van de scherven, omdat hij volledig bestaat uit scherven van amfora's. In antieke tijden was hier de wijnmarkt geweest. Spaanse wijnen werden in grote amfora's aangevoerd en op de marktplaats overgegoten in wijnzakken, waarna de kruiken in gruzelementen werden geslagen. De scherven werden bij elkaar geveegd en zo ontstond deze heuvel.

Mihály pakte dromerig een paar bruinrode scherven aardewerk op en stopte ze in zijn zak.

Antiquiteiten, dacht hij. Echte keizerlijke scherven. Hun echtheid is onomstreden, wat niet van alle oude prullen gezegd kan worden.

Romeinse jongetjes, late nakomelingen van de Quirieten, waren bij de heuvel oorlogje aan het spelen en bekogelden elkaar zonder enige eerbied voor de tweeduizend jaar oude scherven.

Dit is Italië, dacht hij, kindertjes bekogelen elkaar met de geschiedenis, die hun net zo vanzelfsprekend voorkomt als in een dorp de geur van koeienmest.

Het werd al avond toen hij aankwam bij de kroeg in Trastevere waar hij de vorige avond János Szepetneki had ontmoet. Volgens de lokale gebruiken zette hij zijn afgedragen hoed op en stapte hij het rokerige lokaal binnen. Hij kon niet verder zien dan zijn neus lang was, maar de stem van Szepetneki herkende hij meteen. Szepetneki was met hetzelfde meisje in de weer.

'Stoor ik niet?' vroeg Mihály lachend.

'Storen? Welnee man! Ga toch zitten. Ik zat met spanning op je te wachten.'

Mihály schrok terug en begon zich te schamen.

'Nou ... ik viel hier even binnen om een glaasje wijn te drinken en ik had het gevoel dat je er misschien zou zijn.'

'Beste, brave Mihály, hou toch op. We beschouwen de zaak als afgedaan en namens mezelf en alle andere belanghebbenden kan ik zeggen dat ik blij ben dat het zo gelopen is. Zo, nu moet je luisteren. Dit kleine heksje, Vannina, kan uitstekend handlezen. Ze heeft me verteld wie ik ben en heeft een niet al te vleiend, maar treffend portret van me geschetst. Zij is de eerste vrouw die er niet intrapt en die niet gelooft dat ik een boef ben. Hoewel ze desondanks een slecht einde voorspelt. Een lange en onrustige ouderdom... Laat je ook de toekomst voorspellen. Ik ben benieuwd wat ze over jou te vertellen heeft.'

Ze lieten een lamp komen en de vrouw verdiepte zich in Mihálys handpalm.

'O, de signore is een gelukkig man,' zei ze. 'Hij vindt geld op een onverwachte plaats.'

'Zo, wat denk je?'

'Een signora in buitenland denkt veel aan de signore. Een kalende man denkt ook veel aan de signore, maar dat is niet echt goed. Deze lijn betekent veel oorlog. De signore mag rustig naar de vrouwen, hij krijgt geen kinderen.'

'Hoe bedoelt u?'

'Niet dat u geen kinderen kunt maken, maar er zullen geen kinderen komen. De vaderlijn ontbreekt. U moet in de zomer geen oesters eten. U gaat binnenkort naar een doopfeest. Er komt een oudere meneer van achter de bergen. U wordt door doden bezocht...'

Mihály trok snel zijn hand weg en bestelde wijn. Hij nam de vrouw wat beter in zich op. Haar grootborstige magerheid beviel hem vandaag veel beter dan gisteren; ze was ook veel angstaanjagender, als een echte heks. Haar ogen glinsterden op Italiaanse wijze en ze liet steeds het wit van haar oogbol zien. Bij Mihály kwam opnieuw de gedachte van de noorderling op dat deze hele natie uit gekken bestond, en dat dat tegelijk ook het formidabele van dit volk was.

Het meisje pakte Mihálys hand beet en ging, nu plotseling ernstig geworden, door met voorspellen.

'U krijgt binnenkort erg slecht nieuws. Hoedt u voor de vrouwen! Al uw problemen komen door vrouwen. O ... de signore is zo'n goed mens, maar niet geschikt voor deze wereld. O, Dio mio, arme signore...'

Ze trok Mihály tegen zich aan en kuste hem medelijdend, met haar ogen vol tranen. János barstte in lachen uit. 'Bravo!' riep hij en Mihály werd verlegen.

'Kom hier vaker langs, signore,' zei Vannina. 'Ja, kom maar vaker, u zult zich hier op uw gemak voelen. Komt u? Ja?'

'Ja, natuurlijk. U vraagt het me zo aardig...'

'Komt u echt? Weet u wat? Mijn nicht krijgt binnenkort een kindje. Ze heeft altijd gewild dat haar kind een buitenlandse peetvader krijgt, dat is zo voornaam. Wilt u niet de peetvader van de *bambino* worden?'

'Jawel, heel graag.'

'Belooft u het?'

'Ik beloof het.'

János was een schurk met tact. Hij bleef de hele tijd zwijgen over hun 'zakelijke transactie' en stuurde het meisje pas weg toen het al laat werd en Mihály naar huis wilde gaan. Hij zei: 'Hoor Mihály, de heer Pataki verzoekt je om hem een eigenhandig geschreven en gedetailleerde brief te doen toekomen waarin je duidelijk stelt dat je hem opdraagt in jouw naam een scheiding aan te vragen en dat je kennis hebt genomen van het feit dat hij jou in twee termijnen twintigduizend dollar betaalt. De heer Pataki heeft namelijk geen honderd procent vertrouwen in mij, wat me overigens niet verbaast. Hij wil rechtstreeks contact met jou. Ik geef je alvast vijfduizend lire als voorschot.'

Hij telde het geld neer en Mihály stopte de biljetten verlegen in zijn zak. Kijk nu, dacht hij, zo wordt de teerling geworpen, de Rubicon overgestoken, zo gemakkelijk dat het bijna niet opvalt.

'Zou je ook aan Pataki willen schrijven dat je het geld hebt ontvangen?' zei Szepetneki. 'Je hoeft geen bedragen te noemen, het wordt zo zakelijk als het op een reçu of handelscorrespondentie lijkt, je begrijpt wel dat dat niet zo elegant is.'

Mihály begreep het. Hij maakte een snelle berekening van het bedrag dat Szepetneki naar alle waarschijnlijkheid in eigen zak had gestopt. Misschien vijftig procent, meer in ieder geval niet. Het gaf niet, János mocht er ook wat aan verdienen.

'Goed, vaarwel dan,' zei János. 'Hiermee heb ik de zaak afgerond, ik vertrek morgen weer. Alleen vanavond breng ik nog met Vannina door. Ik kan je verzekeren dat het een moordmeid is. Je moet haar vaak opzoeken als ik er niet ben.'

3.

Het werd steeds warmer. Mihály lag naakt op zijn bed, maar kon niet in slaap komen. Sinds hij het geld van Pataki had aangenomen en de brief had geschreven, kon hij zijn draai niet meer vinden.

Hij stond op, ging naar buiten en doolde rond in de zomernacht. Hij kwam bij de Acqua Paola uit en bleef daar staan genieten van de klassieke fontein die in het maanlicht zijn taak met tijdloze sereniteit en arrogante waardigheid bleef uitvoeren. Hij moest denken aan de Hongaarse beeldhouwer met wie hij in het Collegium Hungaricum via Waldheim kennis had gemaakt. De beeldhouwer was van Dresden naar Rome gelopen en had de stad bereikt over de Via Flaminia waarover hij als scholier had geleerd dat de overwinnaars vanuit het noorden er altijd de stad langs binnentrokken. En de eerste nacht al klom hij de Gianicolo op. Hij bleef er tot iedereen werd weggejaagd om de poorten te sluiten. Toen klom hij over de muur en ging onder een struik liggen slapen, terwijl de Stad, Rome, aan zijn voeten lag. Hij stond op met het krieken van de ochtend, kleedde zich uit en baadde zich in het bassin van de Acqua Paola, in het water van de klassieken.

Zo kwam een veroveraar Rome binnen. Wie wist wat er van het beeldhouwertje terecht zou komen? Misschien helemaal niets. Wellicht wachtte hem niets anders dan ellende en honger. En toch was hij een veroveraar, zonder leger, met alleen zijn goede geluk. Toch leidde zijn levensloop omhoog, al zou hij misschien op weg naar boven te gronde gaan. Mihálys weg leidde omlaag, al zou hij alles overleven en van een rustige oude dag kunnen genieten. De richting van onze weg ligt al in ons vast, en de eeuwige sterren van de lotsbestemming fonkelen in ons binnenste.

Mihály bleef lang slenteren op de Gianicolo, langs de Tiber en door de steegjes van Trastevere. Het was diep in de nacht, maar wel een Italiaanse zomernacht van het soort waarin overal wel iemand wakker was die ongestoord luid aan het hameren of zingen was: dit volk kent de slaap en de sacrale rusttijden van de noordelijke soorten niet. Hier en daar stuitte men op kleine kinderen die zonder enige reden tussen drie en vier uur 's nachts zaten te knikkeren en het was niet ondenkbaar dat de barbier opeens zijn zaak opengooide om rond halfvier een paar goedgemutste bruidegoms te knippen.

Er dreven wat duwboten langzaam en elegant in de richting van Ostia – het waren niet eens boten, maar afbeeldingen uit zijn leerboek Latijn van de middelbare school die *navis, navis* illustreerden. Een man op de boot speelde gitaar en een vrouw waste haar kousen terwijl een klein hondje blafte, en achter deze boot voer die andere, spookachtige boot: het Tibereiland, dat door het oude volk al gebouwd was in de vorm van een boot omdat ze twijfelden aan de standvastigheid ervan. Het maakte ongetwijfeld van tijd tot tijd nachtelijke uitstapjes naar de zee, het ziekenhuis met de stervenden op de rug meevoerend.

De maan was aan de overkant verankerd boven de zware en beangstigende ruïnes van het Teatro Marcello, en uit de naastgelegen synagoge – zo kwam het Mihály voor – kwamen oude joden met lange baarden naar buiten, die uit oertijden stamden en met hun lijkwaden over de schouders op weg waren naar de oever van de Tiber om met zacht gejammer hun zonden uit te strooien in de rivier. Er zweefden drie vliegtuigen in de lucht die zo nu en dan met hun lichtstralen strelend elkaars romp beschenen alvorens ze wegvlogen in de richting van de Castelli Romani om, zoals grote vogels dat doen, op de rotspunten uit te rusten.

Ineens kwam er met oorverdovend lawaai een grote vrachtwagen aangedenderd. Dit is de dageraad, dacht Mihály. In donkergrijze kleren gehulde figuren sprongen met angstaanjagende snelheid uit de wagen en renden naar een poort onder een gewelfboog, die voor hen opening. Later hoorde hij geklingel en het gezang waarmee een herdersjongen zijn prachtige, Vergiliaanse koe tot beweging trachtte aan te sporen.

Plotseling ging de deur van een kroeg open en stapten er twee arbeiders rechtstreeks op Mihály af; ze vroegen hem om wat rode wijn te bestellen en hun zijn levensverhaal te vertellen. Mihály bestelde wijn en hielp die mee opdrinken, hij bestelde zelfs kaas, maar omdat zijn Italiaans ontoereikend was, zag hij ervan af zijn levensverhaal te vertellen. Terwijl hij toch grote genegenheid voelde voor deze mannen, die zijn eenzaamheid kennelijk aanvoelden en hem in hun hart sloten; ze steunden hem met vriendelijke woorden, jammer dat hij niet verstond wat ze allemaal zeiden. Maar toen werd hij zonder aanleiding opeens bang voor hen; hij sprong op, rekende af en liep weg.

Hij was weer in Trastevere. In de dreigende steegjes vulde zijn ziel zich met beelden van een gewelddadige dood, zoals dat ook zo vaak in zijn jeugd gebeurde, toen ze in huize Ulpius aan het 'spelen' waren. Wat onbezonnen om zich zomaar met die arbeiders in te laten! Ze hadden hem kunnen vermoorden en in de Donau of de Tiber kunnen gooien voor zijn dertig sou. Wat onverantwoord om op dit uur in Trastevere rond te hangen, waar hij vanuit elke poort kon worden aangevallen en doodgeslagen nog vóór hij maar een kik kon geven. Waanzin ... waanzin ook dat hij iets in zijn ziel meedroeg wat hem verleidde en naar zonden en duizend doden lokte!

Hij stond nu voor het huis waar Vannina woonde. Het was een klein Italiaans woonhuis met een plat dak en gewelfde, met tegels versierde raamopeningen. Het was er donker. Wie zouden er wonen? Wat voor gruweldaden lagen achter de muren verborgen? Wat voor verschrikkingen zou hij meemaken als hij nu naar binnen stapte? Wat moest hij van Vannina denken? Ze had hem laatst vast niet zonder reden zo nadrukkelijk geprobeerd te verleiden. Ze kon weten dat hij van János een grote som geld had gekregen. Al haar verloofden waren al ingerekend ... ja, Vannina zou ertoe in staat zijn... Als hij daar nu helemaal zeker van was geweest, was hij naar binnen gestapt.

Hij bleef lang voor het huis staan wachten, ondergedompeld in zijn ziekelijke fantasieën. Toen voelde hij ineens een loodzware vermoeidheid en dezelfde nostalgie die hem op zijn reis door Italië bij elke stap had begeleid. Maar zijn vermoeidheid kondigde aan dat zijn doel nabij was.

4.

De volgende dag kreeg Mihály een brief. Het handschrift kwam hem bekend voor, heel bekend zelfs, maar toch wist hij niet van wie het was, waarvoor hij zich meende te moeten schamen. De brief was afkomstig van Erzsi. Ze bracht Mihály ervan op de hoogte dat ze naar Rome was afgereisd omdat ze beslist met hem moest praten over een voor Mihály zeer belangrijk onderwerp. Mihály kende haar goed genoeg om te weten dat het geen vrouwelijke wispelturigheid was, want haar trots zou haar ervan hebben weerhouden contact met hem te zoeken, ware het niet dat ze zijn belangen wilde behartigen in een heel netelige kwestie: dat was ze Mihály nog wel verplicht. Daarom verzocht ze hem haar die middag bij haar hotel te komen ophalen.

Mihály wist zich geen raad. Hij schrok ervoor terug om Erzsi te ontmoeten, want hij had een buitengewoon slecht geweten en kon zich niet voorstellen wat Erzsi van hem wilde. Maar uiteindelijk overwon het gevoel dat hij Erzsi in het verleden al zo gekwetst had dat hij haar niet nog een keer mocht beledigen door niet te komen opdagen. Hij zette dus zijn nieuwe hoed op, die hij van het geld van Pataki had gekocht, en haastte zich naar het hotel waar Erzsi logeerde.

Hij liet weten dat hij was aangekomen, en Erzsi kwam weldra naar beneden. Ze groette Mihály zonder glimlach. Mihály kreeg de indruk dat hem niet veel goeds te wachten stond. Erzsi trok haar wenkbrauwen omhoog zoals ze deed wanneer ze geïrriteerd was, en liet ze tijdens het hele gesprek niet meer zakken. Ze was mooi, lang en slank, elegant in al haar uitingen, maar ze was een engel met een zwaard van vuur... Toen ze de beleefde groeten en belangstellende vragen naar elkaars gezondheid hadden afgewerkt, liepen ze zwijgend naast elkaar.

'Waar gaan we naartoe?' vroeg Mihály om de stilte te verbreken.

'Het maakt me niets uit. Het is warm. Laten we naar een confiserie gaan.'

Het ijs en de *aranciata* zorgden voor enige verkoeling. Nu was het tijd om te praten.

'Mihály,' begon Erzsi met ingehouden woede, 'ik heb altijd geweten dat je levensvreemd bent en geen benul hebt wat er in de wereld om je heen gaande is, maar ik dacht dat je naïviteit toch ook grenzen kende.'

'Je begint goed,' zei Mihály, heimelijk opgelucht dat Erzsi hem slechts voor een idioot hield, en hem niet voor een schoft aanzag.

Ze had vast gelijk.

'Hoe heb je zoiets op papier kunnen krijgen?' vroeg Erzsi en legde de brief op tafel die Mihály, op instigatie van Szepetneki, aan Pataki had geschreven.

Mihály werd rood van schaamte en was opeens zo moe dat hij geen woord kon uitbrengen.

'Zeg toch iets!' riep Erzsi, de engel met het zwaard van vuur.

'Wat wil je dat ik zeg, Erzsi,' zei Mihály traag. 'Je bent een slimme vrouw, je weet toch heel goed waarom ik zoiets schrijf. Ik had geld nodig, ik wil niet terug naar Boedapest, en er zijn nog duizend andere redenen ... dit was de enige manier om aan geld te komen.'

'Je bent gek.'

'Dat is mogelijk. Maar je hoeft me heus niet te vertellen hoe immoreel het is. Dat ik een pooier ben. Dat weet ik toch al. Als je alleen daarom naar Rome bent gekomen, in deze hitte...'

'Een pooier, laat me niet lachen' zei Erzsi hevig geïrriteerd. 'Was je dat maar! Je bent alleen een idioot.'

Ze viel stil. Eigenlijk moet ik niet op deze toon met Mihály praten, dacht ze. Ik ben immers zijn vrouw niet meer...

Na een tijd verbrak Mihály de stilte: 'Maar Erzsi, hoe kom je eigenlijk aan die brief?'

'Hoezo? Snap je het nog niet? Je bent erin getuind, János Szepetneki en die onbeschofte Zoltán hebben een vuile streek met je uitgehaald. Zoltán was uit op een schriftelijk bewijs van je morele zwakte. Hij heeft een afschrift laten maken van de brief, die hij door een notaris als echt liet waarmerken, en heeft het origineel toen aan mij gestuurd. Het afschrift heeft hij.'

'Zoltán? Doet Zoltán zoiets? Naar een notaris voor een waarmerk, zulke duistere, laaghartige dingen waar ik zelf nooit op zou komen, van die echte boevenstreken? ... ik begrijp het niet.'

'Natuurlijk begrijp je het niet,' zei Erzsi iets zachter. 'Jij bent geen schoft, alleen maar dom. En dat heeft Zoltán jammer genoeg goed door.'

'Terwijl hij zo'n aardige brief had gestuurd...'

'Aardig, jawel, dat is Zoltán wel, maar ook uitgekookt. Jij bent niet aardig, maar wel oerdom.'

'Maar waarom doet hij zoiets?'

'Waarom? Omdat hij wil dat ik bij hem terugkom. Hij wil me laten zien wat voor iemand jij bent. Maar hij heeft er niet op gerekend dat ik dat allang weet, en nog veel beter dan hij – sterker nog, dat ik weet wat voor laaghartigheid er achter zijn aardige glimlach en tedere affectie schuilt. Als het alleen om mij zou gaan, dat hij mij terug wil, dan was alles toch verkeerd voor hem uitgepakt, en daarvoor had hij niet zo slim hoeven zijn. Maar het gaat niet alleen om mij.'

'Ga door.'

'Luister' Erzsi's gezicht, dat tot nu toe alleen irritatie toonde, verried nu angst. 'Zoltán wil jou verwoesten, Mihály, hij wil jou wegvagen van deze wereld.'

'Kom nou. Hij is wel een grote jongen, maar daar is hij toch niet groot genoeg voor. Hoe denk je dat hij dat voor elkaar wil krijgen?'

'Kijk, Mihály, ik weet het niet precies, want ik ben niet zo geslepen als Zoltán. Ik kan alleen maar gissen. Hij gaat er in eerste instantie voor zorgen dat jouw positie binnen je familie onhoudbaar wordt. Iets wat, in ieder geval tijdelijk, niet eens zo moeilijk zal zijn: je kunt je voorstellen hoe je vader op die brief zal reageren, als hij het niet al gedaan heeft.'

'Mijn vader? Je denkt toch niet dat Zoltán die brief aan mijn vader laat zien?'

'Jawel. Ik ben er zeker van.'

Nu werd Mihály door angst gegrepen. Het was een soort rillerige angst, jongensachtig, de oerangst om door de vader verstoten te worden. Hij zette zijn glas aranciata neer en legde zijn hoofd in zijn handen. Dat Erzsi zijn motieven begreep, wist hij. Maar aan zijn vader zou hij het nooit kunnen uitleggen. In zijn ogen zou hij voor altijd zijn eer zijn kwijtgeraakt.

'En dan gaat hij heel Boedapest bewerken,' ging Erzsi door. 'Hij zal erin slagen je in een kwaad daglicht te stellen, zodat je niet meer over straat kunt. Ach, die schanddaad van jou, ik weet best dat het niet eens zo zeldzaam is, in Boedapest lopen bosjes mannen rond die hun vrouw op een of andere manier verkocht hebben, terwijl ze in brede kring een ongeschonden aanzien genieten, zeker als ze een goed inkomen hebben en als Gods zegen op hun zaken rust, maar Zoltán zal ervoor zorgen dat de pers en iedereen met invloed op de publieke opinie deze zaak zo presenteren dat je je onmogelijk nog kunt vertonen. Dan ben je genoodzaakt in het buitenland te blijven, voor jou misschien niet zo erg, maar dan moet je het wel zonder de hulp van je familie stellen, want Zoltán zal alles op alles zetten om de vennootschap van je vader om zeep te helpen.'

'Erzsi!'

'Jawel. Hij zal een manier vinden om mij te dwingen mijn geld uit jullie vennootschap terug te trekken ... als het nieuws in deze vorm bekendheid krijgt, daar ben ik toe verplicht, en je vader zal het zelf ook willen, en dat op zich al zal een verschrikkelijke klap betekenen voor jullie onderneming.'

Ze zwegen beiden lange tijd.

'Als ik maar wist,' zei Mihály eindelijk, 'wat de reden is dat Zoltán me ineens zo haat. Hij is altijd zo begripvol en vergevensgezind geweest dat het bijna te gek was.'

'Daarom haat hij je nu zo. Je kunt je niet voorstellen wat voor wrok er toen al achter zijn façade van welwillendheid school en hoezeer zijn vergeving uit wanhopige rancune bestond. Ongetwijfeld geloofde hij zelf ook dat hij je had vergeven, totdat de kans zich voordeed om zich te wreken. Hij is een wild beest dat op melk is groot geworden en dan ineens vlees te eten krijgt...'

'Ik heb hem altijd als week en slijmerig gezien.'

'Ik ook, ik zal je eerlijk zeggen dat ik hem veel imponerender vind nu hij zich de rol van Shylock aanmeet. Hij is toch een prima kerel...'

Ze zwegen weer lange tijd.

'Erzsi,' verbrak Mihály weer de stilte, 'je hebt vast een plan voor wat ik moet doen of hoe we moeten optreden, dat is toch waarom je naar Rome bent gekomen.'

'Ik wilde je in de eerste plaats waarschuwen. Zoltán denkt dat je net zo argeloos in zijn volgende valstrik zult trappen als in deze. Hij kan je bijvoorbeeld een prima betrekking aanbieden om je naar huis te lokken. Zodat je aanwezig bent als de hel losbreekt. Maar je moet onder geen beding naar huis gaan nu. En er is ook een... vriend van je voor wie ik wilde waarschuwen. Je weet wel wie.'

'János Szepetneki?'

'Ja.'

'Hoe ben je hem in Parijs tegengekomen?'

'In een gezelschap.'

'Heb je veel met hem opgetrokken?'

'Ja, vrij veel. Ook Zoltán heeft hem via mij leren kennen.'

'En wat vind je van hem? Een bijzondere man, nietwaar?'

'Ja, heel bijzonder.'

Erzsi leek zo gekweld bij dit antwoord dat Mihály een duister vermoeden kreeg. Zouden ze echt...? Dat zou wel raar zijn... Maar zijn welontwikkelde gevoel voor discretie dat onmiddellijk in hem wakker werd, overwon zijn nieuwsgierigheid; mocht zijn voorgevoel in de buurt komen van de waarheid, dan kon hij maar beter niet doorvragen over János Szepetneki.

'Dank je wel, Erzsi, voor de waarschuwing. Je bent erg goed voor me, terwijl ik weet dat ik je zorg onwaardig ben. Ik kan me niet voorstellen dat je je ooit zo meedogenloos tegen me zou keren als Zoltán.'

'Ik denk het niet,' zei Erzsi ernstig. 'Ik voel geen wrok tegenover jou. Daar is trouwens ook geen reden voor.'

'Ik zie aan je dat je nog iets te zeggen hebt. Wat moet ik nog meer doen?'

'Er is nog iets waarvoor ik je moet waarschuwen, hoewel ik het een beetje gênant vind, omdat je mijn bedoelingen verkeerd zou kunnen opvatten. Je zou nog kunnen denken dat ik jaloers ben.'

'Jaloers? Zo zelfingenomen ben ik ook weer niet. Ik weet dat ik mijn rechten heb verspeeld om bij jou jaloezie op te wekken.'

In zijn binnenste wist hij natuurlijk heel goed dat hij haar nog steeds niet onverschillig liet. Anders was Erzsi niet naar Rome gekomen. Maar hij had het gevoel dat het misplaatst en onhoffelijk zou zijn om een opmerking te maken over Erzsi's genegenheid. Bovendien was dit voor zijn gemoedsrust ook het beste.

'Laten we mijn gevoelens even buiten beschouwing laten,' zei Erzsi geïrriteerd, 'die hebben met deze zaak niets te maken. Waar het om gaat is... hoe zal ik het zeggen... kijk, Mihály, ik weet voor wie je in Rome bent. János heeft het me verteld. De persoon in kwestie heeft hem geschreven dat jullie elkaar hebben gezien.'

Mihály boog zijn hoofd. Hij voelde dat het Erzsi erg veel pijn deed dat hij nog steeds van Éva hield, maar wat kon hij hierop zeggen? Hoe kon hij deze onveranderlijke waarheid verzachten?

'Ja, Erzsi. Het is goed dat je dat nu ook weet. Je kent de voorgeschiedenis. Ik heb je in Ravenna alles verteld wat er over mij te weten valt. Alles is goed zoals het is. Als het voor jou maar niet zo pijnlijk was...'

'Laat dat maar. Ik heb met geen woord gezegd dat het voor mij pijnlijk zou zijn. Daar gaat het helemaal niet om. Maar... weet je eigenlijk wel wie die vrouw is? Wat voor leven ze tot nu toe geleid heeft?'

'Nee, dat weet ik niet. Ik heb nooit naar haar gezocht.'

'Mihály, ik heb altijd bewondering gehad voor je flegma, maar nu overtref je jezelf. Zoiets heb ik nog nooit gehoord, dat iemand verliefd zou zijn op een vrouw en helemaal niet geïnteresseerd is in wie die dame is...'

'Het enige dat me interesseert is wie ze toen was, in huize Ulpius.'

'Misschien weet je dan ook niet dat ze niet lang meer in Rome blijft? Het is haar gelukt een jonge Engelsman in te palmen die haar meeneemt naar India. Ze vertrekken binnenkort.'

'Dat is niet waar.'

'Jawel. Lees maar.'

Ze haalde een andere brief uit haar tasje, geadresseerd aan János, waarop Mihály het handschrift van Éva herkende. Hierin deed Éva verslag van de voorbereidingen voor haar reis naar India en van haar voornemen om niet meer naar Europa terug te keren.

'Dus hiervan was je ook niet op de hoogte?' vroeg Erzsi.

'Dat heb je goed geraden,' zei Mihály. Hij stond op, rekende af en liep naar buiten. Zelfs zijn hoed vergat hij.

Buiten liep hij wankelend, als in een roes, met zijn handen op zijn hart. Pas na lange tijd kreeg hij in de gaten dat Erzsi naast hem liep met zijn hoed in de hand.

Erzsi was veranderd, ineens was ze onderdanig geworden, geschrokken, haar ogen vol tranen. Het was bijna aandoenlijk hoe de grote, slanke, deftige dame hem nu als een klein meisje zwijgend bleef volgen met de hoed in haar hand. Het moest erom glimlachen en hij pakte de hoed van haar over.

'Dank je wel,' zei hij en kuste haar hand. Erzsi streelde met een voorzichtig gebaar zijn gezicht.

'Zo, als je geen brieven meer in je tas hebt, kunnen we nu ergens iets gaan eten,' zei hij met een zucht.

Onder het diner praatten ze weinig, maar met de vertrouwdheid en de genegenheid van mensen die om elkaar geven. Erzsi was vol goede bedoelingen om Mihály te troosten en Mihály was zacht geworden door de pijn en de vele glazen wijn die hij dronk om die te onderdrukken. Hij keek naar Erzsi en voelde hoeveel zij nog steeds van hem hield; wat een geluk zou het zijn om ook van haar te houden en zijn verleden en zijn doden te vergeten. Maar hij wist dat dit onmogelijk was.

'Erzsi, diep in mijn hart ben ik onschuldig in deze zaak,' zei hij. 'Ik weet dat het gemakkelijk gezegd is. Maar je hebt gezien hoe ik al die jaren haast het onmogelijke heb gedaan om me aan te passen, en toen ik dacht dat het eindelijk gelukt was, dat ik vrede had met de wereld, toen ben ik met jou getrouwd om mezelf te belonen. Toen werd ik overvallen door al die demonen, de nostalgie en de opstandigheid van mijn jeugd. Tegen nostalgie bestaat geen medicijn. Misschien had ik niet naar Italië moeten gaan. Dit land is gebouwd op de nostalgie van koningen en dichters. Italië is het paradijs op aarde, maar alleen zoals Dante dat ziet; het paradijs op aarde is, op de top van het Purgatorium, slechts een overgangsstation, een soort vliegveld naar het hiernamaals, waarvandaan de zielen naar verre hemelse sferen vertrekken zodra Beatrice haar sluier afdoet en de ziel de "grote kracht van oud verlangen voelt...".'

'O, Mihá60ly, de wereld laat niet toe dat iemand zich overgeeft aan nostalgie.'

'Nee, dat laat ze niet toe. De wereld accepteert geen afwijking van de norm, geen vlucht, geen weerstand, en vroeg of laat doet ze de Zoltáns op je afkomen.'

'Wat ga je nu doen?'

'Dat weet ik niet. Wat zijn jouw plannen, Erzsi?'

'Ik ga terug naar Parijs. We hebben alles besproken. Ik denk dat het tijd is dat ik naar huis ga. Ik vertrek morgenvroeg.'

Mihály rekende af en bracht Erzsi naar haar hotel.

'Ik zou zo graag zeker weten dat het goed met je komt,' zei hij onderweg. 'Zeg eens iets om me te troosten.'

'Ik heb het niet zo slecht als je denkt,' zei Erzsi met een oprecht ongenaakbare en tevreden glimlach. 'Zelfs nu is mijn leven vol, en wie weet wat voor interessante ervaringen ik nog tegemoet ga. In Parijs ben ik tot mezelf gekomen en heb ik gevonden wat ik in deze wereld zocht. Het enige dat me spijt, is dat jij uit mijn leven verdwijnt.'

Ze stonden samen voor het hotel waar Erzsi logeerde. Mihály keek nog een laatste keer heel intens naar haar. Ja, Erzsi was erg veranderd, hij wist niet eens of het in haar voordeel of nadeel was. Ze was niet meer zo'n verfijnde verschijning als voorheen, alsof er iets in haar gebroken was, een lichte, innerlijke onverzorgdheid, die ook in haar kleding tot uitdrukking kwam. Ze maakte zich ook te uitgesproken op, wat kennelijk de mode was in Parijs. Erzsi was al met al iets ordinairder geworden en droeg de schim van een vreemde man bij zich, een geheimzinnige en benijdenswaardige vreemde. Of was het de schim van János, zijn tegenstander...?

Deze nieuwigheid maakte de vrouw die hij al zo lang kende weer onuitsprekelijk aantrekkelijk en tegelijk angstaanjagend.
'Wat ga jij nu doen, Mihály?'
'Ik weet het niet. Ik heb geen zin om naar huis te gaan, om duizendenéén redenen, maar ik heb ook geen zin om alleen te blijven.'
Een moment keken ze elkaar met de medeplichtige blik van het afgelopen, samen doorgebrachte jaar aan en zeiden verder niets meer; zwijgend snelden ze naar Erzsi's kamer.

De passie in hen was weer wakker, de verslindende hartstocht die hen in elkaars armen dreef toen Erzsi nog Zoltáns vrouw was. Ze hadden zich toen met volle kracht verzet tegen de begeerte die vanbinnen knaagde en die door de tegenstand alleen nog maar sterker werd. Ook nu bereikten ze elkaar via de weerstand; wat tussen hen was voorgevallen en wat een onherstelbare breuk leek, had hen weliswaar uit elkaar gedreven, maar ook de passie zo opgezweept dat ze des te hongeriger naar elkaar verlangden. Mihály ontdekte Erzsi's lichaam opnieuw, deze keer met de vreugde der herkenning, want naar dit lichaam hunkerde hij op dit ogenblik veel meer dan naar dat van welke vrouw dan ook; hij had Erzsi's zachtaardigheid nodig, haar wildheid, haar hele nachtelijke wezen dat in niets te vergelijken was met de Erzsi van overdag, die verhuld was in woorden en daden. Hij wilde de hartstochtelijke, verliefde en in haar liefde ook wijze Erzsi. Erzsi genoot ondertussen van haar vermogen om Mihály elke keer weer uit de lethargische onverschilligheid te halen, die zijn dagen anders grotendeels beheerste.

Na afloop keken ze elkaar aan met een van geluk vervulde blik, moe en zeer tevreden, verwonderd. Nu pas realiseerden ze zich wat er was gebeurd. Erzsi schoot in de lach.
'Dit had je vanochtend ook niet verwacht, toch?'
'Nee. En jij?'
'Ik ook niet. Alhoewel ... ik weet het niet eens. Ik ben gekomen met het gevoel dat ik het niet erg zou vinden.'
'Erzsi, jij bent de beste op deze wereld.'
Mihály meende echt wat hij zei. Hij was aangedaan door de vrouwelijke warmte die Erzsi uitstraalde en hij was dankbaar en kinderlijk gelukkig.

'Ja, Mihály, voor jou moet ik altijd goed zijn. Ik heb het gevoel dat jou geen kwaad aangedaan mag worden.'

'Zeg ... zouden we het niet nog eens moeten proberen met ons huwelijk?'

Erzsi werd weer ernstig. Ze had de vraag wel verwacht, alleen al uit erotische trots na dit voorval... Maar of het echt overwogen moest worden? Ze keek Mihály lang en met een weifelende en onderzoekende blik aan.

'We moeten het nog een keer proberen,' zei Mihály. 'Onze lichamen begrijpen elkaar uitstekend. En het lichaam heeft meestal gelijk. De stem van de natuur, denk je niet? ... wat we met ons hart kapot hebben gemaakt, kan ons lichaam nog goed maken. We moeten ons leven samen nog een kans geven.'

'Waarom heb je me laten zitten, als... als dit waar is?'

'Door de nostalgie, Erzsi. Maar nu heb ik het gevoel dat ik van een betovering ben bevrijd. Het is waar dat ik ervan genoot om de slaaf en de gefolterde te zijn. Maar ik voel me nu goed en sterk. Ik moet voor altijd bij je blijven, dat weet ik nu heel zeker. Maar dat is natuurlijk egoïsme. De vraag is wat voor jou het beste zou zijn.'

'Ik weet het niet, Mihály. Ik hou veel meer van jou dan jij van mij en ik ben bang dat je me veel verdriet en pijn zou doen. En ... ik weet niet hoe het nu staat met die andere vrouw.'

'Met Éva? Denk je echt dat ik haar gesproken heb? Ik verlang alleen naar haar. Het is een ziekte van mijn ziel. Die ontgroei ik nog wel.'

'Doe dat eerst, dan praten we verder.'

'Goed. Je zult zien dat we binnenkort al verder praten. Welterusten, slaap lekker, lief.'

Maar Mihály werd in de loop van de nacht wakker. Hij reikte zijn hand uit naar Éva en pas toen hij de hand die op de deken lag aanraakte, realiseerde hij zich dat die bij Erzsi hoorde; hij liet hem met een slecht geweten los. Éva was toch heel anders, was de gedachte die bij hem opkwam, wrang en droevig. Hij werd door intense begeerte keer op keer naar Erzsi gedreven, maar op het moment dat zijn verlangen was bevredigd, bleef alleen nog de nuchtere en saaie aanvaarding van de feiten over. Erzsi was aantrekkelijk en goed en al die dingen meer, maar het mysterie ontbrak.

Consummatum est. Erzsi was dus zijn laatste band met de wereld van de mensen. Het enige dat hem nog restte, was degene die er niet was: Éva, Éva ... en als zij vertrokken was, dan zou alleen de eeuwige leegte overblijven.

Erzsi werd bij het ochtendkrieken wakker en dacht: Mihály is niet veranderd, maar ik wel. Vroeger betekende Mihály voor mij het grote avontuur, het rebelse, het vreemde, het geheimzinnige. Nu weet ik dat Mihály passief is; hij laat alleen maar toe dat vreemde machten hem meesleuren. Hij is geen tijger. Of er bestaan in ieder geval veel tijgerachtiger mannen dan hij. János Szepetneki. Of anderen, die ik niet ken. Dat Mihály nu naar mij terugverlangt, komt doordat hij op zoek is naar burgerlijkheid en veiligheid en alles waarvoor ik naar hem toe was gevlucht. Nee, het heeft geen zin. Ik ben van Mihály genezen.

Ze stond op, waste zich en begon zich aan te kleden. Mihály werd ook wakker en de situatie was hem meteen duidelijk. Hij kleedde zich ook aan, waarna ze samen ontbeten, vrijwel zonder een woord te zeggen. Mihály begeleidde Erzsi naar de trein en wuifde haar na. Beiden wisten dat hiermee hun relatie ten einde was.

5.

De dagen die volgden op Erzsi's vertrek, waren verschrikkelijk. Niet lang daarna ging ook Waldheim weg, naar Oxford, en bleef Mihály alleen achter. Hij had nergens zin in, verliet zijn kamer niet eens, lag dagenlang gekleed op bed.

De ware betekenis van Erzsi's woorden drong als vergif in zijn lichaam. Hij dacht veel en met groeiende ongerustheid aan zijn vader, die zich door zijn gedrag en de dreigende financiële ondergang zeker in een ellendige toestand moest bevinden. Hij zag de oude man voor zich, hoe hij zijn plaats aan het hoofd van de tafel zou innemen om, zijn snor opdraaiend of met zijn handen over zijn knieën wrijvend, met de familie te dineren, hoe hij zou doen alsof er niets aan de hand was, terwijl hij het gezelschap met zijn geforceerde vrolijkheid nog meer deprimeerde – niemand zou op zijn grappen reageren, iedereen zou stil worden en in hoog tempo dooreten om maar zo snel mogelijk van tafel te mogen en verlost te zijn van de onaangename familiebijeenkomst.

En als het hem soms lukte om niet aan zijn vader te denken, dacht hij aan Éva. Dat Éva binnenkort naar onbereikbare oorden zou vertrekken om er voor altijd te blijven – voor altijd, dat was nog het verschrikkelijkste van alles. Het was al erg dat Éva niets met hem te maken wilde hebben, maar het leven was nog net uit te houden in de wetenschap dat hij in dezelfde stad woonde als zij, dat hij haar bij toeval tegen kon komen en haar uit de verte misschien nog een blik kon toewerpen ... maar als ze naar India ging, dan bleef er voor Mihály niets, helemaal niets over.

Op een middag kwam er een brief uit Foligno, geschreven door Ellesley.

Dear Mike,

Ik heb de plicht u een zeer droevig mededeling te doen. Pater Severinus, de monnik uit Gubbio, is niet lang geleden zeer ernstig ziek geworden. Eigenlijk had hij al heel lang problemen met zijn longen, maar nu werd het zo erg dat hij niet meer in het klooster kon blijven en naar het ziekenhuis werd gebracht. In de uren dat hij niet door zijn ziekte of zijn devote verplichtingen in beslag werd genomen, heb ik de gelegenheid gehad met hem van gedachten te wisselen en kreeg ik enig inzicht in zijn wonderbaarlijke innerlijk leven. Ik denk dat deze man in vroeger tijden als een heilige zou zijn vereerd. Pater Severinus sprak vaak en op de meest liefdevolle toon over u; ik heb van hem vernomen dat u – zie hoe raadselachtig de paden der Voorzienigheid elkaar kruisen – elkaars zeer geliefde jeugdvrienden bent geweest. Hij verzocht me u op de hoogte te brengen, mocht het onvermijdelijke gebeuren. Bij dezen voldoe ik aan zijn verzoek, aangezien pater Severinus in de voorbije nacht is overleden. Hij bewaarde zijn tegenwoordigheid van geest tot het laatste ogenblik, omringd door zijn kloosterbroeders bad hij tot het moment van zijn vertrek.

Dear Mike, als u even onvoorwaardelijk in het eeuwige leven kunt geloven als ik, dan zult u dit bericht met berusting aanvaarden, in het vertrouwen dat uw vriend is aangekomen waar zijn onvolkomen aardse leven zijn waardige vervulling, de oneindigheid, ontvangt.

Vergeet u ook mij niet helemaal en schrijf zo af en toe aan uw vriend, uw toegenegen,

Ellesley

PS *Miss Millicent Ingram heeft het geld in goede orde ontvangen en vindt uw excuses overbodig in verband met zulk een vriendendienst. Zij denkt veel aan u en vraagt me u haar groeten over te brengen; tevens mag ik u laten weten dat zij mijn verloofde is.*

Het was een verschrikkelijk hete dag. Als in een roes maakte Mihály 's middags een wandeling in de Borghese-tuin, ging daarna vroeg naar bed en viel door vermoeidheid overmand in slaap, maar midden in de nacht werd hij weer wakker.

Nog half in slaap zag hij een met diepe ravijnen doorkliefd, wild landschap om zich heen; hij zocht slaapdronken in zijn herinnering waar hij de smalle kloof, de opgewonden bomen en de gestileerde ruïnes van kende; misschien van de treinreis tussen Bologna en Florence, of van de streek boven Spoleto waar hij naartoe gevlucht was, of wellicht van een schilderij van Salvatore Rosa dat hij in een museum had gezien? Het landschap had een onheilspellende en sinistere uitstraling; spookachtig was ook de gestalte van de reiziger die over zijn stok gebogen het landschap doorkruiste in het licht van de maan hoog boven zijn hoofd. Mihály wist dat de reiziger al eeuwig aan het lopen was door steeds verlatener streken, onder opgewonden bomen en langs gestileerde ruïnes, bedreigd door zware stormen en hongerige wolven, en dat er wellicht geen enkel ander wezen bestond dat zo eenzaam door de donkere nacht liep.

Er werd aangebeld. Mihály knipte het licht aan en keek op zijn horloge. Het was al na middernacht. Wie kon dat zijn? Was het wel de bel die hij hoorde? Vast niet. Hij draaide zich om in zijn bed.

Weer ging de bel. Hij stond haastig op, trok iets aan en ging opendoen. Voor de deur stond Éva.

Mihály raakte zo in verwarring dat hij haar niet eens begroette.

Zo is het nu eenmaal; je snakt onophoudelijk en geobsedeerd naar iemand, je verlangen brengt je op de grens van leven en dood, maar je zoektocht is vergeefs en je leven gaat in nostalgie ten onder. Sinds Mihály in Rome was, wachtte hij op dit moment, hier had hij zich elke keer zonder hoop op voorbereid, tot hij uiteindelijk al bijna geloofde dat hij Éva nooit meer zou spreken. En nu stond ze daar voor hem en trok hij zijn goedkope pyjama over zijn borstkas dicht en schaamde hij zich voor zijn ongeschoren, onverzorgde uiterlijk en zijn rommelige onderkomen en had hij het liefst nog gehad dat zij, naar wie hij zo wanhopig hunkerde, er niet zou zijn.

Maar Éva trok zich hier niets van aan. Ze liep zonder uitnodiging of groet Mihálys kamer binnen, nam plaats in een armstoel en staarde voor zich uit.

Mihály slofte achter haar aan.

Éva was niets veranderd. De liefde bewaart één ogenblik voor altijd: het moment van haar ontstaan. Degene die bemind wordt veroudert nooit, maar blijft in de ogen van de minnaar de zeventienjarige en de zachte bries die er toen stond, op dat noodlottige ogenblik, speelt eeuwig met haar haar en haar lichte zomerjurk.

Mihály was zo overdonderd dat hij niets anders kon vragen dan: 'Hoe ben je aan mijn adres gekomen?'

Éva zwaaide wuifde nerveus met haar hand.

'Ik heb je broer in Boedapest gebeld. Mihály, Ervin is dood.'

'Ik weet het,' zei Mihály.

'Van wie weet je het?' vroeg Éva.

'Ellesley heeft me geschreven, die jonge dokter die je ook ooit hebt ontmoet, in Gubbio, als ik het goed heb, in het huis waar de dodenpoort 's nachts openging.'

'Ja, ik herinner me hem.'

'Hij heeft Ervin in zijn laatste dagen verpleegd in het ziekenhuis in Foligno. Hier is zijn brief.'

Éva las de brief en verzonk in gedachten.

'Weet je nog zijn lange grijze jas,' zei ze na een tijd, 'en hoe hij zijn kraag omhoogzette en hoe hij liep, met gebogen hoofd... Zijn hoofd leek hem voor te gaan, hij liep altijd zijn hoofd achterna, net als die lange slangen die hun kop naar voren gooien en er dan met hun dikke lijf achteraan te glijden... En zoveel als hij rookte! Het maakte niet uit hoeveel sigaretten ik hem voorzette, hij rookte ze allemaal op. Wat was hij lief als hij goed gehumeurd was of als hij gedronken had...'

Pater Severinus was verdwenen – terwijl met het overlijden van de man in Foligno alleen Ervin gestorven was, de bijzondere jongeman, de beste vriend en de mooiste jeugdherinnering.

'Ik wist dat hij erg ziek was,' zei Mihály. 'Ik heb geprobeerd hem over te halen zich te laten behandelen. Denk je dat ik meer pressie had moeten uitoefenen? Had ik in Gubbio moeten blijven tot hij iets aan zijn herstel zou doen?'

'Ik denk dat onze zorg, tederheid en bezorgdheid pater Severinus niet zouden hebben bereikt. Voor hem was de ziekte niet hetzelfde als voor een ander mens, geen straf, maar wellicht een geschenk. Wat weten wij ervan? En van zijn dood, misschien viel het sterven hem licht!'

'Hij had zoveel ervaring met de dood, de laatste jaren hield hij zich, bij mijn weten, met niets anders bezig.'

'Maar misschien stierf hij toch een verschrikkelijke dood. Er zijn er maar weinig die het gegund is hun eigen dood te sterven, zoals ... zoals Tamás.'

De warme, oranjekleurige gloed van de lampenkap viel op Éva's gezicht, dat nu nog veel meer het gezicht was dat Éva in huize Ulpius droeg toen... toen ze speelden dat Tamás of Mihály voor of door haar de dood vond. Waar dacht ze nu aan? Wat voor fantasie of herinnering ging er door haar hoofd? Mihály drukte zijn handen tegen zijn pijnlijke, bonkende hart terwijl duizenden flarden uit zijn geheugen zijn gedachten doorkruisten: de herinnering aan het ziekelijke geluk van die oude spelletjes, de Etruskische beelden in de Villa Giulia, Waldheims uitleg, het Andere Verlangen en de dodenhetaere.

'Éva, jij hebt Tamás vermoord,' zei hij.

Éva schrok. De uitdrukking van haar gezicht was ineens totaal veranderd en ze drukte haar hand tegen haar voorhoofd.

'Niet waar! Dat is niet waar! Hoe kom je erbij?'

'Éva, jij hebt Tamás vermoord.'

'Nee, Mihály, ik zweer het je. Ik heb hem niet vermoord ... zo moet je het niet zien. Tamás heeft zelfmoord gepleegd. Ik heb het aan Ervin verteld en Ervin heeft mij als priester absolutie gegeven.'

'Vertel het mij ook.'

'Goed, ik zal het je vertellen. Luister. Ik ga je vertellen hoe Tamás gestorven is.'

De handen van Éva lagen als ijs in die van Mihály; hij kreeg koude rillingen en zijn hart voelde ineens heel zwaar. Via nauwe gangen, blinde schachten en ondergrondse, zilte meren daalden ze samen af in de mijn der herinneringen, om uit te komen in een grot, waar in het holst van de nacht geheimen en verschrikkingen huisden.

'Je weet nog hoe het was, toch? Dat ik een verloofde had en dat mijn vader me dwong tot een huwelijk en dat ik vroeg om een paar dagen met Tamás te mogen doorbrengen voordat ik met die man zou trouwen.'

'Ja, dat herinner ik me.'

'We gingen naar Hallstatt. Tamás had die plek uitgezocht. Toen we er aankwamen, begreep ik alles. Ik kan het je niet goed vertellen ... het is een eeuwenoude, zwarte stad aan de oever van een dood, zwart meer. In Italië heb je ook bergstadjes, maar Hallstatt is veel duisterder, zo triest en somber dat je er alleen maar dood kunt gaan. Tamás had me tijdens de reis al gezegd dat hij binnenkort zou sterven. Je weet nog wel, zijn baan ... en hij kon er niet in berusten dat hij mij zou verliezen ... bovendien, je weet nog wel hoe sterk hij zich aangetrokken voelde tot de dood en dat hij niet per ongeluk wilde sterven, maar juist goed voorbereid...

Ik weet dat ieder ander mens geprobeerd zou hebben hem ervan te weerhouden, alle bekenden een telegram zou hebben gestuurd, vrienden, politie, ambulance en weet ik wie nog meer te hulp zou hebben geroepen. Mijn eerste reactie was ook dat ik iets moest doen, hulp moest zoeken. Maar ik deed het niet, in plaats daarvan lette ik scherp op elke stap die hij zette. Maar toen werd het me ineens zonneklaar dat Tamás gelijk had. Hoe ik plotseling tot dat inzicht kwam, kan ik je niet vertellen ... maar je weet hoe dicht we op elkaar zaten, dat ik altijd haarfijn wist wat er in hem omging – en toen wist ik dat er niets meer aan te doen was. Als het niet nu was, zou het binnenkort wel een keer gebeuren, en als ik er niet bij was zou hij alleen de dood ingaan, en dat zou voor ons allebei verschrikkelijk zijn.

Tamás merkte dat ik het had aanvaard en vertelde me op welke dag het zou gebeuren. Die dag zijn we nog gaan roeien op het dode meer, maar 's middags regende het al en trokken we ons in onze kamer terug. Nooit was de herfst zo herfstachtig geweest als toen, Mihály.

Tamás schreef zijn afscheidsbrief – een paar nietszeggende

woorden zonder een reden te noemen. Daarna vroeg hij me het gif klaar te maken en het hem aan te geven...

Waarom hij mij ook hierbij nodig had? ... en waarom ik bereid was het te doen ... zie, dat zijn dingen die alleen jij wellicht kunt begrijpen, jij, die ooit samen met ons gespeeld hebt.

Ik heb daarna nooit gewetenswroeging gehad. Tamás wilde sterven en ik had het nooit kunnen tegenhouden, ik wilde het ook niet, want ik wist dat dit het beste voor hem was. Ik heb er goed aan gedaan zijn laatste wil te eerbiedigen en ik heb er nooit spijt van gekregen. Als ik er niet bij geweest was, als ik hem het gif niet had aangereikt, dan was hij misschien niet sterk genoeg geweest en had hij urenlang geworsteld met zijn zielenangst. Hij had het uiteindelijk toch wel gedaan, maar dan was hij bang de dood ingegaan, vol schaamte over zijn lafheid. Nu kon hij zich dapper het leven benemen omdat hij speelde, hij deed of ik hem vermoordde – hij voerde het stuk op dat we thuis al zo vaak hadden gerepeteerd.

Daarna ging hij op bed liggen en ik ging bij hem zitten. Toen de dodelijke slaap kwam, trok hij me naar zich toe en kuste me. Hij kuste me net zo lang tot zijn armen van me afvielen. Het waren niet de kussen van een broer, dat geef ik toe. Maar toen waren we geen broer en zuster meer, maar iemand die zou voortleven, en iemand die stierf... toen waren we al vrij, geloof ik.'

Ze zwegen heel lang.

'Éva, waarom heb je me laten weten dat ik je niet moest zoeken?' vroeg Mihály eindelijk. 'Waarom wilde je me niet ontmoeten?'

'O, voel je dat niet, Mihály? Voel je niet dat het onmogelijk is? ... dat we niet met zijn tweeën zijn, als we samen zijn ... Tamás kan elk ogenblik komen. En voortaan ook Ervin... Ik kan niet met jou samen zijn, Mihály, nee.'

Ze stond op.

'Ga nog even zitten,' zei Mihály zo zacht als iemand alleen in de grootste opwinding kan praten. 'Is het waar dat je naar India gaat? Voor lange tijd?'

Éva knikte.

Mihály wrong zijn handen in elkaar.

'Ga je echt weg, zodat ik je niet meer kan zien?'

'Ja. En wat ga jij doen?'

'Het enige dat ik nog kan doen: mijn eigen dood sterven. Net als... als Tamás.'

Opnieuw zwegen ze.

'Bedoel je het serieus?' vroeg Éva eindelijk.

'Zo serieus als maar kan. Het heeft geen zin meer om in Rome te blijven. En nog minder om naar huis te gaan. Niets heeft nog zin.'

'Kan ik nog iets voor je doen?' vroeg Éva zonder enige overtuiging.

'Nee. Of... toch wel. Je zou nog iets voor me kunnen doen, Éva.'

'Wat?'

'Ik durf het haast niet te vragen, zo moeilijk is het.'

'Zeg het.'

'Éva, blijf bij me als ik sterf ... zoals je bij Tamás hebt gedaan, Éva.'

Éva dacht na.

'Doe je het? Doe je het alsjeblieft? Éva, dit is het enige dat ik je vraag, en daarna vraag ik je nooit meer iets, in alle eeuwigheid.'

'Goed.'

'Beloof je het?'

'Ik beloof het.'

6.

Erzsi was terug in Parijs. Ze belde János en hij kwam haar 's avonds ophalen om uit eten te gaan. Szepetneki leek Erzsi verstrooid en niet bijzonder opgewekt dat ze terug was. Haar vermoeden bleek juist, want János zei meteen: 'Vanavond gaan we met de Pers eten.'
 'Waarom? Op de eerste avond!'
 'Je hebt gelijk, maar ik kan er niets aan doen. Hij hield voet bij stuk en je weet dat ik geen andere keus heb dan het hem naar de zin te maken.'
 Tijdens het eten was János erg stil en Erzsi en de Pers hielden het gesprek op gang.
 De Pers vertelde over zijn vaderland. Daar was liefde nog altijd een zware en romantische taak en waren er voor de verliefde jongeman allerlei grote obstakels te overwinnen. Het kon bijvoorbeeld zo zijn dat hij over een drie meter hoge stenen muur moest klimmen en zich in de tuin van de vader van de door hem aanbeden vrouw moest verstoppen om het ogenblik af te wachten dat zij met haar chaperonne langs zou wandelen. Dan konden ze een paar woorden met elkaar wisselen, waarbij de jongeman zijn leven op het spel zette.
 'Is dat dan goed?' vroeg Erzsi.
 'Ja, heel goed,' zei de Pers, 'heel erg goed. Dingen waarvoor je moet wachten, vechten en lijden, waardeer je veel meer. Vaak denk ik dat Europeanen helemaal niet weten wat liefde is. Technisch gezien hebben ze er in ieder geval geen benul van.'
 De Pers had een vreemde gloed in zijn ogen; hij begeleidde zijn woorden met overdreven en tegelijk toch sierlijke gebaren – echte, ongetemde gebaren.
 'Ik ben zeer blij met uw terugkomst, Madame,' zei hij ineens. 'Ik was al bang dat u in Italië zou blijven. Dat zou jammer geweest zijn ... ik had het erg spijtig gevonden.'

Als om hem te bedanken legde Erzsi haar hand vluchtig op die van de Pers. De mannenhand onder haar handpalm trok samen in een soort klauw. Erzsi schrok en trok haar hand terug.

'Ik wilde u iets vragen,' zei de Pers. 'Zou u een klein geschenk van mij willen aannemen? Ter ere van uw terugkomst.'

Hij haalde een zeer fijn versierde gouden tabaksdoos te voorschijn.

'Eigenlijk is het een opiumdoosje,' zei hij, 'maar u kunt er ook sigaretten in doen.'

'Ik weet niet op grond waarvan ik zoiets van u zou kunnen accepteren,' zei Erzsi verlegen.

'Doet er niet toe. Voor mijn vermaak. Omdat ik geen Europeaan ben, maar afkomstig uit een wereld waar mensen elkaar graag en van harte geschenken geven en dankbaar zijn als die geschenken worden aanvaard. Neem het van mij aan, omdat ik Lutphali Suratgar ben, en wie weet of u ooit in uw leven nog zo'n rare vogel tegenkomt.'

Erzsi keek János vragend aan. Ze vond het doosje erg mooi en wilde het heel graag aannemen. János knipperde goedkeurend met zijn ogen.

'Goed dan, ik neem het aan,' zei Erzsi, 'en dank u zeer. Ik zou het van niemand anders accepteren, alleen van u. Want wie weet of ik ooit nog zo'n rare vogel tegenkom.'

De hele rekening werd door de Pers betaald. Erzsi werd er enigszins nerveus van. Het leek bijna alsof János haar aan de Pers had aangeboden, alsof hij haar impresario was, om het maar netjes te formuleren, terwijl hij zich bescheiden terugtrok... Maar ze wuifde deze gedachte snel weg. Waarschijnlijk had János zoals gewoonlijk geen geld en liet hij de Pers daarom voor alle kosten opdraaien. Of misschien wilde de Pers het zelf op die manier, met zijn oosterse luister. Bovendien werd er in Parijs altijd maar door één persoon betaald.

János viel die nacht snel in slaap en Erzsi had daarom de tijd om over de dingen na te denken.

De affaire met János loopt ten einde, dat is zonder meer duidelijk en ik vind het niet eens erg. Alles wat interessant aan hem is, ken ik al. Ik ben steeds bang voor hem geweest, wachtte op het moment dat hij me zou neersteken of beroven, maar kennelijk heb ik hem verkeerd ingeschat en daarom ben ik nu een beetje teleurgesteld. Wat komt hierna? De Pers misschien? Het lijkt erop dat hij me aantrekkelijk vindt.

Ze dacht er lang over na hoe de Pers van heel dichtbij zou zijn. Hij was ongetwijfeld een echte tijger, ja, *Tiger, tiger, burning bright in de forest of the night...* Wat een gloed had hij in zijn ogen... Wat angstaanjagend... ja, hij was angstaanjagend. Wellicht moest ze het er een keer op wagen. Er waren nog zo veel onbekende gebieden in de liefde, vol geheimen, verrukkingen, paradijselijke ervaringen...

Twee dagen later nodigde de Pers hen uit voor een tochtje met de auto naar Paris-Plage. Ze zwommen in de zee, dineerden samen en keerden pas terug toen het al donker was.

De reis duurde lang en de Pers, die aan het stuur zat, werd steeds onzekerder.

'Zeg, hebben we dit meer op de heenweg ook gezien?' vroeg hij János.

János keek voor zich uit en dacht na. 'Jij misschien wel, maar ik niet.' Ze stopten om de kaart te bestuderen.

'Ik zou bij God niet weten waar we nu zijn. Ik zie hier helemaal geen meer.'

'Ik heb toch steeds gezegd dat de bestuurder niet zo veel moest drinken,' zei hij geïrriteerd.

Ze reden verder, zoekend naar de goede weg. Er was nergens een mens of een voertuig te bekennen.

'Er is iets mis met de auto,' zei János. 'Hoor je hoe de motor zo nu en dan hapert?'

'Hij hapert inderdaad.'

Naarmate ze verder reden werd het gerommel van de motor steeds opvallender.

'Heb jij verstand van motoren?' vroeg de Pers. 'Ik heb er helemaal geen verstand van. Voor mij zijn motoren nog steeds duivelse mirakels.'

'Zet hem maar aan de kant, ik ga even kijken.'

János stapte uit, opende de klep van de koelinstallatie en nam de toestand in ogenschouw.

'De riem van de ventilator is helemaal versleten. Hoe kun je met zo'n riem rondrijden? Je moet je auto toch regelmatig laten nakijken.'

Ineens begon hij hardop en nogal lelijk te vloeken.

'Heilige blauwheid van de blauwe buik, nu is de riem echt kapot! Nou, dat hebben we mooi voor elkaar gekregen.'

'Heb jíj mooi voor elkaar gekregen.'

'Heb ik mooi voor elkaar gekregen, ja. Hier komen we echt niet weg zolang we geen nieuwe riem gevonden hebben. Jullie kunnen net zo goed uitstappen.'

Ze stapten uit. Het begon ondertussen te regenen. Erzsi knoopte haar regenjas dicht.

De Pers was woedend en ongeduldig.

'Duizend djinns nog aan toe, wat moeten we nu? We staan midden op de weg, en ik wed dat het niet eens een provinciale weg is ook.'

'Ik zie daar een huis,' zei János. 'Laten we daar even kijken.'

'Kom nou, zo laat? Rond deze tijd ligt iedereen op het Franse platteland al op één oor, en als er toch nog iemand wakker is, dan laat die zich niet in met verdachte buitenlanders.'

'Er brandt nog licht,' wees Erzsi naar het huis.

'Laten we het proberen,' zei János.

Ze sloten de auto af en liepen naar het huis dat aan de voet van een heuvel stond. Het was omringd door een muur, maar de poort stond open. Ze konden doorlopen tot aan de ingang.

Het huis zag er voornaam uit, in het donker leek het op een klein château met zijn naar voren hangende markiezen en zijn elegante, Franse lijnen.

Ze klopten aan. De deur werd op een kier opengedaan en een oude boerin stak haar hoofd naar buiten. János vertelde wat hun overkomen was.

'Wacht u even, ik roep ik de monsieur.'

Al snel kwam een provinciaal geklede Franse heer van middelbare leeftijd naar de deur. Terwijl hij naar János luisterde, nam hij het gezelschap onderzoekend op. Zijn gezicht klaarde langzaam op en hij nodigde hen zeer vriendelijk uit om binnen te komen.

'Welkom bij ons, dame en heren. Komt u maar verder, binnen gaan we alles bespreken.'

Hij bracht hen naar een ouderwetse woonkamer met de sfeer van een jachtslot. Achter een tafel, voorovergebogen over haar borduurwerk, zat een vrouw, duidelijk zijn echtgenote. De man schetste haar de situatie en nodigde de gasten uit te gaan zitten.

'Uw ongeluk is ons geluk,' zei de vrouw. 'U kunt u niet voorstellen hoe lang en saai de avonden in de provincie kunnen zijn. Maar je kunt je landgoed in dit jaargetijde niet zomaar verlaten.'

Erzsi had een onaangenaam gevoel. Het hele château was niet realistisch, of eigenlijk was het juist veel te realistisch, als een naturalistische toneelopvoering. Of die man en die vrouw zaten al sinds tijden onder het bleke licht van de lamp, of ze waren pas tot leven gewekt door hun binnenkomst. Ze voelde diep vanbinnen dat er iets niet klopte.

Het dichtstbijzijnde dorp waar misschien een garage te vinden was, lag drie kilometer verderop, maar het gastvrije echtpaar had niemand om erheen te sturen, want de mannelijke bedienden sliepen in dit seizoen allemaal in de hoeve.

'U kunt hier blijven overnachten,' stelde de vrouw voor. 'Er zijn slaapplaatsen genoeg voor u allen.'

Maar János en de Pers hielden vol dat ze die nacht nog terug moesten naar Parijs.

'Er wordt op me gewacht,' zei de Pers en gaf met een discrete glimlach te kennen dat het om een dame ging.

'Er zit niets anders op,' zei János, 'dan dat een van ons naar het dorp loopt. Drie kilometer is een afstand van niks. Ik ga natuurlijk zelf, want uiteindelijk heb ik de riem kapotgemaakt.'

'Niets daarvan,' zei de Pers. 'Ik ga wel, want jullie zijn mijn gasten en ik heb de plicht om me over jullie te ontfermen.'

'Laten we dan loten,' stelde János voor.

Het lot viel op János.

'Ik ben zo terug,' zei hij en snelde weg.

De gastheer bracht wijn van eigen productie. Ze zaten rond de tafel, dronken en voerden op zachte toon een gesprek, af en toe luisterend naar het getik van de regen tegen het raam.

In Erzsi groeide gestaag het gevoel dat dit allemaal totaal irreëel was. Ze volgde de conversatie niet; het echtpaar vertelde waarschijnlijk over de monotonie van het leven op het platteland, eentonig en slaapverwekkend als de regen. Was het getik van de regen zo slaapverwekkend? Of had haar gevoel van eenzaamheid haar in deze haast verdoofde stemming gebracht? ... Het feit dat ze bij niemand hoorde en hier aan het einde van de wereld zat te wachten in een Frans kasteel, waarvan ze de naam niet eens kende en waar ze zonder enige reden terecht was gekomen, want met evenveel gemak was ze aan het andere eind van de wereld in een ander kasteel beland, waar ze dan ook de oorzaak niet van kende.

Plotseling kreeg ze het gevoel dat niet haar gedachten haar in slaap susten, maar de blik van de Pers die van tijd tot tijd over haar heen streek. Hij streelde haar met een tedere, warme, ontroerde blik, die heel anders was dan de koude, blauwe blik van Europeanen. De ogen van de Pers straalden een dierlijke warmte en veiligheid uit. Hij wiegde Erzsi liefkozend in zijn ogen. Ja, deze man hield van vrouwen ... maar niet alleen in die zin ... hij hield niet van hen omdat hij een man was, maar omdat zij vrouwen waren, een andere soort: lieftallige, beminnelijke wezens. Nu wist ze het: hij hield van vrouwen zoals echte hondenliefhebbers van hun honden houden. En dat was misschien nog het beste wat een vrouw zich kon wensen.

In deze halfslaap realiseerde ze zich ineens dat ze onder de tafel de hand van de Pers vasthield en streelde.

De Pers verried niets, hij vertrok geen spier. Hij bleef beleefd doorpraten met de gastheer. Toch voelde Erzsi dat de man van top tot teen begon te gloeien. Hij was ineens in een vulkaan veranderd die op uitbarsten stond. Maar de Pers wachtte geduldig, wellicht had hij niet eens plannen zo laat op de avond...

Zou hij denken dat ik ook een ongenaakbare Perzische dame ben? Mijn God, eigenlijk moeten we gaan wandelen ... maar het regent.

Er werd geklopt. De boerin bracht een door en door natte jongen de kamer binnen; het echtpaar kende hem. De knul vertelde dat János was aangekomen in het dorp in kwestie, maar dat er geen riem te vinden was. Bovendien had hij zijn enkel verzwikt en onder deze omstandigheden leek het hem het best als hij de nacht doorbracht bij de plaatselijke arts, die een zeer innemende man was. Hij verzocht hun hem op te halen als iemand de auto weer aan de praat had gekregen.

Erzsi en de Pers namen verbijsterd kennis van dit bericht. Ze stelden vast dat het — aangezien er toch niets aan te doen viel — hoog tijd was om naar bed te gaan, het was al na middernacht. De gastvrouw leidde hen naar boven. Tactvol stelde ze vast dat Erzsi en de Pers niet bij elkaar hoorden, dus wees ze hun allebei een aparte kamer en wenste hun een goede nacht. Erzsi zei welterusten en nam afscheid van de Pers; ze liep naar haar kamer, waar de oude boerin haar bed al had klaargemaakt.

Alsof alles van tevoren was voorbereid. Erzsi had geen twijfels meer, alles was in scène gezet. Het moest de fantasie van János geweest zijn, hij was de bedenker van dit toneelstukje, dat speciaal voor haar werd opgevoerd. De kapotte auto, het kasteel langs de weg, de verzwikte enkel van János ... het laatste bedrijf met het happy end moest nu volgen.

Ze keek rond in haar kamer. Ze draaide de sleutel om in het slot, maar zag toen dat de kamer nog een andere deur had, zonder slot; ze glimlachte. Heel voorzichtig opende ze die deur en kwam in een donkere kamer. Tegenover de deur die ze had geopend, was weer een andere deur, waaronder een strookje licht scheen. Ze liep er op haar tenen naartoe; in de kamer hoorde ze stappen. Ze haalde zich voor de geest hoe ze door de gang hadden gelopen en uit de ligging van de kamers stelde ze vast dat de kamer achter de deur die van de Pers moest zijn. Hij zou zijn deur vast niet op slot doen. Zo zou hij op zijn gemak haar kamer binnen kunnen lopen. Dat was niet meer dan vanzelfsprekend na het intieme samenzijn in de huiskamer, onder het bleke licht van de lamp. Ze liep terug naar haar kamer.

In een spiegel zag ze hoe diep ze bloosde. János had haar aan de Pers verkocht, en de Pers had haar gekocht als een stuk jong vee.

Bij wijze van voorschot had hij haar het tabaksdoosje gegeven – waarvan ze later vaststelde dat het veel en veel meer waard was dan ze op het eerste oog had ingeschat – en János kreeg ongetwijfeld betaald in contanten. Erzsi voelde zich diep vernederd en woedend. Ze had zoveel van de Pers kunnen houden ... maar hij behandelde haar als koopwaar! Wat waren mannen toch achterlijk! Hiermee had hij alles kapotgemaakt.

Hoe komt het dat ik door iedereen verhandeld word? Mihály heeft me aan Zoltán verkocht en met zijn brief zelfs een koopakte afgegeven; nu verkoopt János me aan de Pers en God weet aan wat voor Griek of Armeniër hij me straks doorverkoopt. Bovendien zijn het keer op keer mannen die niets over me te vertellen hebben die handel met me drijven. Ze brak zich het hoofd over de vraag welke van haar eigenschappen de mannen steeds aanzetten om haar te gelde te maken. Of lag de fout niet bij haar, maar bij de mannen die haar pad hadden gekruist: Mihály en János hielden allebei van Éva – Éva, die zich te koop aanbood – en konden zich haar misschien ook niet anders voorstellen.

De Pers kon nu elk moment komen om – alsof het de gewoonste zaak van de wereld was – de akte op te maken. Schandalig! Ze moest er iets tegen doen, maar wat? Naar de gastvrouw lopen en een scène schoppen, haar om bescherming vragen? Dat zou alleen maar belachelijk zijn geweest, die mensen waren immers door de Pers ingehuurd. (Wie konden het zijn? Ze speelden hun rol uitstekend ... misschien waren het professionele acteurs, de Pers was niet voor niets ondernemer in de filmindustrie.) Ze liep radeloos op en neer in de kamer.

En als ze zich nu eens vergiste? Misschien kwam het niet eens bij de Pers op om naar haar kamer te lopen.

Nu realiseerde ze zich plotseling dat als de Pers niet kwam, dat even kwetsend voor haar zou zijn, als wanneer hij dat wel deed.

Als hij kwam ... dat was misschien niet eens zo beledigend of vernederend voor haar. Hij moest immers begrepen hebben dat zij hem aantrekkelijk vond, zij had hem zelfs uitgenodigd. Niet als een vrouw uit zijn eigen harem zou hij haar bezoeken, maar als een vrouw die hem begeerde en van wie hij hield, nadat de obstakels voorzichtig uit de weg waren geruimd. Ze was verkocht? Dat klopte. Maar eigenlijk was het feit dat mannen bereid waren immense bedragen voor haar neer te tellen eerder een compliment dan een belediging, geld geef je immers alleen uit aan dingen die het waard zijn... Ze begon zich haastig uit te kleden.

Ze bleef even voor de spiegel staan en keek tevreden naar haar schouders en armen, die onderdelen waren van het geheel waarvoor mannen 'immense bedragen neertelden'. De gedachte leek haar nu uitgesproken prettig. Was ze het waard? Als zij vonden dat ze het waard was...

Daarnet, beneden, onder het bleke licht van de lamp, had ze hevig naar de omhelzing van de Pers verlangd. Niet zozeer met directe passie, maar voornamelijk uit nieuwsgierigheid naar het exotische. Toen dacht ze er niet aan dat haar begeerte kon worden vervuld. Maar nu zou weldra haar hele lichaam genieten van de vulkanische gloed die ze in de Pers vermoedde. Wat was het raar en angstaanjagend om zich zo voor te bereiden, vol verwachting af te wachten wat er gebeuren zou.

Ze werd bevangen door rillingen van de opwinding. Dit moest de nacht van haar leven worden. Hier hadden alle wegen naartoe geleid: dit was het doel, de vervulling. Eindelijk zou ze alle burgerlijke conventies achter zich laten, alles wat ze nog in zich meedroeg uit Boedapest en uit Parijs, door zich ergens diep in de Franse nacht, in een eeuwenoud kasteel, over te geven aan een man die haar had gekocht. Ze zou nu haar vermomming van beschaafde dame van zich afschudden om zich te onderwerpen aan een exotisch, edel dier, als een odalisk in het bijbelse oosten of liever nog in *Duizend-en-één-nacht*. Verborgen in haar fantasie had zij altijd deze begeerte gekoesterd, al toen ze Zoltán bedroog met Mihály... en haar instinct had haar op de goede weg geholpen, want zie, haar avontuur met Mihály had haar naar haar doel geleid.

Achter de tweede deur stond wellicht haar ultieme man. De echte tijger. De exotische lust. De man van de liefde. Nog een paar minuten en ze zou het zeker weten. Ze rilde. Was het koud? Nee, ze was bang.

Haastig trok ze haar blouse weer aan. Ze ging bij de deur naar de gang staan en drukte haar handen tegen haar hart, een eenvoudige en oprechte geste die ze zo goed van het witte doek kende.

In haar fantasie openbaarde zich in al zijn geweldigheid, zonder romp en zonder hoofd, het geheim: het oosterse, mannelijke liefdesgeheim. Hoe zou deze haar totaal wezensvreemde man haar benaderen, zou hij haar niet folteren of verscheuren, ging ze niet haar ondergang tegemoet? Zou ze niet vernietigd worden, zoals vrouwelijke stervelingen door de fatale omhelzing van goden? Wat stond haar te wachten, welke geheimzinnige verschrikkingen?

Toen vermande Erzsi zich, en kwam de welopgevoede dame, de voorbeeldige leerlinge, de spaarzame huisvrouw in haar weer naar boven, alles waarvoor ze op de vlucht was geslagen. Nee, nee, nee, ze durfde het niet... De angst maakte haar sterk en vindingrijk. Binnen enkele minuten trok ze alle meubels voor de deur zonder sleutel, ook het zware bed sleepte ze erheen en uiteindelijk viel ze er uitgeput op neer.

Ze was net op tijd. In de aangrenzende kamer hoorde ze de zachte voetstappen van de Pers al naderen. Hij stond voor de deur. Hij luisterde eerst, duwde toen de deurkruk omlaag.

De deur, gesteund door alle meubels van de kamer, verzette zich. De Pers zette geen kracht.

'Elisabeth,' zei hij zacht.

Erzsi antwoordde niet. De Pers deed opnieuw een poging om de deur te openen, deze keer leunde hij er kennelijk met zijn volle gewicht tegenaan. De meubels gaven iets mee.

'Ga weg!' riep Erzsi.

De Pers hield op; er volgde een diepe stilte.

'Elisabeth, doe de deur open,' zei de Pers iets luider.

Erzsi antwoordde niet.

De Pers siste iets en zette zich schrap tegen de deur.

'Kom niet binnen!' gilde Erzsi.

De Pers liet de deur los.

'Elisabeth,' zei hij nog een keer, nu op zwakkere toon, als vanuit de verte.

Na een hele poos zei hij nog: 'Welterusten,' en liep terug naar zijn kamer.

Erzsi lag klappertandend, met haar kleren aan, op bed. Ze huilde en voelde zich volledig uitgeput. Dit was het moment van de waarheid, waarop haar hele leven in een flits duidelijk was geworden. Ze stelde zich de zaak in alle eerlijkheid voor: ze wist waarom ze de Pers niet had binnengelaten. Niet vanwege de vernederende omstandigheden en ook niet omdat ze een eerbare vrouw, maar omdat ze laf was. Het geheim waarnaar ze al die tijd had gezocht, kwam haar tegemoet, en zij ontvluchtte het. Ze was haar hele leven een burgervrouwtje geweest, en dat zou ze voortaan ook blijven.

O, als de Pers nu terugkwam ... dan zou ze hem graag binnenlaten. Ze kon er toch niet aan doodgaan, er stond niets echt verschrikkelijks te gebeuren, o, wat was haar schrik toch dom en kinderachtig geweest! Als de Pers nu terugkwam, dan kon ze deze afmattende vermoeidheid van zich afschudden, evenals alle andere vergissingen...

Maar de Pers kwam niet terug. Erzsi kleedde zich uit, ging liggen en viel in slaap.

Ze sliep misschien een uur of twee. Toen ze wakker werd, gloorde de ochtend al. Het was halfvier. Ze sprong uit bed, waste haar gezicht, kleedde zich aan en sloop naar de gang. Zonder erover na te hoeven denken wist ze dat ze hier weg moest. Ze mocht de Pers nooit meer zien. Ze schaamde zich, maar was tegelijk blij dat ze het avontuur heelhuids had overleefd. Ze was vrolijk, en toen het haar lukte de zware deur van het kasteel, die wel vergrendeld was maar niet op slot zat, open te krijgen en onopgemerkt door de tuin naar de grote weg te komen, werd ze bevangen door een soort puberale overmoed; ze had het gevoel dat ze, ondanks haar lafheid, toch gewonnen had, dat dit haar triomf was.

Ze liep verheugd verder en na korte tijd kwam ze in een klein dorpje aan. Er was een treinstation dichtbij en er reed zelfs vroeg in de ochtend een markttrein naar Parijs. Het was nog niet laat toen ze in de stad aankwam.

Terug in haar hotel ging ze naar bed en viel meteen in slaap. Ze bleef tot in de middag diep en misschien zelfs gelukkig slapen. Toen ze wakker werd, had ze het gevoel dat ze uit een lange, mooie en tegelijk angstaanjagend nare droom was ontwaakt. Ze stapte in een taxi om naar Sári te gaan, terwijl ze met evenveel gemak de bus of de metro had kunnen nemen. Maar nu ze eindelijk wakker was, was ook haar zuinigheid weg.

Aan Sári deed ze verslag van haar belevenissen. Ze vertelde alles met de cynische openheid waarmee vrouwen onder elkaar hun geliefden doornemen. Bij wijze van commentaar gaf Sári af en toe een gilletje of plaatste ze een wijze opmerking.

'En wat ga je nu doen?' vroeg ze op zachte en bemoedigende toon.

'Hoezo? Heb je dat nog niet geraden? Ik ga terug naar Zoltán. Daarom ben ik ook naar jou gekomen.'

'Ga je terug naar Zoltán? Je hebt hem toch niet voor niets verlaten? Denk je dat het nu beter wordt? Je gaat toch niet beweren dat je tot over je oren verliefd op hem bent? Ik begrijp je niet... Maar je hebt volkomen gelijk. Absoluut. Als ik jou was, zou ik hetzelfde doen. Neem gerust het zekere voor het onzekere, je bent er niet voor geboren om tot je oude dag in studentikoze stijl in Parijs te wonen en dagelijks van minnaar te wisselen alsof het je beroep was.'

'Precies. Daar ben ik niet voor geboren. En juist daarom... Luister, ineens weet ik wat me gisteren zo deed schrikken. Ik dacht: Waar leidt dit allemaal toe? Na de Pers kon er nog een Venezolaan komen, en daarna een Japanner of misschien een neger... Ik dacht: Als je hieraan begint, kun je niet meer stoppen, en waarom zou je ook? Maar toch wilde ik het niet. Ik kon toch niet zo'n soort vrouw worden, vind je wel? Daar schrok ik van, van mezelf dus, van de gedachte waartoe ik allemaal in staat zou zijn en wat me allemaal nog zou kunnen overkomen. Maar nee, ik hoefde het niet uit te proberen. Een vrouw moet ergens haar grenzen stellen. Dan toch liever Zoltán.'

'Hoezo "toch liever"? Hij is geweldig! Een rijke man, een goede man, hij aanbidt je, ik begrijp niet eens hoe je hem in de steek hebt kunnen laten. Je moet hem nu meteen schrijven en dan inpakken en wegwezen. Mijn lieve Erzsi... Wat heb jij het goed getroffen. Wat zal ik je missen.'

'Nee, ik ga hem niet schrijven, jij gaat hem schrijven.'

'Ben je bang dat hij je niet meer terug wil?'

'Nee, schatje, daar ben ik heus niet bang voor. Maar ik wil hem niet schrijven, want hij hoeft niet te weten dat ik naar hem toe vlucht, hij hoeft niet te weten dat ik geen andere mogelijkheden heb. Laat hij maar denken dat ik medelijden met hem heb gekregen. Anders gaat hij zich maar wat verbeelden!'

'Je hebt helemaal gelijk.'

'Schrijf hem dus dat je je uiterste best hebt gedaan om mij te overreden naar hem terug te gaan en dat je de indruk hebt gekregen dat ik daar nu toe bereid ben en alleen uit trots nog niet toe wil geven. En dat het het beste zou zijn als hij naar Parijs kwam om met mij te praten. Dat jij de zaak goed voor hem zult voorbereiden. Zoiets. Schrijf een verstandige brief, Sári. Zoltán zal je zeer ruimhartig belonen.'

'Uitstekend. Ik ga meteen aan het werk. Erzsi, zeg, als je als vrouw van Zoltán weer terug bent in Boedapest, zou je me dan een paar mooie schoenen kunnen sturen? Je weet dat ze daar niet alleen goedkoper zijn, maar ook beter en degelijker.'

7.

Foied vinom pipafo, cra carefo. Vandaag drink ik wijn, morgen is er geen meer. De wijn was op, en ook het geheimzinnige vocht dat er van binnenuit voor zorgt dat je 's ochtends wakker wordt met de illusie dat het de moeite waard is om op te staan. En in dezelfde mate als waarin de wijn opraakte, steeg van onderuit de donkere zee, het bergmeer dat in de diepte met de oceaan in verbinding staat, dat Andere Verlangen, dat tegenover het leven stond en krachtiger was dan het leven.

De kiem, die in de vorm van Tamás in zijn binnenste geworteld zat, kwam nu als waarheid naar buiten. Want de kiem – die van zijn eigen dood – was gestaag in hem gegroeid, had zich met zijn levenssappen gevoed, zich met zijn gedachten tot wijsheid ontwikkeld, de schoonheid van het landschap opgezogen, om zich als tot volle wasdom gekomen werkelijkheid aan de wereld te tonen.

Hij had Éva het tijdstip geschreven: zaterdagnacht. Éva schreef terug: *Ik zal er zijn.*

Niet meer dan dat. Dit korte, zakelijke antwoord verbijsterde Mihály. Zou het voor haar geen greintje meer betekenen? Wat een routine, de dood. Griezelig.

Hij voelde een koelte in zich opkomen, een raar soort, ziekelijke koude die nog het meest op verdoving leek; zoals een lichaamsdeel dat langzaam aan gevoelloos begint te worden en het lichaam in een vreemd en angstaanjagend object verandert, zo stierf in hem langzaam datgene wat Éva was geweest. Mihály kende de rustpauzes van de liefde heel goed, de momenten waarop je – zelfs op het zinderende zenit van de genegenheid – in plaats van verliefdheid opeens onverschilligheid ervaart; je kijkt verbaasd in het mooie, vreemde gezicht en je vraagt je af of dit wel de vrouw is van wie... Op dit moment voelde hij, sterker dan ooit, een dergelijke rustpauze. Éva voelde verkild aan.

Terwijl hij voor zijn vel papier, met zijn vulpen in de aanslag, zat te wachten tot hem voorbeeldige, gedisciplineerde zinnen te binnen zouden schieten, werd er aangebeld. Mihály schrok hevig. Wekenlang kwam er niemand, wie kon het zijn, juist op dit moment? Een ogenblik gingen er onbenoembare vermoedens door zijn hoofd. De hospita was niet thuis. Nee, hij ging niet opendoen, het had geen zin meer, hij had met niemand meer iets te maken.

Maar de bel werd steeds luider en ongeduldiger. Mihály trok zijn schouders op alsof hij dacht: Kan ik er wat aan doen dat ze zo drammerig zijn? en liep naar de deur. Hij voelde zelfs iets van opluchting.

Tot zijn grote verbazing stond Vannina voor de deur, samen met een ander Italiaans meisje. Ze waren feestelijk gekleed, getooid met zwart-zijden sjaals om het hoofd en zichtbaar goed gewassen.

'O,' zei Mihály, 'ik ben zeer vereerd,' en ging door met warrig gestamel, omdat hij de situatie niet begreep en zijn Italiaans niet toereikend was om zijn verwarring te verhullen.

'Komt u mee, signore,' zei Vannina.

'Ik? Waarheen?'

'Naar de doop!'

'Welke doop?'

'De doop van de bambino van mijn nicht. Hebt u de uitnodiging niet gekregen?'

'Ik heb niets gekregen. Hebt u me geschreven? Hoe wist u mijn naam en adres?'

'Uw vriend had het me gezegd ... hier staat het, kijk maar.'

Ze haalde een verfrommeld papiertje te voorschijn waarop Mihály het handschrift van Szepetneki herkende. 'Kool is rond' stond erop, en zijn adres.

'Hebt u de brief aan deze persoon geadresseerd?' vroeg Mihály.

'Ja. Een vreemde naam, lijkt me. Hoezo, hebt u geen brief ontvangen?'

'Nee, echt niet. Ik begrijp ook niet waarom. Maar kom toch verder.'

Ze liepen naar zijn kamer. Vannina keek rond en vroeg: 'Is de signora niet thuis?'

'Nee, ik heb geen signora.'

'Echt niet? Het zou fijn zijn om nog even te blijven ... maar de bambino moet worden gedoopt. Kom, kom snel, iedereen is er al bijna, en de priester mag je niet laten wachten.'

'Maar lieve schat, ik ... ik heb geen brief gekregen, wat me erg spijt, maar ik ben er helemaal niet op voorbereid dat ik vandaag...'

'Dat kan wel, maar het geeft niet. U hebt toch niets te doen, buitenlanders hebben nooit iets te doen. Neem uw hoed maar en kom mee, *avanti*!'

'Maar ik heb het erg druk op het moment ... ik moet een aantal zeer gewichtige zaken regelen.'

Hij werd ineens somber. Alles kwam weer in hem naar boven en tegelijk zag hij ook de banale stompzinnigheid van de situatie. Tijdens het schrijven van zijn afscheidsbrief werd hij lastig gevallen met het verzoek om naar een doopfeest te gaan. Ze kwamen zomaar bij hem binnenvallen met dergelijke aardige en domme dingen: zoals er altijd iemand kwam binnenvallen met aardige en domme dingen op momenten dat het leven juist verschrikkelijk en magistraal was, of andersom, zoals verschrikkelijke en magistrale dingen hem elke keer overvielen op momenten dat het leven aardig en dom was. Het leven heeft geen stijl, of het moet een zeer eclectische zijn.

Vannina stond op, kwam naar hem toe en legde haar hand op zijn schouder.

'Wat zijn die zeer gewichtige zaken?'

'Eh ... Ik moet brieven schrijven, heel belangrijke brieven.'

Vannina keek hem in het gezicht, waarop Mihály zijn blik afwendde.

'Voor uzelf zal het ook beter zijn om mee te gaan,' zei de vrouw. 'Na de doop wordt er bij ons een groot diner gehouden. U komt even mee om een glaasje wijn te drinken, die brieven kunt u daarna ook schrijven, tenminste, als u dan nog zin hebt.'

Mihály keek haar onthutst aan. Hij dacht aan haar talent voor waarzeggen. Hij kreeg het gevoel dat de vrouw hem doorzag en precies wist hoe de vork in de steel stak. Hij werd overspoeld door schaamte, als een betrapte schooljongen. Hij zag de grootsheid van zijn plan om te sterven niet meer. Hij gaf zich over aan de machtigste Heer, het Alledaagse, zoals hij altijd had gedaan. De priester mocht je inderdaad niet laten wachten... Hij deed geld in zijn portefeuille, pakte zijn hoed en ze vertrokken.

Maar toen hij in het donkere trappenhuis de twee vrouwen voor liet gaan en even alleen achterbleef, bedacht hij dat het een onvoorstelbaar domme opwelling van hem was om deel te nemen aan een doopfeest bij onbekende Italiaanse proleten: dat kon alleen hem overkomen. Hij stond op het punt om terug te rennen naar zijn onderkomen en de deur achter zich op slot te doen. Maar alsof ze het aanvoelde, keerde Vannina zich naar hem om, stak haar arm in de zijne en trok hem de straat op. Ze trok hem als een kalfje mee naar Trastevere. Mihály voelde weer dezelfde verrukking als tijdens het toneelspel in zijn jeugd, wanneer hij het slachtoffer speelde.

In de kleine kroeg hadden de belangstellenden zich al verzameld, zo'n vijftien à twintig man. Ze praatten heel veel, ook tegen hem, maar hij verstond er niets van, omdat ze in Trastevere-dialect ratelden en hij er zijn hoofd niet bij had.

Hij keek pas op toen de jonge moeder verscheen met het kind op haar arm. Mihály schrok van de magerte en ziekelijke lelijkheid van de moeder en van het citroenachtige uiterlijk van de bambino. Hij had zich nooit aangetrokken gevoeld tot kinderen, niet tot pasgeborenen en al evenmin tot kinderen in hun latere ontwikkelingsfasen; hij voelde altijd een met angst vermengde afkeer en ook in het gezelschap van moeders voelde hij zich nooit op zijn gemak. Deze moeder en bambino waren wel heel afschuwwekkend; in de tederheid van de lelijke moeder en de onvolkomenheid van het lelijke kind zag Mihály een soort duivelse Madonna-parodie, alsof met sarcastisch leedvermaak de spot werd gedreven met het belangrijkste symbool van de Europese beschaving. Het leek op een 'late' uiting van een stijl ... alsof hier de laatste moeder het laatste kind had gebaard en de menigte om hen heen nog niet vermoedde dat zij de laatste mensen op aarde waren, het drab van de geschiedenis, de laatste, ironische geste van de machtige tijdgod op zijn sterfbed.

Vanaf dit moment beleefde Mihály alles vanuit het groteske en treurige perspectief van het laatste etmaal. Zoals die mensen door de nauwe straten van Trastevere krioelden, zoals ze hun meekrioelende bekenden uit de verte een groet toeriepen, zoals ze met merkwaardig rappe, kleine beweginkjes de kerk binnenstroomden, maakten ze op hem steeds sterker de indruk van ratten. Ratten, die hier tussen de ruïnes leven. Daarom zijn ze zo rap en zo lelijk en zo vruchtbaar.

Ondertussen volbracht hij automatisch zijn taken als peetvader – Vannina stond naast hem en zei wat hij moest doen. Na afloop van de plechtigheid gaf hij de moeder tweehonderd lire en met zeer grote inspanning kuste hij zijn peetzoon, die inmiddels de naam Michele droeg.

('Heilige aartsengel Michaël, verdedig ons in de strijd; wees onze bescherming tegen de boosheid en de listen van de duivel. Wij smeken ootmoedig dat God hem zijn macht doe gevoelen. En gij, Vorst van de hemelse legerscharen, drijf Satan en de andere boze geesten, die tot verderf van de zielen over de wereld rondgaan, door de goddelijke kracht in de hel terug. Amen.')

De ceremonie duurde lang. Na afloop ging het hele gezelschap terug naar de kroeg. Op de onoverdekte binnenplaats werden tafels gedekt voor het avondeten. Mihály had, net als anders, honger. Hij wist dat hij zijn verplichtingen was nagekomen en dat hij naar huis moest om de brieven te schrijven, maar helaas, de culinaire nieuwsgierigheid in zijn maag was niet opgewassen tegen de verlokkingen van een feestmaal, hij wilde toch graag weten wat voor interessante boerengerechten er bij zo'n feestelijke bijeenkomst werden opgediend. Zouden andere mensen die zijn aangekomen op het punt van het leven waar ik nu ben, ook honger hebben en willen weten wat voor pasta er in de pan zit? vroeg hij zich af.

Het eten was lekker; de pasta was groen en smaakte aangenaam naar groente – een specialiteit die Mihálys interesse inderdaad waard was. De gastheer was trotser op het vlees, want vlees wordt maar zelden gegeten in Trastevere, maar Mihály vond het niet bijzonder; hij gaf zich met des te meer enthousiasme over aan de kaas, een onbekende soort die zijn gehemelte streelde, net als elke nieuwe kaas die hij proefde. En hij dronk veel, alleen al omdat de vrouw naast hem aan tafel, Vannina, steeds ruimhartig zijn glas bijvulde. Omdat hij geen woord van het gesprek verstond, wilde hij tenminste op deze manier deelnemen aan de gezamenlijke vreugde.

Maar hij werd niet vrolijk van de wijn, alleen onzeker, heel erg onzeker. Het was al avond en elk moment kon Éva bij hem aankloppen... Hij moest opstaan om naar huis te gaan. Niets stond hem nu nog in de weg, behalve deze Italiaanse. Maar alles leek al zo ver: Éva, zijn voornemen, zijn verlangen ... alles voer ergens in een verre verte, als een drijvend eiland op de nachtelijke Tiber. Mihály had het gevoel dat hij al evenmin een persoon was en evenzeer vegeteerde als de eenzame moerbeiboom op de binnenplaats: hij liet met dezelfde trieste buiging zijn loof hangen op zijn laatste nacht, die nu niet alleen voor hem de laatste nacht was, maar voor de hele mensheid.

Ondertussen was het donker geworden en de Italiaanse sterren schenen over de binnenplaats. Mihály kwam overeind en voelde dat hij stomdronken was. Hij begreep niet hoe dat kon, want zoveel had hij toch niet gedronken – hoewel, hij had niet zo erg opgelet, dus het was niet uitgesloten dat het wel veel geweest was. Maar hij had ook niet het crescendo van de goede stemming gevoeld waarmee dronkenschap zich in de regel bij hem aankondigde. Van het ene moment op het andere was hij ladderzat.

Na een paar stappen op de binnenplaats werd hij draaierig en viel hij om. Dat vond hij aangenaam. Hij streelde de grond en was gelukkig. O, heerlijk, dacht hij, ik ben er al. Dieper kan ik niet vallen.

Hij voelde dat de Italianen hem optilden en onder ratelend gepraat naar een huis droegen, terwijl hij zich bescheiden probeerde te verontschuldigen – hij wilde niemand tot last zijn, en het gezelschap moest de waarlijk genoeglijke viering toch vooral voortzetten.

Vervolgens lag hij op een bed en viel meteen in slaap.

Toen hij wakker werd, was het stikdonker; hij had hoofdpijn, maar voor de rest voelde hij zich tamelijk nuchter, alleen zijn hart bonkte wat en hij was ongerust. Hoe kwam het dat hij zo dronken was geworden? De gemoedsgesteldheid waarin hij aan de drank ging, moest eraan bijgedragen hebben, zijn weerstand zeker verminderd. Nee, hij had helemaal geen weerstand geboden, daarom had die Italiaanse vrouw met hem kunnen doen wat ze wilde. Had de Italiaanse hem dronken gevoerd?

Hij werd erg ongerust. Hij dacht ineens aan die nacht dat hij kriskras door Rome geslenterd had en in deze buurt was beland. Juist toen hij voor dit huis terecht was gekomen, had zijn fantasie geheimzinnige, zondige daden achter de zwijgzame muren geprojecteerd. Dit was het huis waar moorden plaatsvonden. En kijk, daar lag hij nu, binnen deze ontstellend zwijgende muren, overgeleverd aan het donker, precies zoals hij in feite had gewild.

Hij werd steeds onrustiger, bleef nog even zo liggen en probeerde toen op te staan. Maar de geringste beweging viel hem al zwaar en zijn bloed klopte in zijn hoofd. Hij besloot toch weer te gaan liggen. Hij spitste zijn oren. Zijn ogen waren al gewend aan het donker, zijn oren aan de stilte. Hij hoorde geroezemoes, duizend zachte, Italiaanse geluiden in zijn nabijheid – in alle hoeken van het huis was nog leven. Van onder de deur sprong een strookje licht zijn kamer binnen.

Als die mensen iets van plan waren... Wat een waanzin om zoveel geld mee te nemen! Waar had hij zijn geld ook alweer gestopt? Hij had zijn kleren aan, dus zijn portefeuille moest hij zo kunnen pakken. Hij tastte zijn lichaam af: de portefeuille was er niet. In geen van zijn zakken.

Zijn geld hadden ze al gestolen, dat was een ding dat zeker was. Tweehonderd lire misschien. Het gaf niet ... maar wilden ze misschien nog iets? Lieten ze hem weggaan, zodat hij aangifte kon doen? Ze zouden wel gek zijn. Nee, ze gingen hem vermoorden, daar twijfelde Mihály niet aan.

De deur ging open en Vannina stapte naar binnen met in haar hand iets wat op een olielamp leek. Ze tuurde naar het bed en toen ze zag dat Mihály wakker was, leek ze verbaasd en stapte naar het bed. Ze zei iets wat Mihály niet verstond, maar wat niet goed klonk.

Daarna zette ze de olielamp op de grond en ging aan de bedrand zitten. Ze streelde Mihálys haar en gezicht en spoorde hem aan, in het Italiaans, om vooral rustig te gaan slapen.

Jawel, ze zit te wachten tot ik in slaap val om dan... Maar ik ga niet slapen!

Toen schoot het hem te binnen wat voor suggestieve krachten de vrouw bezat en dat hij, als zij dat wilde, zeker in slaap zou vallen. Inderdaad, hij sloot zijn ogen en zodra ze langs zijn wimpers streelde, viel hij in een zoemende halfslaap.

In deze toestand leek het alsof er in de aangrenzende kamer beraadslaagd werd over zijn lot. Hij hoorde het rauwe gebrom van een mannenstem en het ratelen van een andere, af en toe onderbroken door het staccato gefluister van de vrouw. Ongetwijfeld bespraken ze of ze hem moesten doden. De vrouw probeerde hem wellicht te beschermen, of juist andersom. Nu, ja, nu moest hij wakker worden! O, wat had hij deze droom al vaak gedroomd: dat er een groot gevaar in aantocht was en dat hij, ondanks al zijn inspanningen, niet in staat was wakker te worden – en nu was het werkelijkheid. Toen droomde hij dat er iets voor zijn ogen flitste en hij werd hijgend wakker.

Het was licht in de kamer, de olielamp stond op tafel. Hij ging rechtop zitten en keek verschrikt om zich heen, maar zag niemand. Vanuit de aangrenzende kamer kwam hem nog steeds gemurmel tegemoet, maar nu veel zachter dan daarnet, en hij kon niet vaststellen wie er zaten te praten.

Hij voelde in elk van zijn cellen de doodsangst en rilde. Hij had het gevoel dat het rattenvolk in aantocht was, gewapend met messen. Hij wreef zich in zijn handen, iets hield hem tegen en hij kon niet uit bed kruipen.

Alleen de olielamp stelde hem enigszins gerust: de lamp die schaduwen op de muur wierp, die hij heel vroeger ook in zijn kinderkamer had gezien. Door de olielamp dacht hij aan Vannina's fijne handen, waarnaar hij zojuist onbewust had liggen staren toen ze de lamp had binnengebracht.

Waarom ben ik eigenlijk bang? schoot hem te binnen. Het was immers het moment waarnaar hij had verlangd, nu ging gebeuren wat hij had voorbereid. Hij zou doodgaan – maar hij wilde het zelf – met naast zich, wellicht als medeplichtige, een mooie, geheimzinnige vrouw als dodendemon, net als op de Etruskische graftomben.

Ineens was hij in de greep van het verlangen. Klappertandend en met tintelende ledematen hunkerde hij ernaar. Hij wilde dat de deur openging en dat de vrouw naar hem toe stapte en hem omhelsde terwijl de dodelijke messteek hem velde ... o, kwam ze maar ... wanneer ging de deur eindelijk open...

Maar de deur ging niet open. Buiten kraaiden de wakkere hanen al en in de kamer naast hem heerste volledige stilte. Ook de olielamp ging uit en Mihály viel in een diepe slaap.

Het werd ochtend, zoals gewoonlijk. Hij werd wakker in een vriendelijke, lichte kamer toen Vannina binnenstapte om te vragen of hij goed had geslapen. Het was ochtend, een doodgewone, vriendelijke, Italiaanse zomerochtend. Weldra zou het snikheet worden, maar nu was het nog aangenaam koel. Alleen de nasmaak van de roes van de afgelopen nacht kwelde zijn tong, maar verder was er niets aan de hand.

De vrouw was aan het vertellen hoe dronken hij was geweest de vorige nacht, maar dat hij toch nog heel aardig was gebleven en zich zeer populair had gemaakt bij het gezelschap, en dat ze hem die nacht maar hier hadden gehouden omdat ze bang waren dat hij niet naar huis kon lopen.

Toen ze over naar huis gaan sprak, schoot Mihály te binnen dat Éva hem de avond tevoren moest hebben gezocht om bij hem te kunnen zijn wanneer... Wat zou zij nu van hem denken? Dat hij gevlucht was, gevlucht voor zichzelf?

Nu realiseerde hij zich pas dat hij tijdens deze lange, bange nacht vol visioenen geen moment aan Éva had gedacht. De rustpauze. Dit was de grootste pauze van zijn leven. Toch raar om te sterven voor een vrouw die een hele nacht – en wat voor nacht! – niet eens in je opkomt.

Hij friste zich snel wat op en nam afscheid van een paar mensen die in de tapzaal zaten en hem als oude, goede vriend begroetten. Nu de zon door de kleine ramen scheen, hadden ze niets ratachtigs meer, het waren brave Italiaanse proletariërs.

En deze mensen wilden mij vermoorden? vroeg hij zich verwonderd af. Hoewel, het staat helemaal niet vast dat ze me wilden vermoorden. Toch is het merkwaardig dat ze me niet hebben vermoord, sterker nog, dat ze me zo graag mogen nadat ze me mijn portefeuille afhandig hebben gemaakt. Maar wat wil je, de Italianen zijn een merkwaardig volk.

Onbewust tastte hij naar zijn portefeuille. Die zat op zijn plaats, in de borstzak boven zijn hart, daar waar een man uit Midden-Europa niet zonder enige symboliek zijn geld pleegt te dragen. Geheel verbluft hield hij halt. Hij haalde zijn portefeuille te voorschijn. De tweehonderd lire en wat kleingeld, briefjes van tien, alles zat erin.

Misschien hadden ze zijn portefeuille teruggestopt terwijl hij sliep – maar dat sloeg nergens op. Waarschijnlijker was dat ze hem helemaal niet hadden gestolen. De portefeuille zat gewoon in zijn zak toen hij meende te moeten vaststellen dat deze verdwenen was. Mihály berustte in de feiten. Het was niet de eerste keer in zijn leven dat hij voor zwart aanzag wat wit was, en dat zijn indrukken en wanen zich van de objectieve werkelijkheid hadden losgemaakt.

Vannina begeleidde hem tot de deur en liep nog een eind mee in de richting van de Gianicolo.

'U moet vaker langskomen. En de bambino bekijken. Een peetvader heeft verplichtingen, die moet u niet verzaken. Kom nog eens een keer langs. Vaak. Altijd...'

Mihály gaf de vrouw de tweehonderd lire, kuste haar plotseling op de mond en snelde weg.

8.

Hij ging zijn kamer binnen.
Ik ga een beetje uitrusten en nadenken wat ik eigenlijk wil, of ik nog wil wat ik wil, en dan ga ik Éva schrijven. Want het gebeurde is wel enigszins gênant, en als ik haar vertel waarom ik er niet was gisternacht, gelooft ze het misschien niet eens, zo stom is het.
Hij kleedde zich mechanisch uit en stond op het punt zich te wassen. Maar had het nog wel zin dat hij dat deed? Zijn aarzeling verdween snel en hij waste zich, zette water op, pakte een boek, ging liggen en viel in slaap.
Hij werd wakker door de bel. Hij liep naar de deur en voelde zich fris en uitgerust. Buiten regende het, de drukkende hitte van de voorbije dagen was weg.
Hij deed open en liet een oudere heer binnen. Het was zijn vader.
'Dag, mijn jongen,' zei zijn vader. 'Ik ben net aangekomen, met de trein van twaalf uur. Ik ben blij je thuis te treffen. Ik heb honger. Ik wil je graag mee uit eten nemen.'
Mihály was verbluft over het plotselinge verschijnen van zijn vader, maar toch overheerste dit gevoel niet. Evenmin als verlegenheid, of schroom, toen zijn vader in de kamer rondkeek. De man hield zijn gezicht krampachtig in de plooi om maar geen blijk te geven van zijn afkeer van de armoedige omgeving. Nee, het was een ander gevoel dat Mihály in de greep kreeg, een gevoel dat hij een beetje van vroeger kende, toen hij vaak in het buitenland zat. Ook toen kreeg hij elke keer hetzelfde gevoel als hij na een langere tijd thuiskwam: de schrik dat zijn vader ouder was geworden. Maar zoveel ouder, nee, dat had hij nog nooit meegemaakt. De laatste keer dat Mihály hem gezien had, was hij nog de zelfverzekerde man die met een handgebaar bevelen uitvaardigde,

de man zoals Mihály die zijn leven lang gekend had. Of zo zag hij hem tenminste, want toen woonde hij immers al jaren thuis en als er langzaam iets aan zijn vader veranderde, dan merkte hij dat misschien niet op. Des te scherper zag hij het nu, na een paar maanden afwezigheid. De tijd had een aanslag gepleegd op zowel zijn gezicht als zijn gestalte. Er was iets – niet veel, maar onmiskenbaar – van een grijsaard in zijn vaders uitstraling: zijn mond had zijn stevigheid verloren, zijn ogen waren moe en ingevallen (wat wellicht kwam door de lange reis, hij had de hele nacht in de trein doorgebracht, misschien zelfs in een derdeklas coupé, zuinig als hij was), zijn haar was nog grijzer geworden en zijn spraak iets minder accuraat, met een lispeling die op het eerste gehoor niet alleen vreemd, maar zelfs angstaanjagend klonk. Mihály kon niet precies aangeven waar het aan lag, maar hij moest het feit onder ogen zien: zijn vader was een oude man geworden.

Vergeleken hiermee viel alles in het niet, Éva, zijn doodsplannen, zelfs Italië.

Ik mag nu niet huilen, niet voor mijn vader, hij zou me diep verachten en er misschien achter komen dat ik om hem huil.

Mihály vermande zich en trok zijn onverschilligste gezicht, de uitdrukking waarmee hij doorgaans al het nieuws ontving dat met zijn familie verband hield.

'Het is zeer vriendelijk van je, vader, dat je gekomen bent. Je moet wel zwaarwegende redenen hebben om zo'n lange reis te maken in deze hete zomer...'

'Jawel, zoon, zwaarwegende redenen. Maar niets onaangenaams. Er is niets aan de hand. Je hebt er weliswaar niet naar gevraagd, maar met je moeder en je broers en zussen gaat alles goed. En zo te zien mankeer jij ook niet veel. Dus laten we maar gaan eten. Neem me ergens mee naartoe waar ze niet met olie koken.'

'Erzsi en Zoltán zijn eergisteren bij me geweest,' deelde zijn vader tijdens het eten mee.

'Wat? Is Erzsi terug in Boedapest? En zijn ze weer bij elkaar?'

'Ja. Pataki is naar Parijs geweest om de zaak in der minne te schikken en heeft Erzsi mee naar huis gebracht.'

'Maar waarom? En hoe is het hem gelukt?'

'Zoon, dat kan ik toch niet weten, en ik heb het hun ook niet gevraagd, zoals je je kunt voorstellen. We hadden het uitsluitend over zaken. Weet je, jouw... hoe zal ik het zeggen ... merkwaardige, hoewel voor mij niet eens zo verbazende gedrag heeft me tegenover Erzsi in een onvoorstelbaar gênante positie gebracht. In een pijnlijke financiële situatie. Om in deze tijden haar geld weer onmiddellijk beschikbaar te stellen ... maar je weet het zelf ook, Tivadar heeft je, neem ik aan, alle details uitgelegd.'

'Ja, ik ben op de hoogte. Of je het gelooft of niet, ik heb verschrikkelijke angsten doorstaan over hoe het verder zou gaan. Erzsi zei dat Zoltán ... maar vertel verder.'

'Gelukkig is er niets aan de hand. Ze zijn naar mij toe gekomen om te overleggen over de condities waaronder ik het bedrag aan hen zou terugbetalen. Ik moet zeggen, ik was uiterst verbaasd over hoe coulant ze zich opstelden. We hebben overeenstemming bereikt over de termijnen. Ze zijn beslist niet onovercomelijk en ik hoop dat we de zaak zonder noemenswaardige problemen kunnen afronden. Dat is des te aannemelijker omdat het je broer Péter gelukt is een uitstekende nieuwe klant binnen te halen.'

'Maar zeg eens, was Zoltán, ik bedoel, Pataki, echt zo inschikkelijk? Ik begrijp het niet.'

'Hij gedroeg zich als een echte gentleman. Ik denk, onder ons gezegd, dat zijn gedrag voortkwam uit vreugde dat Erzsi bij hem terug is. Hij handelde ongetwijfeld in haar geest. Erzsi is echt een waarlijk voortreffelijke vrouw. Het is erg genoeg, Mihály... nee, ik heb me voorgenomen je geen verwijten te maken. Je bent altijd een bijzondere jongen geweest, jij weet zelf het beste wat je doet.'

'En gaf Zoltán niet op me af? Zei hij niet dat...'

'Hij zei niets. Hij sprak met geen woord over jou, wat onder de gegeven omstandigheden uiteraard ook niet hoort. Erzsi daarentegen heeft wel het een en ander verteld.'

'Erzsi?'

'Ja. Ze zei dat ze jou in Rome had ontmoet. Details gaf ze niet, en ik vroeg er natuurlijk niet naar, maar ze liet me weten dat je je in een zeer kritieke situatie bevond en dat je dacht dat je familie zich tegen je had gekeerd. Nee, zeg maar niets. We hebben tegenover elkaar altijd een bepaalde discretie betracht, laten we het zo houden. Ik hoef geen details te kennen maar Erzsi raadde me aan om, als het mogelijk was, zelf naar Rome te reizen om op je in te praten zodat je terug zou komen naar Boedapest. Liever gezegd, om je op te halen – dit is de uitdrukking die ze gebruikte.'

Om hem op te halen? Ja, Erzsi wist wat ze zei en ze kende Mihály door en door. Het was haar duidelijk dat zijn vader Mihály zomaar naar huis kon halen, als een stoute scholier die uit boosheid van huis was weggelopen. Ze wist heel goed dat het in Mihálys aard lag om te gehoorzamen, en dat hij zijn vader zou volgen als een op kattenkwaad betrapte schooljongen; onder het mentale voorbehoud dat hij een volgende keer eventueel weer de benen kon nemen.

Erzsi was wijs. Er viel ook niets anders te doen dan naar huis te gaan. Er was weliswaar nog een mogelijkheid, maar... de omstandigheden die hij in de dood wilde ontvluchten hadden zich blijkbaar opgelost. Zoltán had vrede gesloten, zijn familie zat met smart op hem te wachten, niemand zat hem achterna.

'Ik ben er nu,' vervolgde zijn vader, 'en ik zou graag zien dat je al je zaken hier afrondt en naar huis komt, met de trein van vanavond nog. Ik heb niet veel tijd, weet je.'

'Alsjeblieft, het is allemaal erg plotseling,' schrok Mihály op uit zijn gepeins. 'Vanochtend had ik me nog niet kunnen voorstellen dat ik naar huis zou gaan.'

'Dat geloof ik graag, maar wat heb je erop tegen?'

'Niets, maar laat me even op adem komen. Kijk, jij bent er ook aan toe om even te gaan liggen en een siësta te houden. Ondertussen ga ik mijn gedachten ordenen.'

'Goed, zoals je wilt.'

Mihály maakte het zijn vader gemakkelijk op het bed en ging zelf in de grote leunstoel zitten, vastbesloten om na te denken. Dat nadenken bestond eruit dat hij bij zichzelf bepaalde emoties opriep en ze tegen elkaar afwoog. Dit was zijn manier om vast te stellen wat hij wilde of wat hij zou willen als hij het zich kon permitteren om iets te willen.

Wilde hij nog steeds dood? Verlangde hij nog steeds naar de dood van Tamás? Hij riep in zichzelf het verlangen op en zocht naar het bijbehorende zoete gevoel. Maar vreemd genoeg voelde hij niets zoets, integendeel, alleen maar weerzin en het soort vermoeidheid dat men na afloop van het liefdesspel meemaakt.

Vervolgens begon hij te beseffen waarom hij alleen maar weerzin voelde. Zijn verlangen was immers al in vervulling gegaan. In dat Italiaanse huis, de afgelopen nacht, had hij in zijn angsten en visioenen het verlangen dat hij sinds zijn puberteit in zich droeg, gerealiseerd. Al was het in de werkelijkheid van de wereld om hem heen niet gebeurd, in zijn eigen innerlijke werkelijkheid was het wel in vervulling gegaan. Hiermee was dat verlangen voor een hele tijd, wellicht zelfs voor het leven, bevredigd en was Mihály het kwijt, evenals het spook van Tamás.

En Éva?

Nu pas zag hij de brief die op zijn bureau lag. Iemand had hem er neergelegd toen hij aan het eten was. Hij moest gisteravond al zijn aangekomen, maar zijn hospita was hem vergeten bij hem neer te leggen. Hij stond op en las de afscheidswoorden van Éva.

Mihály, wanneer je deze brief leest, ben ik al op weg naar Bombay. Ik kom niet bij je langs. Jij gaat niet dood. Jij bent Tamás niet. De dood van Tamás komt uitsluitend Tamás toe, iedereen moet zijn eigen dood zoeken. God zij met je. Éva.

Die avond zaten ze daadwerkelijk in de trein. Ze hadden het over zaken: zijn vader deed verslag van wat er in Mihálys afwezigheid bij de vennootschap gebeurd was; hij sprak over de vooruitzichten en over de functie die hij Mihály wilde toevertrouwen.

Mihály luisterde. Hij was op weg naar huis. Hij ging weer een poging doen om te bereiken wat hem in vijftien jaar niet was gelukt: zich aanpassen. Wellicht zou het hem nu wel lukken. Dit was zijn lot. Hij gaf zich over. De feiten waren sterker dan hij. Er was geen ontsnappen aan. Altijd zijn ze sterker: de vaders, de Zoltáns, de vennootschappen, de mensen.

Zijn vader was in slaap gedommeld en Mihály keek uit het raam; hij trachtte in het maanlicht de silhouetten van de Toscaanse bergen te ontdekken. In leven blijven. Ook hij zou leven, zoals de ratten tussen de ruïnes. Maar toch leven. En zolang men leeft is er altijd een kans dat er nog iets gebeuren zal.

✤ *Einde* ✤

Maar hoe kon hij dan nog van het zoete gevoel genieten, van de belofte van zijn laatste minuten, van de verrukking die Tamás had beleefd?

Met plotseling opkomende, tijdloze humor moest hij inzien dat deze grote gebeurtenis wel heel onheilspellend begonnen was.

Dat was op zaterdagmiddag. Hij stond voor de vraag hoe hij de komende uren moest vullen. Wat doe je op zo'n moment, wanneer niets meer zinvol is? 'De laatste uren van een zelfmoordenaar' – dat deze omschrijving hem nu op het lijf geschreven was, kwam hem nog verbijsterender voor dan de constatering dat hij 'dronken van liefde' was of 'niet zonder haar kon leven'. Wat afschuwelijk dat de momenten en toestanden op de ultieme hoogtepunten van het leven slechts door de meest banale uitdrukkingen kunnen worden beschreven, en ook dan nog alleen bij benadering – en dat die momenten naar alle waarschijnlijkheid inderdaad de meest banale van iemands leven zijn. Op deze ogenblikken zijn we allemaal elkaars gelijke. Mihály ging zich nu 'voorbereiden op de dood', net als alle anderen die weten dat ze binnenkort zullen sterven.

Ja, er zat niets anders op, hij kon zich niet aan de wetten onttrekken, zelfs op zijn laatste momenten moest hij zich aanpassen. Ook hij zou een afscheidsbrief schrijven, zoals het hoorde. Het zou van een gebrek aan compassie getuigen als hij zijn vader en moeder zonder afscheid zou verlaten. Hij moest een brief schrijven.

Het eerste pijnlijke moment was dat waarop deze gedachte bij hem opkwam. Tot dan toe voelde hij alleen een dof, vermoeid onbehagen, een mist waarin het verlangen naar de vervulling en de gedachte aan Tamás geheimzinnig groen oplichtten. Maar nu hij aan zijn ouders dacht, stak de pijn plotseling in zijn lijf, een sterke en duidelijke pijn die de mist deed optrekken; hij kreeg medelijden met zijn ouders en ook met zichzelf, op een sukkelige, sentimentele, tegendraadse manier. Hij begon zich te schamen en pakte zijn vulpen om met voorbeeldige zelfbeheersing, met een rust die boven zijn gevoelens uitsteeg, in een paar onverschillige doch warme woorden zijn aanstaande daad aan te kondigen, met de routine van de dood.

November 2004 verschijnt:

Anna
een roman van Dezső Kosztolányi, uit het Hongaars
vertaald door Henry Kammer

Anna Édes is in dienst bij het kinderloze echtpaar Vizy. Ze is een dienstmeisje als zovele andere in het Boedapest van de jaren twintig. Afkomstig van het onontwikkelde, armoedige platteland brengt ze haar eentonige dagen door bij het echtpaar, dat haar hardvochtig behandelt.

Anna lijkt haar lot geduldig te dragen totdat ze – ogenschijnlijk in een opwelling – het echtpaar in koelen bloede vermoordt. De omgeving reageert met verbazing en behalve de oude dokter kan niemand de tragedie begrijpen. Tijdens de rechtszaak is Anna niet in staat haar daad te verdedigen en verdwijnt voor lange tijd in een vrouwengevangenis.

'Antal Szerb behoort tot de grote, elegante Hongaren, evenals Sándor Márai en natuurlijk de meest elegante: Dezső Kosztolányi.' – Péter Esterházy

'De enige Hongaarse maatschappelijke roman die de klassenstrijd laat zien zoals het zou moeten: zonder "socialistisch realisme", in zijn fatale, menselijke realiteit.'
– Sandor Márai in* Land, Land

'Als prozaschrijver lijkt Kosztolányi op Tsjechov. Ook bij hem tref je dezelfde hulpeloze fascinatie aan voor het banale en triviale, voor het drama van het zijn, dat zich kan voltrekken in een achteloos gebaar, of in een beweging van de mondhoeken (...).' – Péter Esterházy

Dezső Kosztolányi (1885-1936) is een van de meest getalenteerde en veelzijdige dichters en romanciers van de twintigste-eeuwse Hongaarse literatuur. Naast zijn romans, die nog altijd veel gelezen worden, schreef hij poëzie en was hij actief als vertaler uit het Engels – hij vertaalde onder andere *Alice in Wonderland*. *Anna* is een van de vier grote romans die hij in de jaren twintig van de vorige eeuw schreef.

Paperback, ca. 224 blz., ca. €16,–, ISBN 90-5515-434-2 / NUR 302